AN NACHTFEUERN DER KARAWAN-SERAIL

MÄRCHEN UND GESCHICHTEN ALTTÜRKISCHER NOMADEN

erzählt von

ELSA SOPHIA VON KAMPHOEVENER

Band 1

ROWOHLT

Buchschmuck Hans Hermann Hagedorn
Schutzumschlag- und Einbandentwurf Werner Rebhuhn

1. Auflage der dreibändigen Sonderausgabe August 1975
Gesamtauflage 131 Tausend
© Rowohlt Verlag GmbH, Reinbek bei Hamburg, 1975
An Nachtfeuern der Karawan-Serail © Copyright 1956 by
Christian Wegner Verlag GmbH, Hamburg
Alle Rechte vorbehalten
Gesamtherstellung Clausen & Bosse, Leck/Schleswig
Printed in Germany
ISBN 3 498 03421 9

Meinem Vater,
Marschall Louis von Kamphoevener Pascha,
der von den Türken geliebt ward,
sie verstand in Wahrheit und in Dichtung
und vier Jahrzehnte hindurch
ein Kamerad war der Soldaten Anatoliens, ihr:
«Alemandja Pascha»

ALLAH ßelamet werßin ... ALLAH emanet ...
Diese Worte des Heiles und des grüßenden Verabschiedens sind es, die der Märchenerzähler jeder seiner Geschichten voransendet, sie damit zugleich aus seinem Innern entlassend. Denn das Land, aus dem diese Märchen und Erzählungen stammen, ist eines, das nichts tut ohne Allah, eines, das sich ihm in allem tief verbunden fühlt, so auch in dem, was Geist und Gedanke, gegeben von ihm, zu schenken vermögen.
Uralt sind diese Geschichten, die in Kleinasien seit achthundert Jahren leben und deshalb so jung und lebensvoll bleiben, weil sie niemals niedergeschrieben wurden. Sie gehörten den Nomaden, waren Eigentum weniger Familien, die sich zu Gilden der Mazarlyk-dji, der Märchenerzähler, zusammenschlossen. Die Vielfalt und der gewaltige Reichtum an Märchen war aufgeteilt als Besitz einzelner solcher Gilden-Familien (Familie ist hier als Interessengemeinschaft zu verstehen), denen sie allein gehörten. Scharf wurde dieser Besitz abgegrenzt, nach ungeschriebenem Gesetz, und keiner durfte ein Märchen erzählen, das einer anderen Familie gehörte. Geschah es doch, so galt das als Diebstahl und wurde ähnlich streng beurteilt wie der Pferdediebstahl, der in orientalischen Ländern bekanntlich als das einzige wirklich niedrige

Verbrechen gilt. Der Dieb wurde geächtet, bekam weder Brot noch Wasser, konnte nur noch auswandern, dorthin, wo er unbekannt war. Dieser strenge Schutz des geistigen Eigentums mag es wohl gewesen sein, der den Märchenschatz Anatoliens so unberührt bewahrte.

Wenn jetzt zum ersten Male diese Erzählungen in fremder Sprache niedergeschrieben erscheinen, solcherart wiedergegeben, daß der Westeuropäer ihre Wesenheit zu erfassen vermag, so geschieht das aus einem tiefen Gefühl der Verpflichtung einem kostbaren Besitz gegenüber, der weitergegeben werden muß. Die sie niederschrieb, tat es nicht leichten Herzens, wird doch mit ihnen ein Schatz verschenkt, der ein halbes Jahrhundert lang nur eigenster Besitz war. Aber man darf sich wohl nicht etwas zu eigen machen, was Volksgut ist.

Gewiß, Märchen sollten nicht geschrieben sein, sie müssen gesprochen werden, immer neu aus dem Augenblick geboren und aus jenen heraus gestaltet, die zuhören. So geschah es auch fünf Jahrzehnte lang mit diesen Märchen, dem Versprechen gemäß, das demjenigen gegeben wurde, der mich in seine Erzählergilde aufnahm.

Das war so: Viele Jahre lang ritt, begleitet von zuverlässigen Dienern, ein abenteuerlustiges Mädchen, das ein leidenschaftlicher Reiter war, in Knabenkleidung durch Anatolien. Die Knabenkleidung war eine Sicherheitsmaßnahme und auch zum Reiten erforderlich, sonst nichts; entsprechende Körperlänge machte sie durchaus glaubhaft.

Oftmals nun verbrachte man die Nacht im Karawanserail, diesem Schutzplatz für Herden, Reiter, Getier aller Art und ihre Hirten. Begleitet wurden diese nomadisierenden Hirten fast immer von Erzählern, die dem wandernden Volk die langen Tage der Beschwernis vertrieben und nachts mit ihnen am Feuer saßen, um die Wächter des kostbaren Herdengutes durch ihre Märchen und Geschichten am Einschlafen zu hindern.

Man saß am Feuer, das mitten im großen Innenraume zwischen Kamelen, Pferden, Eseln und Herdenvieh brannte, und hörte zu. Immer wieder traf man sich, wieder und wieder hörte man den berühmtesten aller Erzähler, Fehim. Und dann ergab es sich, daß er einmal zu mir als dem »Sohn« des Paschas sagte: »Bey Effendim, du kennst meine Geschichten, ich weiß es; tue mir die Güte an, erzähle statt meiner, denn ich bin heute sehr müde.« Das geschah. Und wiederholte sich. Und so kam es dann, nach Jahren, daß Fehim jenen in seine Gilde aufnahm, den er für einen Jüngling hielt, und auf diese Art unwissentlich ein Unikum schuf: einen vollgültigen türkischen Märchenerzähler, der eine europäische Frau ist.

Die Verpflichtungen, die ich durch Fehims Vertrauen übernahm, waren: die Geschichten niemals niederzuschreiben und nur seine Märchen zu erzählen, keine, die anderen Familiengilden gehören. Ich habe das Versprechen gehalten, aber ich glaube, daß sogar Fehim mir zustimmen und es gutheißen würde, daß ich heute niederschreibe, was durch die Wandlungen, die in der Türkei vor sich gingen, langsam in Vergessenheit gerät. Und es liegt mir sehr daran, diese Erzählungen, die ausschließlich türkisches Eigengut sind und nichts gemein haben mit arabischen oder gar persischen Geschichten, in ihrer besonderen Eigenheit darzustellen.

Es darf auch nicht vergessen werden, daß der Märchenerzähler in der Türkei ehemals der einzige Mensch war, der ungestraft den Mund zur Kritik auftun durfte. Er konnte im Gewande der Märchen vieles sagen, was die geheime Volksmeinung bedeutete. Er zeigte die Sultane, die Veziere, die verachteten Reichen und Mächtigen mit allen ihren Schwächen und verriet so unzweideutig, was das Volk dachte. Daher kam es auch, daß die Märchenerzähler gefürchtet waren von den Machthabern und daß man sie während der so häufigen Unruhen in sorgfältig abgesperrte Lager steckte, bis wieder Frieden herrschte.

Zu bedenken ist weiter, daß die Erzählungen alle nur von Männern für Männer berichtet wurden. Damit soll nicht gesagt werden, daß sie anstößige Dinge behandelten, wie das mit Vorliebe in arabischen Märchen geschieht, sondern nur, daß in einer Welt, in der es scheinbar keine Frauen gab, auch die Märchen allein für Männer bestimmt blieben.

Von diesem Blickpunkt aus betrachtet, bedeutet es gewiß eine ausgesuchte feine Rache der Geschehnisse, daß eine Frau in Männerkleidung die Märchen erlauschen durfte! Es war mir auch dann später sehr unterhaltend, wenn ich den Töchtern des Sultans und vielen Frauen meiner Freundschaft die Geschichten erzählen konnte, die seit Jahrhunderten Ruhm und Freude ihres Volkes gewesen waren und den Reichtum seelischer Güter darstellten, der in diesem naturverbundenen Volke so groß ist.

Als höchst bemerkenswert ist endlich zu erwähnen, daß die Märchen eben wegen dieser Naturverbundenheit nach ihrer Artung verschieden sind, je nach den klimatischen Gegebenheiten ihrer allereigensten Bezirke. Es ist ja bekannt, daß es in Kleinasien alle Klimata gibt: strenge, harte Kälte im Karst, mäßiges Wetter im mittleren Kleinasien und mildestes Seeklima in den südlichen Gebieten. Je nach ihrer engerbegrenzten Herkunft sind die Märchen aus dem Karst hart und grausam, die aus den mittleren Gebieten mehr erzählend und breiter, die der südlichen Gegenden, wo Obst und Rosen wachsen, lieblich und fast träumerisch.

Genau entsprechend dieser Formung zeigt sich auch die sonstige Volkskunst: die Teppiche und Stickereien.

Dunkle Farben, strenge Ornamente im nördlichen Gebiet; weite Anordnungen, aus denen Gartenanlagen und großräumige Plätze zu erkennen sind, in den Mittelgebieten, und Blumen, helle Farben, zarte Anordnungen im Süden. Daß die Frauen alle Muster im Kopf hatten wie die Männer die Märchen, versteht sich von selbst, denn es war ja ein Volk, das dem Gedächtnis den höchsten Wert beimaß.

Es steht zu erwarten, daß die nunmehr verbreitete Schulbildung und Technisierung in der modernen Türkei die Kraft des Gedächtnisses dort ebenso auslöscht, wie es anderswo in Europa bereits geschah. Kein Geringerer als Aristoteles war es, der die Verbreitung der Schrift beklagte, weil durch sie die Übung der Gedächtniskraft schwand. Und wenn die hier Sprechende auch schreiben kann - sie hofft es wenigstens! -, von den vielen, vielen Märchen, die sie kennt, hat sie sich niemals auch nur die kleinste Notiz gemacht. Warum auch? Gedächtnis ist untrüglich. Schrift kann täuschen.

Wie sehr dies alles Märchen für Männer sind, habe ich auch in beglückender Weise dadurch erfahren, daß es mir vergönnt war, vier Jahre lang während des letzten Krieges an allen Fronten den Soldaten der Luftwaffe Märchen zu erzählen. Daß dies meistens erst spöttische und abwehrende Bemerkungen der »Betroffenen« hervorrief, wenn sie erfuhren, was ihnen bevorstand, ist begreiflich. Aber ich bat darum, nur zu solchen Posten geschickt zu werden, wohin sonst niemand gern ging, wo die Einsamkeit und Verlassenheit der Berge, der Meere alle abschloß. Und dort verlangten die von allem abgeschnittenen Männer sehr bald öfter und öfter das Wiederkommen von »Kamerad Märchen«, und es zeigte sich wieder einmal, daß Tiefstes überall gleich ist und daß es eine allgemeine Menschheitssprache gibt, die - fast der Musik ähnlich -

überall verstanden wird. Der Name, den mir die Männer gaben, ist der, der mich in meinem Leben am stolzesten machte, und ich wäre glücklich, wenn einige meiner Märchen, die nun in die Welt hinausgehen, den gleichen Widerhall fänden und hie und da einer, der sie liest, vielleicht auch vor sich hin sagt: »Danke, Kamerad Märchen.« Und Ihr alle: Allaha ismagladyk!

ELSA SOPHIA VON KAMPHOEVENER

Goldene Äpfel

Yah Allah, meine Brüder, kommt und hört, wißt und seht, was unser ist und ich Euch gebe. Seht Ihr in meinen leeren Händen goldene Äpfel, seht Ihr sie? Achtet auf, ich werfe sie Euch zu: dir einen, dir dort ganz hinten einen, dir so verborgen im Winkel einen, und diesen noch und den letzten auch. Haltet sie, derweil ich Euch berichte von vielem, das geschah, vielleicht geschah, vielleicht gehört ward, vielleicht nur gesehen – wer kann es sagen? Wer weiß es, was wirklich ist, wer, was nur Gedankenschatten? Wenn wir es alles sahen und hörten, werft sie mir zurück, die goldenen Äpfel, die ich Euch gab aus leeren Händen, und aus Euren Seelenaugen werde ich sie sehen, meine goldenen Äpfel. Fangen und halten. Habt Ihr vernommen, Freunde und Brüder?

Die vierzig Lügen

Ein Padischah lag sterbend und berief seine drei Söhne zu sich. Er sah sie mit einem Lächeln an, das ein wenig Spott enthielt und viel Zufriedenheit. Der freundliche Spott galt denen, die noch weiter sich der Mühe des Lebens zu unterziehen hatten, die Zufriedenheit dem Wissen, nun bald in die leuchtende Nähe Allahs zu gelangen.

»Meine Söhne«, sagte der Padischah leise, »ich gebe euch keinen Rat, weiß ich doch, ihr befolgt ihn gewiß nicht. Ich sage euch nur dieses: so ihr Erben meines Reichtums sein wollt, meidet das Glücksspiel und vertraut keinem Zwerge. Gehabt euch wohl.« Noch einmal lächelte er einem jeden zu, drehte sein Antlitz nach Mekka und starb.

Nun aber verhielt es sich so, daß ein kluger Zwerg einer der beliebtesten Berater des Padischah gewesen war und der Herrscher selbst viele Nächte mit Glücksspiel verbracht hatte. Darum, als er sterbend so sprach, verwunderten sich seine Söhne sehr und beschlossen trotz der Warnung des Vaters, sich mit dem Zwerge zu besprechen, von dessen Klugheit die erstaunlichsten Geschichten umgingen. Sie brauchten sich aber nicht viel zu bemühen, denn kaum verließen sie das Gemach des Verstorbenen, als der Zwerg ihnen schon entgegenkam. Er verbeugte sich tief, was ihn bei seiner winzigen Gestalt einer

Schildkröte gleich erscheinen ließ, und sagte höflich, wie es sich geziemt, erst den Ältesten und dann die zwei anderen Prinzen anredend: »Padischah Effendim, Scheichzadeler, es wäre töricht, zu klagen, wenn einem von uns verehrten Mächtigen die höchste Freude zuteil ward, die des Paradieses, und so wollen wir, so es euch genehm ist, sein Andenken feiern, indem wir das tun, was er am liebsten tat: uns dem Glücksspiel ergeben. Zudem wird es jeden Kummer ersticken, der dennoch eure Herzen beschweren könnte, ist doch das Glücksspiel die einzige Beschäftigung, die so Geist wie Sinn umfängt und auch das Weib vergessen läßt. Gehen wir uns seinem Gedächtnis zu Ehren vergnügen?«

Von unten her schaute der Zwerg zu den drei hochgewachsenen Prinzen hinauf, aber wir, die wir berichten und so hinter allem und vor allem stehen, auch alles zu sehen und zu erfassen vermögen, können verstehen, daß er trotz seiner kleinen Gestalt dennoch größer war als die Hochgewachsenen. Das erwies sich auch daran, daß die drei Prinzen sogleich seiner Ansicht waren und wirklich glaubten, in des Vaters Geist zu handeln, obwohl ihnen die Ohren noch klingen mußten von den letzten Worten des Verstorbenen und in ihren Augen sich noch sein Lächeln spiegelte. Was ist da zu sagen? Das Ohr hört, was es will, das Auge sieht nicht, was es nicht sehen will. El hamd üllülah.

So hockten denn die drei Prinzen, deren einer soeben durch die Hand des Todes als Padischah beschenkt worden war, am Boden und spielten mit jener Hingabe, die stets unseres großen Volkes Verderben gewesen ist und sein Kismet. Sie setzten ein, was ihrer war. Der Älteste setzte das Reich. Der zweite seinen höchsten Besitz, seine edlen Pferde. Der Dritte legte lässig hie und da ein Juwel als Einsatz vor sich hin und verlor es ohne hinzusehen.

Sie spielten die ganze Nacht hindurch, und als der Morgen graute, hatten sie alles verloren. Ruhig erhoben sie sich – denn es geziemt sich nicht, Erregung welcher Art immer zu zeigen, vornehmlich aber nicht dem gegenüber, der Schaden zufügte – und begaben sich hinaus vor das Tor des Serails, um der frischen Morgenfrühe zu genießen. Dort standen die vier und schauten dem Kommen des Tagesgestirns entgegen und auch dem des Kismet. Der älteste Scheichzadeh hatte sich auf die Stufen vor dem Eingang des Serail niedergelassen und sah aus, als wolle er jeden Augenblick einschlafen. Der zweite lehnte an der Mauer, die Arme untergeschlagen, und blickte voll Trauer dem Tag entgegen, dem ersten seines bewußten Lebens, da er ohne Pferd sein würde. Der dritte stand frei da, hatte die Beine gespreizt, als reite er, die Hände auf die Hüften gelegt, als bereite er sich zu einem Kampf, und sah auf den Zwerg hinab, als stehe er auf einem Turm. Der Zwerg schaute schnell zu ihm auf und begab sich dann zu dem Ältesten, dem Müden. Wieder verneigte er sich tief, ohne daß der Scheichzadeh ihn beachtete, und sagte: »Erhabener Herr und Gebieter, der du gewesen bist, erlaube einem elenden Nichts, das ich bin, dir einen Vorschlag zu unterbreiten.« Der Prinz schien ihn nicht gehört zu haben, lehnte weiter mit geschlossenen Augen an der Serailmauer. Der Zwerg versteckte ein Lächeln und fuhr fort: »Der Vorschlag ist dieser: wenn du es vermagst, erhabener Herr, mir vierzig vollendete Lügen zu erzählen, so daß ich sie vernehme, als seien sie die lauterste Wahrhaftigkeit, dann wird dein Reich wieder dir gehören, das du an mich verloren hast, und du wirst wieder sein, der du warst: Padischah und unser Herr.«
Der älteste Prinz öffnete nicht die Augen und nur ein weniges die Lippen, um halblaut zu sagen: »Bin zu müde.

Will schlafen. Lügen sind anstrengend.« Der Zwerg verneigte sich wieder und murmelte: »Wie du befiehlst, und recht hast du auch.« Dann wandte er sich zu dem an der Mauer lehnenden zweiten Prinzen, fragte mehr freundlich als höflich: »Und du, Scheichzadeh, willst du mir einige Lügen erzählen und so Padischah werden?« Der Prinz schaute nicht auf den Zwerg, sprach wie zu sich selbst und dem werdenden Tag: »Lügen? Ach nein, auch nicht um einen Thron, der doch Lüge ist. Freiheit ist mein Ziel, und ich wäre der reichste und glücklichste Mann auf Erden, hätte ich nur meine Pferde wieder. Ohne Pferde – was ist da ein Mensch? Nichts! Ein Käfer, der am Boden kriecht, jedem Fußtritt preisgegeben, ein Wurm, der ein Schlupfloch sucht. Oh, meine Pferde! Ach, mein Leben, meine Pferde!« Der Zwerg schaute den Prinzen an, als sei er ein verfrühter Sonnenstrahl, denn hatte er nicht gesagt, ein Thron sei Lüge? »Höre mich an, Scheichzadeh: wenn du deine Würde so weit vergessen kannst, daß du in die Ställe gehst und mir einen Sattel holst, oder so viele Sättel, wie du tragen kannst, und diese hierher bringst, dann wirst du es erleben, daß du wieder Pferde hast. Denn wisse, ich liebe die Reiter und alle, die mit Pferden zu schaffen haben, sind sie doch Lügner feinster und vollkommenster Art. Willst du also?« Doch da war der Prinz schon fort, und sie hörten das leichte Aufschlagen seiner weichen Sohlen sich mehr und mehr entfernen.

Ein leises Lachen erschütterte den kleinen, schmächtigen Körper des Zwergs, und er wandte sich an den dritten Prinzen, der immer noch seine Kämpferstellung innehatte. »Wie ist es nun mit dir, mein Scheichzadeh? Wärest du um des Thrones willen bereit, mir einige wunderbare Lügen zu erzählen?« Der Prinz ließ die Arme sinken, beugte sich vor und sah auf den Zwerg hinab; seine nacht-

dunklen Augen hatten einen fragenden Blick, und er sagte ernsthaft: »Nun wir allein sind, o kleines Wesen, das so seltsame Kräfte birgt, willst du mir sagen, was dies alles bedeuten soll? Du vermagst es, drei Brüder, die verschieden sind wie die Farben des Lichts, in einen Zustand zu versetzen, daß sie ihren gesamten Besitz verspielen. Du nennst dich imstande, aus Sätteln Pferde zu machen, und du fragst nach Lügen um eines Thrones willen. Sprich nun zu mir, als sei ich ein Geschöpf Allahs mit der Kraft, hell und dunkel zu erkennen, und sage mir, was es alles bedeuten soll. So du ein Mensch bist und nicht ein Djin ... Doch rede auch dann, ich höre.«
Und der Scheichzadeh ließ sich hockend auf den Boden nieder, wodurch sich sein Gesicht in gleicher Höhe mit dem des Zwerges befand. So ganz aus der Nähe hatte der Prinz Nazir noch niemals den Zwerg seines Vaters gesehen, an dem er bisher immer verächtlich vorbeigegangen war, von seiner Höhe her das »Gewürm« mißachtend. Jetzt zum ersten Male blickte er in ein Menschengesicht, das die Trauer in Lachen verwandelt zu haben schien, denn große Augen leuchteten wie geheimnisreiche Sterne. Eine kleine Hand streckte sich zaghaft aus, und wie ein leichter Windhauch strichen Finger über des Prinzen seidenglatte Haare. »Prinz Nazir«, sagte leise der Zwerg, »weil du der erste hochgewachsene Mensch bist, der nach mir und meinem Wesen gefragt hat, will ich dir Antwort geben und Allah segne dich, daß du diese versiegelten Lippen erschließt: So wisse: uns, die wir nicht sind wie die anderen Menschen, hat das Kismet die Gabe gewährt, mehr zu sehen und zu wissen als sie, auch Wünsche zu erfüllen, so sie uns nicht zum eigenen Vorteil gereichen. Darum ist es mir gegeben, aus Sätteln deinem Bruder Pferde zu machen, aus Lügen dir einen Thron, o Nazir, der du stets in meinem Herzen wohntest.«

Die geheimnisvollen Augen sahen Nazir an, und der junge Prinz fühlte, wie sich sein Herz einen Schlag lang umdrehte. »Aman, du Erstaunlicher, sage mir, warum du nach Lügen fragst, so als wolltest du eines Narren Können prüfen, und dazu von einem Throne sprichst?« Der Zwerg lächelte, und der Prinz Nazir mußte an das Lächeln seines sterbenden Vaters denken, so sehr glich dieses in leisem Spott und Zufriedenheit jenem. »Ich bitte dich, oh Nazir, versuche es mit den Lügen, tue es um des Vertrauens willen, das dein Vater mir schenkte, und vergiß nicht, alles ist Kismet, auch daß dein ältester Bruder seinen Thron verschläft und dein zweiter jetzt eben die Sättel, deren er bedarf, nicht sogleich findet. Rede, ich beschwöre dich!« Von der Eindringlichkeit dieser Worte tief getroffen, begann Nazir sogleich: »Lügen, o Fragender, sind die andere Seite der Wahrheit, wie Schatten die andere des Lichtes. Höre: wenn ich dir sage, daß ich nicht anwesend war, während ihr spielet oder wir spielten, was wirst du mir antworten?«

Der Prinz Nazir hockte immer noch vor dem Zwerg, und der stand und sah in das junge lebensvolle Gesicht. »Ich werde dir antworten«, sagte der Zwerg, »daß du mir die Wahrheit deiner Lügen beweisen mußt.« Nazir lächelte zustimmend und zog aus seinem Gürtel einen großen, bläulich schimmernden Diamanten. In dem grauenden Morgen leuchtete der Edelstein wie ein Stern, und der Zwerg, dem das Juwel nahe vor die Augen gehalten wurde, schloß geblendet die Lider. »Siehst du, dieser hier war mein Führer, er geleitete mich durch die Finsternisse des Bazars. Denn es geschah mir, während wir spielten und ich einen Edelstein nach dem anderen verlor, daß dieser in meinem Gürtel brannte und mich daran gemahnte, daß ich ihn nicht verlieren dürfe. So hielt ich die Hand darauf gepreßt, und bald vernahm ich eine

Stimme, die flüsterte an meinem linken Ohr: ›Nimm deinen leuchtenden Stein und folge ihm in die Dämmerung des Bazars!‹ So tat ich denn und ging fort.«
Der Zwerg schaute in das Gesicht des Jünglings, und ihm war, er sähe die Gedanken darin Leben gewinnen. »Und so warst du fort, während du dennoch weiterspieltest vor unsren Augen?« fragte er und neigte sich noch näher zu Nazir. Da war es dem Prinzen, als ströme ihm aus den Blicken des Zwerges ein Leben zu, das er so stark noch niemals verspürt hatte, und aus dieser Fülle schöpfend, sagte er lachend: »Was weiß ich, was ihr sahet und für mich hieltet? Ein Nebelbild, eine Wolke, was weiß ich? Ist es nicht an dem, daß wir nicht wissen, was wir sind?« Der Zwerg lachte ein leises, wissendes Lachen, bat leise: »Berichte nun weiter, oh ersehnter Sohn meines Herzens!« Ein kurzes Stutzen, ein schneller forschender Blick zu dem Zwerge hin, und der Prinz Nazir fuhr fort zu sprechen. »Geführt von meinem leuchtenden Stein gelangte ich zum Bazar, wo alles dunkel und verschlossen war. Sobald ich mich aber mit meinem Edelstein nahte, sprangen die Tore auf, und die einzelnen Werkstätten öffneten sich.« Der Zwerg fragte nur halblaut, wie um den Fluß der Gedanken und Gesichte nicht zu unterbrechen: »Und was geschah, als sich alles vor dir und deinem hellen Licht öffnete?« Der Prinz flüsterte heimlich betroffen: »Vor mir und meinem hellen Licht...? Wie du es nur zu deuten vermagst! Es geschah, daß viele Stimmen erklangen und viele Wünsche laut wurden. Es geschah, daß mir gesagt ward, daß ich eine Last zu tragen habe, die denen zu schwer sei, die dort schafften, und daß der Sohn eines Padischah mehr Kraft zeigen müsse als alle anderen. Das rief alles jäh auf mich ein.« »Und was hast du geantwortet, oh du, Sohn meines Herzens?« fragte dringend der Zwerg. »Ich stand verwirrt, denn es

schwoll von allen Seiten auf mich zu, verstehst du, und ich wußte nicht, wohin mich wenden. Da aber kam ein Hund auf mich zu, ein kleiner, ein armer und elender Hund, saß vor mir und sagte... versteht du mich, oh Fragender? Dieser Hund, dessen Sprechen ich vernahm, sagte: ›Hilf mir tragen, mein Helfer, denn ich vermag es nicht allein.‹ So sagte der kleine Hund.«

Der Zwerg beugte sich vor zu dem vor ihm Hockenden, legte die Hand auf seine Schulter, fragte angstvoll: »Und du? Was tatest du? Gabst du ihm einen Tritt, daß er dich verschone?« Der Prinz Nazir sah den Zwerg erstaunt an, nahm die kleine Hand von seiner Schulter und klopfte sie beruhigend, wie er es mit der eines angstvollen Kindes getan hätte. »Wo denkst du hin«, sagte er ruhig, »wie werde ich ein bittendes Geschöpf Allahs beschimpfen, sei es auch nur ein kleiner armseliger Hund? Ich sagte zu dem elenden Tier, es solle mich dorthin führen, wo sich jene Last befinde. Da leuchtete mein Stein auf, und sogleich fand ich den Weg, dem kleinen Hunde folgend. In einem der engen Bazar-Räume stand ein schwerer, großer Sack; ich wandte mich zu dem kleinen Hunde und fragte ihn: ›Ist dieses die Last, die du tragen solltest?‹ Der Hund nickte mit dem Kopf, sagte etwas, das ich nicht verstand, und sah mich an.« »Und du, Nazir, was tatest du? Wandtest du dich ab und lachtest?« Der Prinz Nazir sah den Zwerg erstaunt an, fragte schmerzlich bewegt: »Warum nur glaubst du mich so harten Sinnes, daß du mir solche Fragen stellst, oh du, mit den tiefen Blicken? Wann wurde ich schuldig solcher Dinge?« Wieder kam die kleine Hand und legte sich wie ein fallendes Blatt leicht auf die Schulter des Jünglings. »Niemals noch wurdest du so schuldig, Prinz Nazir; denn wer fragt, sucht nur Bestätigung, verstehst du das nicht?« Nazir lächelte, strich über die kleine Hand und fuhr fort

zu berichten. »So also standen wir, der kleine Hund und ich, vor dem Sack. ›Was ist darin?‹ fragte ich. ›Bozah‹, sagte er. ›Was soll es damit?‹ fragte ich ›Fort von hier, an das andere Ende des Bazars, wo des Himmels Licht eindringt‹, sagte er. ›Wozu?‹ fragte ich. ›Zum Wachsen‹, sagte er. Und so standen wir beide dort.«
Der Zwerg lachte ein leises tiefes Lachen. »Und dein Stein, tat er nichts?« Nazirs Augen leuchteten auf. »Da du fragst, muß ich sagen ... ja! Er leuchtete und verlosch, so als blitze es, wieder und wieder. ›Djanoum‹, fragte ich ihn, ›was ist dir?‹ Da drückte er mich und es war, als dränge er mich. Der kleine Hund verstand schneller als ich. ›Gehen wir hinaus‹, sagte er, ›es kommt etwas.‹ So gingen wir.« Der Zwerg beugte sich vor, fragte: »Und was kam? Sage mir, was kam?« Der Prinz lachte leise vor sich hin. »Du glaubst es nicht, was kam! Eine ganze Herde von Hähnen kam daher, einer nach dem anderen, den Weg der Mitte des Bazars entlang! Hähne, wie ich sie so groß und schön noch niemals gesehen hatte, kamen daher, als wollten sie nur die Schönheit ihrer Federn zeigen.« Der Zwerg fragte leise: »Und wollten sie denn mehr? Und wenn, wie wußtest du es?« Eifrig sagte Nazir: »Der kleine Hund, verstehe doch, er wußte es. ›Gib acht‹, sagte er, ›sie kommen uns zu helfen; sie sind da, um diesen schweren Sack zu tragen, der sogar dir beschwerlich wäre. Aber es ist an dir, sie danach zu fragen. Der erste ist ihr Padischah, gehe hin und bitte ihn.‹«
Der Zwerg fragte ernsthaft: »Du hast es getan?« Prinz Nazir sah erstaunt aus. »Wie sollte ich nicht, da der kleine Hund es mir geraten hatte? Ich ging und verneigte mich gebührend vor diesem Hahn-Padischah, dessen Federn im Lichte meines Edelsteines glänzten, fragte ehrerbietig: ›Hahn-Padischah, es geht hier um eine Schwierigkeit, würdest du mit den Deinen aus Güte mir behilflich sein

wollen?‹ Der Hahn sah mich an, sah den kleinen Hund an, sagte ernsthaft: ›Um was denn geht es, oh meine Freunde?‹« Der Zwerg fragte eilig dazwischen: »Und du, was sagtest du diesem Hahn-Padischah?« »Nicht ich war es, der zu ihm sprach, denn der kleine Hund trat vor, verneigte sich höflich, legte die Pfoten zusammen...« »Wie konnte er das, da er doch auf den Pfoten stand?« »Oh, vergaß ich dir zu sagen, daß er immer nur aufrecht ging? Entschuldige mich bitte. Er sagte also höflich: ›Hahn-Padischah, ein Sack Bozah ist hier, der soll dorthin gebracht werden, wo das Tageslicht eindringt, und mir und meinem Freunde hier ist er zu schwer. Könntest du deine Diener uns zur Hilfe rufen, Erhabener?‹ Der Hahn-Padischah hat seine rote Krone geneigt und sich zurückgewandt zu den Hähnen, die ihm folgten, hat befohlen: ›Holt den Sack mit Bozah, tragt ihn dorthin, wohin er zu sein bestimmt ist.‹« Der Zwerg nickte verständnisvoll, fragte dann schnell: »Und wie haben die Hähne den Befehl ihres Herrschers ausgeführt, sage mir, Nazir?« Der Prinz lachte leise, antwortete aber ganz ernst: »Sie haben den Sack mit ihren Schnäbeln herausgezogen, während der kleine Hund, der Hahn-Padischah und ich zusahen, und dann haben sie eine lange feste Reihe gebildet und so den Sack sich aufgelegt, indem die einen hoben, die anderen sich zum Tragen boten. Da standen sie klein und gedrückt mit dem großen Sack auf ihren Rücken und es sah sehr komisch aus!«
Prinz Nazir lachte und mit ihm der Zwerg. »Sehr komisch muß es gewesen sein, in Wahrheit!« rief der Zwerg aus, erschrak dann vor diesem verbotenen Wort und sah forschend den Prinzen Nazir an, aber der hatte nichts gemerkt, so sehr war er mit den Hähnen beschäftigt. »Und wie half sich der Hahn-Padischah?« fuhr der Zwerg schnell fort. »Oh, es war sehr einfach; er befahl

seinem Gefolge sich zu schütteln; als sie es taten, wurden sie größer und größer. ›Vorsicht!‹ rief der kleine Hund voll Sorge. ›Ihr werdet so groß werden, daß Ihr nicht in das Gewölbe hinein könnt, wohin der Sack gebracht werden soll!‹ So gebot ihnen der Padischah Einhalt und befahl mir, den Zug anzuführen. ›Komm mit mir‹, sagte ich zu dem kleinen Hund, ›hilf mir, sie zu führen.‹ Da er sehr klein war, sah er angstvoll zu mir auf, fragte schüchtern: ›Würdest du mich nicht, erhabener Freund, auf deinen Arm nehmen? Es ginge leichter so.‹«
Der Zwerg unterbrach, fragte eifrig: »Und du? Sagtest du, du seist dir zu gut, um einen Hund auf dem Arm zu tragen, Nazir, mein teurer Sohn?« Tief verletzt wandte sich der Prinz zum Zwerge, sagte traurig: »Warum, oh Zwerg, hälst du mich immer aller Niedrigkeiten für fähig? Du nennst mich Sohn deines Herzens und machst aus mir einen Verworfenen, der kein Verstehen und kein Mitleid mit den Geschöpfen kennt.«
Schnell, kaum daß das letzte Wort verhallt war, kam die kleine leichte Hand und legte sich auf des Jünglings Schulter. Die leise Stimme des Zwerges sagte bittend: »Mißverstehe mich nicht, oh Nazir, meine Seele, ich wollte nur das Wort meines Wissens von dir bejaht hören. Du sagtest, du nahmst den kleinen Hund auf den Arm und hieltest ihn weich und warm an dich geschlossen, war es nicht so?« Erstaunt blickte Nazir in die geheimnisreichen Augen, fragte: »Sagte ich das schon? Ich wußte es nicht. Aber so wie du es sagst, so war es. Wir gingen; der Edelstein in meiner Hand und der Hund in meinem Arm wiesen den Weg, und so langten wir an. ›Hier ist es‹, sagte der kleine Hund, und durch das Dach sahen wir die Sterne droben leuchten – woanders konnte es nicht sein. ›Ladet ab‹, sagte der Hahn-Padischah. Seine Gefolgshähne gehorchten. Der Sack Bozah fiel zu

Boden. Die Hähne entfernten sich, der Padischah blieb stehen. Der kleine Hund in meinem Arm sagte leise: ›Schau seinen Rücken an.‹ Ich tat es ... und was sah ich?«
Der Zwerg beugte sich nahe zu dem vor ihm hockenden Prinzen, fragte gespannt: »Nun, was war es, das du sahst?« Auch der Prinz beugte sich vor, redete in des anderen Antlitz hinein, sagte: »Ich sah, daß des Padischah-Hahnes Rücken, des einzigen, der ohne Belastung dahergeschritten war, wie von einer Last gedrückt erschien und wund war! Aman, aman, was tun?« Der Zwerg fragte hastig: »Was denn, mein Sohn, tatest du und was dachtest du?« Der Prinz schüttelte wie ratlos den Kopf, erwiderte: »Was zu tun, wußte ich, was zu denken, nicht. Bozah heilt, so schnitt ich mit meinem Dolch den Sack auf, streute auf den verletzten Rücken das Bozah, fragte vorsichtig: ›O Hahn-Padischah, du, der einzige Eine, der nichts trug, du wurdest wund, wie kann das geschehen?‹ Es war aber der kleine Hund in meinem Arm, der Antwort gab. Er sagte: ›Lasse ihn, er heilt sich selbst. Ist er nicht der Herrscher, der allein alle Wunden seiner Leute tragen muß, auch wenn sie ihnen bestimmt waren? Verstehe, er heilt sich selbst. Siehst du, wie aus dem Bozah auf seinem Rücken schon das Grün wächst? Aus der Last wird Lieblichkeit, schau hin, mein erhabener Freund.‹ So sagte der kleine Hund.«
Der Zwerg neigte seine Stirn in die Hand, fragte kaum hörbar: »Und was sahst du, o Nazir?« Eifrig beugte sich der Jüngling vor, antwortete mit dem Feuer der Jugend: »Einen Garten sah ich wachsen, wandelte in ihm, sah seine Blumen, sah seine Wege und Sträucher und in seiner Mitte einen goldenen Kürbis erstehen.« Der Zwerg, hinter seinen vorgehaltenen Händen sprechend wie aus dem Traum heraus, sagte: »Lasse es genug sein, mein Sohn Nazir, du Kind meines Herzens und Sinnes, ich

weiß, was du sagen wirst von dem Kürbis, der Edelsteine barg gleich denen, die du im Spiel verlorst. Aber ich weiß mehr: der eine Edelstein, den du trugst und der dir Führer wurde, der zeigte dir viel mehr, als du mir sagen willst. Ist es nicht so, Nazir?«
Der Prinz neigte sich ein wenig zu den geheimnisvollen Augen, die ihn mehr fragten, als die leise Zwergenstimme es tat, und wollte antworten, da aber kam laufend der zweite Prinz daher, warf einen Haufen von Sätteln auf den Boden, rief lachend: »Mache dein Wort wahr, o Djin, gib mir meine Pferde wieder!« Nazir sah erwartungsvoll auf, sah die kleinen leichten Hände, die ihn liebkost hatten, sich über die Sättel hin wie streichelnd bewegen, und im nächsten Augenblick stürmte eine betäubende Wolke herrlicher Pferde davon. Der zweite Prinz packte eines davon an der Mähne, schwang sich hinauf und ward im Wehen des Staubes nicht mehr gesehen. Der Prinz Nazir wandte sich zu dem Zwerge. »Lügen hast du verlangt«, sagte er, »geschah dir davon genug?« Der Zwerg erhob sich und stand klein und zierlich vor dem Schechzadeh, der sich wegen der stürmenden Rosse seines Bruders erhoben hatte. »Warte ein wenig, Sohn meines Herzens«, sagte der Zwerg, »und du wirst erfahren, ob mir genug geschah. Lügen gabst du mir, und sie wurden zur Wahrheit, denn ich erkannte daran dich und dein Denken. Willst du es sehen, so sieh her!« Der Zwerg faßte weich nach des Prinzen Stirn, machte mit jenen leichten Händen einige Bewegungen, und kaum, daß er es getan, stand ein kleiner, armseliger, ängstlicher Hund da. Prinz Nazir streckte die Hände aus, rief leise: »Komm zu mir, kleiner Freund, und bleibe auch bei mir.« Und der kleine Hund sprang in die empfangsbereiten Arme mit einem Laut, der bei einem Menschen ein Jauchzer gewesen wäre.

Noch eine Bewegung machten die Zwergenhände, und da stand er, der Hahn-Padischah, in all seiner Pracht, aber das Lachen eines verstehenden Herzens ließ ihn allsogleich dem Lichte des Sonnenunterganges gleich verschwinden. Der Zwerg sagte: »Lügen zeigen des Menschen tiefste Wahrheit, denn Lügen sind den Träumen gleich, die den Stimmen der Unsichtbaren Worte verleihen. Fragte ich nach Lügen, so war es, um die Wahrheit zu ergründen und diesem Lande einen Padischah zu geben, wie es ihn ersehnt. Immer aber sah ich im Spiegel meiner Seele dich, oh Sohn meines Herzens, Nazir, mein Padischah!«
So geschah es, daß dieses Volk unseres Landes einen Padischah bekam, der mitleidsvoll, verstehend und voll des Lachens war. So geschah es, daß seines Bruders weiches Träumen Obdach fand bei ihm und des anderen Bruders wilde Freiheit ihm nicht geneidet ward. So geschah es aber auch, daß ein kleiner Hund sich stets in des Padischahs Armbeuge schmiegte, mochte er nun wichtige Dinge erledigen oder sich des Kefs erfreuen, und daß neben seinem Pferde eine Sänfte daherzog, darin auf vielen Polstern erhöht ein Zwerg thronte, dessen Augen mit dem Blicke unzerstörbarer Liebe auf dem Antlitz dessen ruhten, den sein Volk den Padischah mit dem sehenden Edelstein nannte – wenn auch niemand wußte, warum. Ist es nicht der Geheimnisse schönster und erhabenster Vorzug, nicht erkannt und nicht gedeutet zu werden?

Der Kawehdji und der Derwisch

Achmed war in einem Lande wie dem unseren, wo es viele schöne Jünglinge gibt, einer der schönsten. Zudem war er ein fleißiger Knabe, ein guter Sohn seiner Mutter, für die er alles erarbeitete, dessen sie zum Leben bedurfte; er betrieb seines toten Vaters Geschäft, war ein Kawehdji. Alles wäre leicht und freudig gewesen in diesem Leben der Jugend und Arbeit, wenn die Frauen nicht gewesen wären, die Mädchen. Ist es nicht seltsam, daß es unseren Frauen, mögen sie auch im Harem leben, unter dem Schleier verborgen, dennoch immer möglich wird, ein schönes Mannsbild aufzuspüren und sich ihm bemerkbar zu machen? Ist es nicht eines der größten Wunder und bedeutet an Geheimnisvollem mehr, als alle unsere Erzählungen von Djinnen, Ifrits und Peris bergen? Nun, wir kamen nicht zusammen, Freunde, um dieses Geheimnis zu ergründen, sonst säßen wir noch da, wenn unsere Bärte in den Boden vor unseren Füßen eingewachsen sind... nein, wir berichten nur davon, daß die Frauen, die Mädchen, die Weiber dem schönen Achmed das Leben schwer machten. Hatten sie nicht die Möglichkeit, diese Dienerinnen der Reichen, Kaweh und Scheker woanders zu kaufen als bei einem Kawehdji? Aber nein, grade dort mußte es sein, und wenn beim Prüfen der Ware der Schleier ein weniges zur Seite glitt... Djanoum, welch eine Aufregung war das! Achmed aber, jung wie er war, stand zur Seite und sah mit den geduldigen Blicken der Alten und Weisen zu, wie die Weiber die stille Ordnung seines Geschäfts am frühen Morgen, wenn noch keine Gäste da waren, zerstörten und sich anschickten, hätte er es zugelassen, am späten Abend auch die Ordnung seines Lebens zu zerstören.

Glaube nun niemand, daß Achmed nicht bereit gewesen wäre zu lieben! Aber dieser Jüngling hatte es sich in den Kopf gesetzt, selbst die Liebe zu suchen, selbst auch ihren Gegenstand und sich nicht wie eine reife Tomate pflücken zu lassen, im Vorübergehen, von einer Dienerin hinter dem Rücken ihres Herrn. Nein, Wallaha, das wollte er nicht! Er stand am Eingang seines kleinen Kawehs, das in einer der Seitenstraßen des Bazars gelegen war und eben deshalb von dem begehrlichen Mädchen so leicht aufgesucht werden konnte, sah der letzten dieser enttäuscht Davongehenden nach und murmelte zornig vor sich hin: »Ihr Unguten, den Hündinnen gleich streicht Ihr herum. Sei ein böser Djin Eure Strafe, Ihr Unguten, Ihr Schamlosen!« Da hörte er zu seinen Füßen eine ruhige Stimme sagen: »Wer böse Worte gebraucht, schadet seiner eigenen Zunge, nicht dem, dem sie bestimmt waren.«

Erschrocken, denn er hatte sich allein geglaubt, beugte sich Achmed suchend nieder und sah am Boden, ganz in sich zusammengesunken, einen Derwisch hocken, dessen Haltung die letzter Ermattung war. Achmed neigte sich tief zu ihm herab, sagte leise, voll von Mitleid und Hilfsbereitschaft: »Derwisch Baba, aman Kousum, wie müde du bist! Komm in mein Kaweh, Baba; es ist hinter einem Vorhang ein Diwan da, auf dem ich manchmal die Nacht verbringe; dort kannst du ruhen, und ich werde dich laben; ich habe sehr guten Tschai, der erquickt. Komm, Derwisch Baba, ich helfe dir auf, komm.« Der

Derwisch blickte in das schöne junge Gesicht, das dem seinen ganz nahe war, lächelte ein wenig und murmelte: »Kommt ein Ifrit mir helfen, ein wohltätiger?« Dann ließ er sich von Achmeds junger Kraft hochheben und in das kleine Kaweh geleiten. Als er auf dem Diwan lag, löste ihm der Jüngling die Stränge der Fußbekleidung, murmelte bedauernde Worte und begann, mit feuchten Tüchern die zerschundenen Füße zu kühlen. »Wie weit sie wohl gingen, die armen Füße, Babadjim, ja? Steinige Wege und staubige Wege. Wach, wach die armen Füße!« Und während er so voll Sorgfalt kühlte und wusch, war schon das Wasser für den Tschai am Kochen. Der Derwisch sagte nichts, schaute nur auf den gesenkten Kopf des schönen Jünglings und auf die hilfreichen Hände. Achmed hüllte die Füße in kühle Tücher und bereitete den Tschai, brachte ihn mit dem Duft der Limone versehen und mit Scheker gesüßt dem Derwisch dar, tat es so ehrfurchtsvoll, wie er zu diesen frommen Männern fühlte, die sich ein entbehrungsreiches Leben erwählt hatten. Ihm fiel ein, während der Derwisch den Tschai schlürfte, daß dessen Bettelschale und sein Achselstab noch draußen geblieben waren, und er holte sie schnell herbei, ehe vielleicht ein daherkommender Hund die heiligen Dinge beschmutzen würde.

Indem nahten Gäste, und Achmed brachte die Sachen dem Derwisch, sagte hastig: »Ich bitte dich, Derwisch Baba, ruhe hier, schlafe, erfrische dich! Ich bin beglückt und geehrt, daß dein Haupt hier ruht. Ich muß indessen Gäste versorgen, Babadjim.« Der Derwisch nickte nur und lächelte still, und dann ließ ihn Achmed hinter dem Vorhang allein. Fast wollte es ihm scheinen, er habe noch niemals so viele Gäste wie an diesem Tage gehabt, doch kam die Stunde des Mittagsmahles, und da gab es ein wenig Ruhe. Er schlüpfte schnell einige Läden weiter, kaufte Brot, Käse, Früchte, Oliven und kam zurück voll Freude, denn nun konnte er dem Derwisch ein Mahl vorsetzen und ihm zudem noch später die Bettelschale füllen. Hinter dem Vorhang war alles still; vorsichtig hob ihn Achmed und fand den Derwisch in tiefem Schlafe vor. »Wallaha«, murmelte Achmed hauchleise, »welch ein Glück widerfährt mir! Heißt es nicht, das Dach, unter dem ein Derwisch in Schlaf verfällt, ist gesegnet? Allah Kerim, welches Glück!« Und begann die mitgebrachten Speisen herzurichten, so daß der Derwisch sie vom Lager aus verzehren konnte.

Dann weckte er vorsichtig den Schläfer und bediente ihn, wie ein Sohn es dem Vater getan hätte. Der Derwisch fragte leise, nachdem das Mahl beendet war: »Wie kann es geschehen, mein Kind, daß ein so reines und gutes Herz eine so böse Zunge hat wie die, die schlechte Worte vorhin sprach? Berichte mir, was dich erregte, Sohn.« Achmed tat es mit Freuden, sprach sich allen Zorn auf die lästigen Weiber vom Herzen und war nicht wenig erstaunt, als der Derwisch herzlich lachte bei diesem bewegten Bericht. »Mein Sohn«, sagte er und strich dem Jüngling über die Locken, »es kann nicht anders sein, als daß die Bienen Honig saugen, die Schmetterlinge Samen sammeln, die Jugend die Jugend sucht. Was beklagst du dich so bitter, da dich ein guter Geist so schön schuf und du den Mädchen Honig wie Blüte bedeutest? Aber ich will dir eine kleine Hilfe nennen, mein Sohn, hast du doch mir geholfen und war dein Geben und Helfen reich wie die Sonne an einem Sommertag. So höre: hinfort werden die kleinen Finzans, deine kleinen Tassen, dir den Gedanken dessen, der daraus trank, verraten. Du mußt nur darauf achten, sie nicht zu verwechseln, wenn du sie, nachdem der Gast dich verließ, an dein Ohr hältst. Es wird so sein wie bei den Muscheln, die das Lied des

Meeres dir ins Ohr singen. So, mein Sohn, werden die
Finzans dir alles verraten. Verstehst du mich, mein
Kind?«
Achmed starrte den Derwisch an und dachte, daß der
sich vielleicht ein Fieber zugezogen habe und deshalb so
seltsam spreche. Aber er hatte zuviel Ehrfurcht, um seine
Zweifel spüren zu lassen, und sagte darum ergeben und
leise, wie es sich geziemt: »Ich verstehe dich, Derwisch
Baba.« Der Derwisch lächelte ein wenig und schien die
Gedanken hinter den Worten zu erkennen, denn er sagte
freundlich: »Laß nur, mein Sohn, du wirst mich einmal
verstehen. Und vergiß nicht: wie du es besser und besser
lernst, den Finzans oder der Muschel, wie du sie nun
nennen willst, zu lauschen, so wirst du weiser werden
und auch glücklicher, wenn es auch schwer ist, glücklich
zu sein und erkennend zugleich. Jetzt werde ich noch
ein wenig ruhen, mein Sohn, um zur Nacht wieder meiner Wege zu gehen. Aber wenn du mich auch jetzt nicht
mehr siehst – alle drei Monate einmal wirst du mich wiedertreffen, nur weiß ich nicht, ob du mich immer erkennen wirst. Ich aber danke dir in jeder Gestalt und sage
dir Allah ismagladyk.« Damit fiel der Derwisch zurück
und versank sogleich in tiefen Schlaf. Der Kawehdji war
ein wenig ratlos, was nun zu tun sei. Sollte er am Boden
nahe dem Derwisch schlafen? Sollte er heimgehen und
den Derwisch allein lassen? Nach einigem Überlegen entschloß er sich hierzu, verriegelte die schwere Tür seines
kleinen Geschäftes von außen und ging heim zu seiner
Mutter.
Besonders früh erhob er sich am Morgen und eilte in den
Bazar, den Derwisch aus seiner Gefangenschaft zu befreien; er schloß leise auf, schlich hin zu dem Ruhelager
und blieb vor Schreck erstarrt reglos stehen: der Derwisch war fort! Wie war das möglich, da er doch ein-

geschlossen war? Wie konnte das geschehen? Da gewahrte der Jüngling auf einem niederen Schemel neben dem Ruhelager eine kleine Tasse, eine der zierlichen Finzans, darin der Kaweh bereitet wurde; wie kam sie dahin? Genau konnte er sich erinnern, alles sorgfältig aufgeräumt zurückgelassen zu haben. Er schüttelte den Kopf, nahm die kleine Tasse auf, wollte sie säubern und zu den anderen stellen, doch als er sie aufnahm, war es ihm, er habe eine summende Biene in der Hand, und plötzlich erinnerte er sich der Worte des Derwisch, an die er nicht mehr gedacht hatte: derer von den singenden Muscheln. Er lachte über sich selbst, hielt aber doch die kleine Tasse an das Ohr. Und da, ja wirklich, da war es ihm, als vernähme er tief in sich, er wußte auch nicht zu sagen wie und wo, etwas wie Worte – oder waren es Gedanken? Gleichviel, er verstand dieses: »Ich gehe ausgeruht von dir, mein Sohn, und lasse dir mit dem Finzan meinen Dank und Gruß; vergiß nicht, in drei Monden bin ich wieder da, wenn auch in anderer Gestalt. Allah ismagladyk.«
Das summte die kleine Tasse, und dann war sie still. Der Jüngling sah sie an von allen Seiten, aber es war nichts an ihr zu sehen. Vorsichtig trug er sie in einen Winkel, umhüllte sie mit einem Tuch und stellte sie fort. Maschallah! welch ein Wunder, welch ein köstlicher Spaß! Von nun an würde er alle Gedanken seiner Gäste erraten können, würde wissen, wer Geschäfte mit wem machte, wer Freund war, wer Feind, wessen Gunst zu bewahren sei, wessen nicht. Achmed setzte sich auf einen seiner niederen Eskemleh, stützte die Ellbogen auf die Knie, den Kopf in die Hände und dachte, dachte! Von Zeit zu Zeit huschte ein Lächeln über sein Gesicht, dann wieder sah er ganz ernst aus, und plötzlich sprang er auf, sagte laut in das morgendliche Schweigen des Bazars hinein: »Ein

guter Ifrit hat mich besucht, zweimal hat er mich Gott befohlen und kehrt zurück. Reich werde ich sein, groß werde ich werden ... Dank, Derwisch Baba, und Dank dem Freund und Bruder Mohamed, dessen Name gesegnet sei!«

Von diesem Tage an begannen jene geheimnisvollen Geschehnisse im Bazar, davon noch viele Jahre lang bewundernd gesprochen wurde, denn es gab keine Geheimnisse mehr, die bewahrt werden konnten. Wurde ein Diebstahl geplant, so war ein Teil der Beute ehebald wieder dem Eigentümer zurückgegeben, mochte das Versteck auch noch so sorgfältig gewählt gewesen sein. Wurde eine Ware eingeschmuggelt, auf der hoher Zoll stand, nach kurzem fehlte ein Teil davon, und das übrige wurde von den Sabtiehs in Gewahrsam genommen. Wurde die Entführung einer Sklavin geplant ... aber hierbei ging es am allerseltsamsten zu, und die Sache mit der entführten Sklavin blieb das dunkelste Geheimnis. Erregt stand man im Kaweh des Achmed herum, das inzwischen zum größten und schönsten geworden war, und besprach diese Begebenheit, bei der man nicht wußte, ob man die Frechheit, die Kühnheit oder die Sicherheit der Befreiung mehr bewundern sollte.

Die Sache spielte sich so ab: Suleiman, ein Syrer, und Artin, ein Armenier, waren zwei Leute, die seit langem alle Geschäfte gemeinsam machten, und es gab im Bazar einen Spruch, der sagte: »Was Suleiman stahl, nahm ihm Artin ab; was Artin verbarg, verkaufte Suleiman. Aman, hab acht, Bruder!« Artin, mit dem Witz und der Durchtriebenheit, die seinem Volke eigen sind, hatte den Gedanken erwogen, aus der neuen Sendung des Sali Agha, des größten Sklavenhändlers des Landes, etwas Gutes zu stehlen und es selbst nutzbringend zu verkaufen. Zu diesem Zwecke, so wurde im Kaweh des Achmed flüsternd besprochen, sollte sich Suleiman als reicher Bey von der syrischen Küste kleiden und die Gewänder hierzu von Machmud stehlen, der sein Geschäft wenige Schritte entfernt von Achmeds Kaweh betrieb. Während dann der angebliche syrische Bey die Sklavin auswählte und begutachtete, würde Artin herbeistürzen, Suleiman niederschlagen, das Mädchen packen und auf einem schnellen Pferde entführen. Suleiman würde indessen einen Aufruhr vorbereiten, viel schreien und schelten, nach den Sabtiehs verlangen und auf diese Art dem Artin auf seinem Pferde Vorsprung geben. Das Versteck für die Beute war in einem Karawanserail gedacht, das sich unmittelbar vor dem Tore der Stadt befand.

Alles ging auch ganz planmäßig bis zu der Ankunft des Artin im Karawanserail, darin sich naturgemäß während des Tages niemand befand. Dort aber stand unerwartet ein Mann vor dem erschreckten Armenier und bemerkte höflich, er sei der Aufseher für den Lagerraum und bereit, welche Ware immer der Effendi bei sich habe, in Aufbewahrung zu nehmen. Eine Sklavin? Ja, gut. Er werde sie in sicherem Gewahrsam halten, so der Effendi eine Lagergebühr zahle. Man berechne für Sklaven das gleiche wie für Esel, Hammel und ähnliches Getier und besitze verschließbare Räume im Lager. »Will der Effendi mitkommen und die Sklavin auch? Gehen wir zusammen.« Artin begriff es niemals, wie es kam, daß er keinen Fluchtversuch unternahm oder den Aufseher niederschlug; er ging vielmehr mit, wobei er der Erste war, dann kam die vor Angst verstummte Sklavin, dann der Aufseher. Man gelangte zum rückwärtigen Teil des Lagerraumes, wo sich einige vergitterte Zellen befanden, die offenbar des Aufsehers höchster Stolz waren. »Sehe der Effendi, wie sicher und gut verwahrt alles ist, was hier eingeschlossen ist. Die Stunde Aufbewahrung kostet fünfzig Piaster, will

der Effendi so herablassend sein, zu zahlen, ehe wir die Ware hineintun?«
Artin erging sich in Wehklagen über die Höhe der zu entrichtenden Summe, der Aufseher lächelte nur und bemerkte: »Wie der Effendi befiehlt. Dann nehme er die Ware wieder mit, es macht mir nichts aus.« Aber das konnte Artin nicht, durfte doch niemand die Sklavin sehen, und so begann er zu handeln, was jedoch seltsamerweise dem Aufseher nicht zu behagen schien. Es wurde spät und später, und verzweifelt gab Artin endlich nach, zahlte die verlangten fünfzig Piaster und forderte den Mann auf, die Ware nun einzuschließen. Dieser aber, höflich wie nur je, erklärte, es gehe ihm gegen die Ehre, daß der Effendi die Zelle nicht besichtigt habe und ihre Sicherheit geprüft; er schloß auf, trat zurück, verbeugte sich höflich und sagte: »Tretet ein, Effendi, seht, wie vortrefflich die hier aufbewahrte Ware gegen Einbruch gesichert ist.« Artin trat ein, und im nächsten Augenblick schnappte das Schloß zu. Er saß in der so sehr sicheren Zelle. Um sein Geschrei kümmerte sich der angebliche Aufseher nicht, wandte sich an das verängstigte Mädchen, sagte hastig: »Komm mit mir, ich bringe dich zu meiner Mutter, niemand wird dir etwas tun, komm. Ich habe eine Djelhabieh für dich bereit, wir reiten schnell.«
Melek verstand nichts von allem, was ihr seit den letzten drei Tagen geschehen war, seit sie vom Felde fortgeholt worden war, wo sie Rosen für die Ölbereitung pflückte; von allem war sie so benommen, daß sie wortlos tat, was ihr anbefohlen ward. Gleich danach war sie in eine dunkle Djelhabieh gehüllt, wurde von einem sicheren Arm umschlungen und auf ein Pferd gehoben. Hinter ihr verhallte das Geschrei des eingeschlossenen Artin.
Es dauerte nicht lange, da wurde Artin aus diesem Gefängnis befreit, um in ein anderes zu wandern, und er traf

seinen Freund Suleiman auch dort wieder an. Ist es schlimm, gefangen zu sein? Aber nein, denn man gewinnt Zeit für das Erdenken neuer Möglichkeiten. Schlimm aber ist es, fünfzig Piaster bezahlt zu haben für das Eingesperrtwerden, ja, das ist schlimm, denn es ist Verlust des Gesichtes. »Warte, du Elender, wenn ich wieder frei werde!« dachte Artin voll Wut. Doch auch er hatte das Gesicht des Elenden nicht gesehen, fiel doch der Zipfel eines Kopftuches darüber, und so sank auch diese Drohung in das große weite Loch des Vergessens ein, wie es viele schon getan hatten seit jenen seltsamen Geschehnissen in und um den Bazar.

Zeit verging, und Melek gehörte schon, als sei sie niemals anderswo gewesen, zum Hause von Achmeds Mutter. »Eine Tochter habe ich mir immer gewünscht«, sagte die alte Frau, »und erhielt vom Kismet nur diesen Nichtsnutz von Sohn zugewiesen.« Lachend und forschend schaute sie Melek an. »Denkst du nicht auch, er sei ein schlimmer Nichtsnutz, heh?« fragte sie schelmisch. Melek neigte sich tief über das Seidentuch, das sie mit Blumen bestickte, und murmelte: »Wie könnte ich meinen Erretter einen Nichtsnutz nennen, oh Herrin?« Doch Achmeds Mutter lachte nur und ging an ihre Arbeit.

Gewiß, die Sitte verlangt, daß ein Mann niemals das Gesicht einer Frau sehe, sie sei denn ihm blutsverwandt, aber für eine Sklavin gilt das nicht, und so hatte Achmed wieder und wieder in das Antlitz des Mädchens geblickt, das Melek hieß, was Engel besagt. Sie war aber ein heiteres und frohes Mädchen, kein stiller, frommer Engel, und Achmed trieb Spaß mit ihr. So brachte er eines Tages sein Ibrik, das Gerät zum Bereiten des Kaweh, mit nach Hause, zugleich mit den kleinen Finzans, und erklärte dazu: »Erlaube mir, verehrungswerte Mutter, den Kaweh mit meinem Ibrik zu kochen, denn ich habe eine neue, gute Art Kaweh aus Yemen bekommen und du und Melek, Ihr müßt ihn versuchen; auch sind meine Finzans sehr schön, ist es nicht so? Sie sind ganz neu.« Was ist dagegen einzuwenden? Nichts. Nur Melek wunderte sich ein wenig, daß es ihr erlaubt ward, mit der Herrin und dem Herrn den Kaweh zu nehmen, aber langsam hatte sie schon begonnen, sich an allerlei Wunder zu gewöhnen. So saßen sie denn zu dritt auf dem niederen Diwan mit angenehm gekreuzten Beinen, und die Frauen bewunderten gebührend die Köstlichkeit des Kaweh. Dann erhob sich Melek, sagte leise: »Erlaubt, daß ich die Finzans säubere.« Fast erschrak sie, als Achmed hochsprang und mit dem Griff eines Räubers nach den Finzans griff. »Diese ist deine, oh Mutter, ist es nicht so?« Die alte Frau sagte erstaunt: »Sind sie so kostbar, diese Finzans, mein Sohn, daß du sie auch nicht den weichen Händen von Melek anvertraust?« Achmed nickte, sagte etwas verlegen: »Sehr kostbar, Verehrungswürdige, mehr als du begreifen kannst.« Und ging vorsichtig davon, die zwei Finzans behutsam haltend, rechts den der Mutter, links den von Melek.

In dem Raum angelangt, wo sich die Wasserkübel befanden, stellte Achmed sorgfältig den Finzan der Melek beiseite, hielt den der Mutter ans Ohr, zufrieden in Erwartung lächelnd. Aber er nahm das zierliche Gefäß schnell wieder vom Ohr, betrachtete es erstaunt, hielt es dann wieder nahe und hörte dieses: »Was für ein Dummkopf ist doch mein Achmed! Wie dumm sind die Männer immer, aber auch dieser, das setzt mich in Erstaunen! Da ist dieses Kind Tag für Tag für ihn sichtbar, diese Melek, die ich zur Tochter will, und was tut er? Nichts! Was für ein Dummkopf mein kluger Sohn ist, Maschallah!« Noch einmal und noch einmal hörte er sich die Gedanken seiner Mutter an, und ein Lächeln stand auf seinem schönen

Gesicht, als scheine die Sonne allein nur für ihn. Dann nahm er den Finzan auf, daraus Melek getrunken hatte, hielt ihn in der Hand und spürte das seltsame Bienensummen, das er nun schon kannte. Aber hören? Wissen, was sie dachte? Aman, aman, es war schwer, sich zu entscheiden! Wenn sie nun...
In diesem Augenblicke verdunkelte sich der Eingang dieses Raumes, der eine Tür zum Hof hatte, darin sich der Brunnen befand, und die Gestalt eines Mannes in der Kleidung reicher reisender Kaufleute stand dort. Der Mann grüßte höflich, sagte halblaut: »Achmed, mein Sohn, hast du Angst, was sie denken könnte, diese, die den Namen der Engel trägt? Vorsicht, lasse den Finzan nicht fallen!« und sprang hinzu, fing aus der Hand des Erschrockenen die zierliche kleine Tasse auf. Stimme, Blick, Art zu sprechen... »Derwisch Baba!« rief Achmed, stürzte auf den Mann zu, der in anderer Gestalt wieder vor ihm stand. »Wie du mir gesagt hast, bist du gekommen, wenn auch anders anzuschauen. Oh Freund und Helfer, wie ich dir danke, wie ich danke! Reich hast du mich gemacht, wissend hast du mich gemacht! Wie ich danke, Babadjim!« Der Mann sagte ernst und ruhig: »Du redest mich mit Worten an, die dem Propheten allein gebühren, denn nur er ist Freund und Helfer, sein Name sei gesegnet. Du dankst mir für Reichtum. Was aber ist Reichtum? Reichtum ist Kälte, Hochmut, Härte. Wissend habe ich dich gemacht, sagst du. Wissend wovon? Von der Schlechtigkeit der anderen und wie man daraus Nutzen ziehen kann? Mein Sohn, wenn das alles ist, was ich dir gab, ist es nicht viel; und mir will scheinen, ich sollte meine Gabe zurücknehmen und dich allein lassen.«
Wartend stand der Derwisch, schweigend Achmed. Eine Weile so, dann trat Achmed nahe zu dem verwandelten

Derwisch, legte seine Stirn auf dessen Schulter und bekundete so Ergebenheit und Demut. »Tue, was dich richtig dünkt, Freund und Wohltäter, ich bin in deiner Hand.« Der Derwisch, der immer noch die kleine Tasse in der Hand hielt, legte sie mit einem geheimen Lächeln unversehens an das Ohr Achmeds, hielt mit der anderen Hand den dunklen Kopf fest auf seiner Schulter. Und Achmed hörte. Leises Seufzen, leise Laute: »Wie schön er ist, mein Erretter, wie gut und stark! Wie ich ihn liebe ... Oh Allah, hilf!«
Mit einer heftigen Gebärde befreite sich Achmed von der haltenden Hand, faßte den Derwisch an beiden Schultern, sah ihn leuchtenden Blickes an, stammelte: »Da ich dieses vernahm, Babadjim, mögest du deine Gabe zurücknehmen; ich will niemals mehr etwas hören. Nur komme, komme immer wieder und prüfe deinen Diener, auf daß er es verdiene, dein Schüler zu werden!« Der Derwisch sagte leise: »Ich lasse dir die Gabe bis zu meinem nächsten Kommen und gebe dir einen Rat dazu: lasse in Zukunft dein Weib nur aus einem Gefäß den Kaweh nehmen, das sich niemals im Bazar befand, haben doch nur deine dortigen Finzans die Gabe des Sprechens. Denn wisse, mein Sohn: ist auch das Seufzen der Liebe herzerfreuend am Beginn der Dinge – wer kann wissen, in welche Geräusche sich solches Seufzen späterhin wandelt? Darum bedenke dich wohl, ehe du es nochmals versuchst. Dieses sei die erste Lehre an meinen Schüler. Allah ismagladih.« Und war mit dem Aussprechen des Wortes verschwunden. Achmed stand und sah dem Schatten nach, den er geworfen hatte, hielt dann nochmals den Finzan ans Ohr, der ihm in die Hand gedrückt worden war, sagte leise: »So behalte ich das erste Seufzen der Liebe für alle Zeiten, und sollte einmal alles anders werden – dich, Finzan, behalte ich!«

Da sprang ein herrenloser Hund von der Straße herein, war mit einem Satz bei Achmed, und mit leisem Klirren fiel der Finzan auf den Steinboden, zerbrach in unzählige Scherben. »Wach! Wach!« klagte Achmed und hockte sich suchend nieder, fand nur Staub.
Ist es nicht Wesen der Liebesseufzer, zu verhallen und nichts zu werden als Staub der Erinnerungen? Allah Kerim.

Liebeslist

Sklavenmarkt ist, und es geht bunt zu. Die Händler haben ihre Buden mit gestickten Stoffen und Teppichen behängt und schreien sich gegenseitig nieder, um ihre Waren anzupreisen. Yemen, das große, das berühmte Land des Sklavenhandels, ist es sich selbst schuldig, diesen Markt mit aller nur möglichen Pracht auszustatten. Stolz ist man über die hohe Qualität der angebotenen Ware und geht zunächst nur herum, sich alles betrachtend und mit Freunden zusammen stehenbleibend vor den einzelnen Buden. Als das Gebot dann beginnt, hebt es an um die männlichen Sklaven, besonders um diejenigen, die des Waffentragens fähig sind. Schöne, dunkle, hochgewachsene Gestalten sind es, und sie stellen sich hochmütig zur Schau, wohl wissend, daß die Weiterentwicklung ihres Schicksals in ihren eigenen waffenfähigen Händen liegt, in der geschmeidigen Kraft ihrer Muskeln, der Schnelligkeit ihrer Füße, der Ausdauer ihres Atems.

Hin und her mit den Freunden geht auch der junge Omer und betrachtet gleich den anderen bewundernd diese zur Schau gestellten Männer. »Wie ist es nur möglich, daß diese sich haben fangen lassen?« sagt er staunend. »Ob sie wohl anderswo entsprungen waren und sich freiwillig in die Hände der Händler gaben?« Hassan und Achmed, die Freunde, halten das durchaus für möglich und sind

der Ansicht, daß die kriegerischen Männer vermutlich auf einen Anteil am Verkaufsgeld abgeschlossen hatten. Doch Hassan rief jetzt halb lachend aus: »Sieh dort, Omer, da geht der alte Ferid! Gewiß ist er gekommen, um eine junge Sklavin zu erwerben. Und wie jung muß sie sein, um sein Alter auszugleichen! Wollen wir warten und sehen, was er kauft? Es könnte erheiternd sein.«
»Warum nicht?« sagte Omer auch lachend, »es ist immer lehrreich, zuzuschauen, wie einer sich öffentlich zum Narren macht und noch teuer selbst dafür bezahlt.«
So hielten sich die drei jungen Karawanenführer in der Nähe des reichen alten Ferid auf und warteten, was geschehen würde, wenn die männlichen Waffensklaven ausverkauft wären und die weiblichen jungen Schönheiten zum Verkauf kämen.
Omer sowohl wie Hassan und auch Achmed hatten schon oft ihre Kamele in der Karawane für Ferid geführt und wußten viel von seinem Geiz und seiner schmutzigen Gesinnung zu berichten. Ferid war reich; sehr, sehr reich, und deshalb setzte es auch niemanden in Erstaunen, daß er geizig und gemein dachte, führt doch großer Reichtum fast immer zu solcher Gesinnung. Er bedurfte auch längst keiner eigenen Karawane mehr, sondern bekam von weither alles zugesandt, ohne es auch nur angefordert zu haben, so bekannt war er. Wohlgerüche aus Persien, Samt aus Syrien, Juwelen aus Hindostan: alles wurde ihm gesandt, und er verkaufte es zugleich mit den heimischen Seiden des Yemen weiterhin in alle Welt. Sein Name allein war schon Geld, und er saß wie eine Spinne im Netz wartend da, bis man ihm alles vor die Füße legte. Wenn jemand irgendwo in Hindostan oder Arabistan einem Karawanenführer sagte: »Für Ferid in Yemen bei Schükri«, so wußte man Bescheid. Wer kannte nicht den großen Kawehdji Schükri, bei dem man

täglich vom Mittags- bis zum Abendgebet den reichen Ferid vorfand und zu dem man ihm die Waren bringen konnte? Das einzige, was ihm nicht zum Kaweh-Han des Schükri gebracht werden konnte und um dessen Besichtigung er sich selbst bemühen mußte, war das Fleisch junger schöner Frauen, ausgestellt auf dem Sklavenmarkt. Und um diese erfreuliche Besichtigung war jetzt der reiche alte Ferid bemüht, nicht ahnend, daß ihm drei junge Männer folgten, die allen Grund zu haben glaubten, ihm nicht wohlgesinnt zu sein.
Schlau war Ferid, weise nicht, und alt war er, älter als es seinen Jahren entsprach – ausgetrocknet wie eine Smyrnafeige. Der junge Omer dagegen verdiente wohl gut als Karawanenführer, denn sein sicherer Schwertarm war begehrt, aber was konnte er gegen des alten Ferids Reichtum bieten? Und dennoch besaß er mehr als Geld: neben seiner strahlenden Jugend hatte er das in seinem klugen Kopf, was Erfolg und Gold herbeizieht.
Scheinbar unabsichtlich schlenderte er mit seinen beiden Freunden hin, immer von Ferid unbemerkt. Als dieser dann vor der Bude eines der erfolgreichsten Sklavenhändler haltmachte, blieben auch die drei jungen Männer in der Nähe stehen. Der Händler mußte Ferid durch einen Spalt seines noch geschlossenen Vorhangs erspäht haben, denn er kam auf den kleinen Vorraum hinaus, und eine geflüsterte Unterhaltung der beiden Männer folgte; anscheinend konnten sie jedoch nicht gleich handelseins werden, denn plötzlich erhob Ferid geärgert die Stimme, und die Freunde hörten ihn sagen: »Ich will das nicht! Niemand soll das Mädchen sehen, nur ich allein! Was weiß ich, ob dein Geschmack dem meinen entspricht? Laß mich ein und zeige sie mir; du weißt, ich zahle gut.«
Vorsichtig waren die drei nähergekommen, denn sie wollten des Händlers Antwort vernehmen; auch dieser

erhob jetzt etwas die Stimme und sagte: »Wohl weiß ich, Herr, du zahlst gut, doch selbst du vermagst mir nicht alle meine Ware zu bezahlen, die wertlos würde, wenn du sie zuerst allein besichtigen könntest. Ich werde diejenige Sklavin, die ich für dich kaufte, jetzt herausbringen und scheinbar zum Verkauf stellen, so zwar, daß ich sie nur ganz flüchtig entschleiere und nicht unbekleidet zeige – das aber ist alles, was ich für dich tun kann, Herr! Bist du's zufrieden?« Übelgelaunt nickte Ferid, knurrte etwas, das wohl eine Zustimmung sein konnte, und da ihm nichts anderes übrigblieb, stand er wartend da. Wie es sich geziemte, zeigte er auch jetzt nicht seine Ungeduld, sondern zog langsam und bedächtig die Perlen des Tesbieh durch seine Finger.

»Ich will sehen, was der Kerl dem reichen Alten da zeigen wird«, flüsterte Omer seinen Freunden zu, »denn was es auch sei, ich gönne es ihm nicht. Wenn das Mädchen herausgeführt wird, so stoße einer von euch einen beliebigen Ruf aus, und ich bin sicher, die Sklavin wird erschrecken, wenn der Ruf hoch und hell genug ist. Sie wird dann kurz den Schleier heben, und ich kann sehen, was ich sehen will, zu der Entschleierung durch den Händler noch hinzu. Ich gehe näher, ihr bleibt hier stehen und ruft.« Schon kam auch der Händler auf die kleine Vorbühne heraus; er zog ein Mädchen an der Hand mit sich nach, und andere verschleierte Mädchen folgten. Der Händler erhob in dem leiernden Ton, der in der ganzen Welt solchen Ausrufern gemeinsam ist, die Stimme und begann seine Ware anzupreisen.

»Ihr seht hier, edle Herrn, das Beste und Schönste, das an Mädchen und Frauen geboten werden kann. Lieblich wie der junge Morgen, zart wie Nußkern, duftend wie Rosen...«

»Mach schon weiter, so viel Zeit habe ich nicht, zeige sie

mir!« raunte Ferid wohl vernehmlich. Der Händler leierte weiter, hob aber zugleich, wie nebensächlich, die freie Hand und riß damit ein wenig an dem Schleier des Mädchens, das er noch immer neben sich festhielt. Im gleichen Augenblicke erklang ein heller Ruf von irgendwoher, und wie Omer es angenommen hatte, hob das Mädchen den kaum noch verhüllenden Schleier ein weniges mehr und spähte ängstlich um sich. Omer konnte sie deutlich sehen, und sofort trat er zurück, verlor sich in der Menge und fand alsbald seine Freunde wieder.
»Warten wir noch, denn ich will sicher sein, daß Ferid sie kauft; seht ihr den Schwarzen, der sich in seiner Nähe hält? Er ist ein Eunuch, der im Kaweh des Schükri arbeitet; zu geizig, um sich selbst einen Wächter für seine Mädchen zu halten, wird er diesen mitgenommen haben um seinen Einkauf sicher fortschaffen zu lassen, steht doch in seiner Nähe auch eine Sänfte. Ich bitte euch, folgt dann diesem Eunuchen und kommt zu mir, um zu berichten, wenn das Mädchen sich in Ferids Haus befindet. So es euch möglich ist, sucht herauszufinden, wieviel er bezahlte. Ihr trefft mich bei Schükri. Dort werde ich euch weitere Weisungen geben. Seht hin, er kaufte sie, und der Eunuch führt sie zur Sänfte. Könnt ihr sehen, wie ihre zarte Gestalt sich zusammenzieht, als friere sie? Sie hat Angst, diese Blume Arabiens. Lebt wohl, habt acht und kommt bald.«
Schon war er in der Menge untergetaucht; Hassan und Achmed aber folgten der langsam dahinschwankenden Sänfte bis hin zum Hause des Ferid und konnten dort beobachten, wie eine schwarz verschleierte Alte das zarte junge Wesen in Empfang nahm. Mit einem dumpfen Dröhnen schloß sich die schwere Pforte des dunklen, großen Hauses hinter den wehenden hellen Schleierfalten der jungen Sklavin.

Indessen hatte sich Omer in aller Eile zum Bazar begeben. Er wußte zwar, daß Ferid wie immer zu Schükri gegangen war, aber es galt, ihn dort länger als üblich festzuhalten, damit er nicht in Ungeduld und Hast in sein Haus eile, sich seines Neuerwerbs zu erfreuen. Es blieben Omer, um das zu vollbringen, was er sich erdacht hatte, kaum mehr als etwa sechs Stunden. Also galt es zu eilen, wenn auch jede Art von Hast unziemlich ist, in diesem besonderen Falle ließ sie sich nicht vermeiden. Im Bazar angelangt, suchte Omer einen ihm wohlbekannten Goldschmied auf und ließ sich von ihm vorlegen, was er an Mundstücken für den Nargileh-Schlauch besaß. Schnell schob er alles, was aus Silber bestand, beiseite, ebenso die einfachen Goldmundstücke, bis er ein prächtiges Stück gefunden hatte, ganz in Bernstein gearbeitet und mit Smaragden verziert. »Gib mir das, Abdullah, mein Freund, und vergib, wenn ich heute keine Zeit habe für das Bazarlik. Es ist nicht Mißachtung für dich und deine Ware, es ist die Eile eines großen Geschäftes, die mich zwingt, so unziemliche Hast zu zeigen. Wieviel sagtest du, mein Freund Abdullah?« Kummer im Blick, Mißbilligung in der Stimme, sagte Abdullah leise: »Fünf Goldstücke, nicht mehr, nicht weniger. Verhältst du dich nicht, als seist du ein Ferenghi, Omer, mein Freund? Schamvoll, in Wahrheit.« »Noch einmal, vergib. Es geht dieses Mal nicht anders. Habe Dank.«
Omer legte das Geld hin, steckte das Aghyzlyk ein und eilte davon, galt es doch vor Ferid bei Schükri zu sein. Dort angelangt, ließ er durch eben jenen Eunuchen Schükri herausrufen, sagte dann leise, indem er ihm ein Goldstück in die Hand drückte: »Da hast du, Schükri Agha, und das Doppelte ist dein, wenn du es erreichst, den Ferid Baba sein Mundstück verlieren zu lassen.« Der Kawehdji sieht das Goldstück in seiner Hand an, hebt es

zu den Lippen, beißt mit seinen starken Zähnen darauf, steckt es fort, lächelt, sieht den jungen Omer an, fragt leise: »Das Doppelte – wann?«

Auch Omer lächelt, bereitet es ihm, dem klugen Handelsmann der Karawanenwege, doch immer Freude, einen anderen klugen Mann zu treffen. Dann sagt er eilig, denn Ferid kann jeden Augenblick eintreffen: »Das zweite Goldstück wird versehentlich aus der Hand eines eiligen Boten in einer Djelhabieh fallen, der atemlos ein anderes Aghyzlyk bringt kurz nach des Ferid Kommen.« Schükri nickt, lächelt wieder, sagt: »Wie du und der eilige Bote gesagt haben, so geschehe es«, grüßt mit der Hand und geht in seinen Kawehraum zurück.

Omer aber verbarg sich in der Nähe, um nicht von Ferid gesehen zu werden, und wartete auf seine Freunde, die er schon bald daherkommen sah. Er hörte ihren Bericht an und sagte: »Nun habt acht, was ich plane: wenn es so geht, wie ich es beabsichtige, so reite ich noch vor Sonnenuntergang mit dem lieblichen Wesen fort und bringe sie in eines unserer Lager. Dazu brauche ich eure Hilfe. Wir müssen die Alte, von der ihr sagtet, unschädlich machen und unsere Tiere dann bereit halten. Sagt, wollt ihr mir weiter helfen um des Vergnügens willen, diesen alten geizigen Betrüger zu überlisten?«

Die Freunde erklärten sich mit Freuden bereit und versprachen sich viel Unterhaltung von dem Streich, dachten auch kaum an das schöne Sklavenmädchen, denn was bedeutete schon eine Frau in allem, was den Mann anging? Unterhaltung, Zerstreuung und hie und da auch wirkliche Leidenschaft, aber das war selten genug. Nein, hier ging es darum, einen alten Händler hereinzulegen, der selbst nichts anderes wußte und verstand, als alle anderen zu betrügen, und deshalb halfen Hassan und Achmed dem Freunde Omer so freudig. Diesem selbst nun ging es inzwischen ganz eigenartig. Während der erzwungenen Tatenlosigkeit, bis der alte Ferid sich bei Schükri eingefunden haben würde, stand eines und immer nur eines vor seinem inneren Blick: nicht etwa, was er plante, nicht etwa die den Ferid erwartende Beschämung, darum es ihm doch zuerst allein gegangen war – nein, nur das schöne junge Gesicht der Sklavin sah er vor sich, sah ihre zarte Gestalt, wußte sich von einem heftigen Begehren erfaßt, dieses zärtliche Wesen vor Pein und Leid zu schützen. Was war es nur, das ihm die Gedanken von seinem lustigen Plan ablenkte? Lächerlich! So etwas durfte einem jungen Karawanenführer doch nicht geschehen, denn ihm mußte der Sinn frei bleiben und die Schwerthand sicher. Fort mit all diesem, jetzt galt es nur das Gedachte auszuführen und gut aufzupassen.

Langsam und würdig wie es sich geziemt, ohne jede Eile kam Ferid jetzt des Weges daher und betrat freundlich grüßend das Kaffeehaus des Schükri. Er wurde von dem Besitzer selbst mit aller schuldigen Ehrfurcht empfangen, und Schükri säuberte ihm mit einem feinen Haarpinsel eigenhändig das Gewand vom Straßenstaub, nachdem Ferid die Schuhe abgelegt hatte. An seinem gewohnten Platz ließ sich Ferid dann auf das Bodenpolster nieder; der Kaweh wurde gebracht und gleich danach das Nargileh, dessen Schläuche noch alle unbenutzt waren. Der dienende Eunuch legte dem geehrten Gast einen der Schläuche in Griffnähe und brachte dann noch eine kleine glühende Holzkohle, die er mit der Zange vorsichtig auf den Tabak legte, damit es dem Raucher auch frisch und gut munde, dieses Trinken des duftenden Krautes. Ferid griff ganz gedankenlos in die Tasche, in der er sein Aghyzlyk, das Mundstück zum Ansetzen an den Schlauch, aufzubewahren pflegte, und nun stutzte er.

Schükri, wohl verborgen hinter einem Vorhang, beobachtete mit geheimem Lächeln, wie das Suchen des alten Ferid immer heftiger wurde, und betastete voll versteckter Freude das Mundstück, das er in seiner Hand verborgen hielt, um es für das zweite Goldstück dem jungen Omer zu übergeben. Da niemand den alten geizigen Ferid leiden konnte, so freute sich auch Schükri jetzt des Streiches, der ihm gespielt wurde, aber nach einiger Zeit begab er sich doch zu dem immerhin recht getreuen Gast, neigte sich zu ihm herab, fragte in scheinbarer Besorgnis: »Suchst du etwas, Herr? Vermag ich dir dienlich zu sein?« Ärgerlich antwortete Ferid: »Ob du mir dienlich sein kannst, weiß ich nicht, aber es ist wahr, daß ich mein Aghyzlyk suche. Du sahst es nicht?« Unschuldsvolles Staunen antwortete der Frage, und Schükri sagte: »Ich, Herr? Wie sollte ich wohl? Vielleicht, daß du es versehentlich vergaßest? Soll der Diener in deinem Hause fragen gehn?«

Ehe noch Ferid auf dieses scheinbar so diensteifrige Angebot eingehen konnte, entstand vor dem Eingang Unruhe, und im schnellsten Laufe hereineilend, teilte ein Mann den Vorhang, offenbar ein Bote, im Mantel des Wüstenreiters unkenntlich vermummt; er lief auf Ferid zu, fiel neben ihm nieder und hielt auf seiner Handfläche ein blitzendes Etwas dem ein wenig erschreckten Alten entgegen. Atemlos, mit seltsam heiserer Stimme, die durch den Zipfel der Djelhabieh, die Mund und Kinn verhüllte, undeutlich gemacht wurde, keuchte der Wüstenreiter hervor: »Deine alte Dienerin, Herr, die Ausschau hielt nach einem Boten vor deinem Hause, sah mich vorbeigehen, rief mich und ersuchte mich, dir dieses zu bringen, das du beim Fortgehen liegen ließest, dein Aghyzlyk, Herr. Nimm es, Herr!«

Ferid schaute auf das blitzende Ding in der braunen

Hand, dann auf den verhüllten Kopf des Boten, wollte etwas sagen, wurde aber unwiderstehlich von der Schönheit des kleinen Kunstwerkes angezogen. Er griff danach, und schon erhob sich der Wüstenreiter in einem geschmeidigen Sprung vom Boden und war fort, ehe sich Ferid noch besonnen hatte. Schneller als das Begreifen des alten Ferid war das des dicken Schükri, der scheinbar entrüstet hinter dem Wüstenreiter herlief, immer mit dem kleinen Haarbesen fegend und etwas davon murmelnd, wie doch diese Wüstensöhne stets so viel Staub überallhin mitbrächten! Daß er zugleich mit dem angeblichen Staub ein Goldstück, wie versprochen, vom Boden fortschob, bemerkte niemand, auch nicht, daß Schükri dem Wüstenreiter draußen etwas in die Hand drückte und dabei flüsterte: »Aman, Omer, wieviel muß dir dieses, was du tust, wert sein, um ein solches Stück voll Glanz und Kostbarkeit einzutauschen gegen das elende Aghyzlyk hier!« »Es ist mir viel wert«, flüsterte es unter der Djelhabieh hervor zur Antwort, und wieder ward sich Omer bewußt, wieviel mehr als noch vor einer Stunde es ihm wert geworden war. Und er eilte mit flatterndem Wüstenmantel wie beschwingt davon.

Ferid aber hielt immer noch das Bernstein-Mundstück zwischen den Fingern und drehte es hin und her; er schätzte es auf den dreifachen Wert des seinigen und nahm an, daß es sich bei dieser seltsamen Art des Überbringens um einen besonders geschickt erdachten Backschisch handle für ein noch abzuschließendes Geschäft. Geduld! Die Zeit bringt Wissen. Und geruhsam rauchte Ferid das neue schöne Mundstück an.

Indessen erreichte Omer, immer noch laufend, das Haus des Ferid Baba, ließ hastig und fest den schweren Klopfer an der Tür auf und nieder schnellen und sah sich bald einer alten, dunkel verschleierten Frau gegenüber,

die das schwere Tor nur einen Spalt breit öffnete und vorsichtig hinausspähte. Omer hatte die Djelhabieh zurückgeschlagen, und die Alte sah einen harmlos lächelnden Jüngling vor sich, der dienstbeflissen zu reden begann, indem er ihr ein altes Aghyzlyk zeigte. »Hanoumdjim«, sagte Omer eifrig, »dieses sein Mundstück, das du gewißlich kennen wirst, übergab mir dein Herr, der geachtete Ferid Baba, um es dir vorzuweisen als Beweis, daß mein Auftrag richtig sei. Du kennst es doch?«
Hakbileh, die alte Dienerin, hatte ihren dunklen Schleier um ein weniges gehoben und ebenso auch das Tor noch um ein weniges geöffnet. Sie betrachtete das alte silberne Mundstück ihres Herrn, das der Bote ihr vorwies, und sagte zögernd: »Ich kenne es wohl. Was aber ist dein Auftrag?«
Geläufig erwiderte Omer, gewohnt an seltsame und schwierige Geschäfte, wie er es als Karawanenführer war: »Dein Herr, Hanoumdjim, sagte, du mögest mir sogleich sein Mühür geben, dessen er bedarf und das er mitzunehmen vergaß.« »Es geschehe wie befohlen«, sagte die alte Hakbileh und schloß sorgsam das Tor, denn hatte sie nicht ein schönes junges Weib seit heute zu hüten und ist das nicht schlimmer, als einen Beutel mit Flöhen zu bewachen?
Omers Herz aber tat einen schnellen Schlag, denn dieses hier war ein Wagnis gewesen. Was hätte er tun sollen, wenn Ferid das Mühür, Stempel seiner Namensunterschrift, bei sich gehabt hätte und nicht daheim vergessen? Wie hätte er dann den übrigen Teil seines Planes ausführen sollen? Aber etwas Glück mußte ja bei allem dabei sein, und nun konnte er das streng geschlossene Tor schon wieder anlächeln, denn bald würde es sich öffnen, um seinen schönen Paradiesvogel in die Freiheit fliegen zu lassen! Jetzt kam die Alte zurück, reichte nur

durch den schmalen Türspalt das Mühür und murmelte: »Da, nimm, und gehe. Nimm auch das Mundstück, er wird es brauchen. Omer tat wie befohlen. Allah ismagladih ...«, und auf diesen Segenswunsch hin schloß sich dumpf das schwere Tor. Omer hörte noch Riegel gleiten, und wieder mußte er lächeln, mußte auch eines Sprichwortes gedenken, das ihm immer weise gedünkt hatte und das sagte: »Riegel und Schlösser halten nicht, was entfliehen will; nur jene Riegel, die das Herz selbst vorschiebt, machen zu Gefangenen.« Ja, so war es! Möchte denn das Herz des Mädchens dort drin bereit sein, für ihn seine Riegel vorzuschieben! Inschallah!
Während er so dachte und sann, eilte sein schneller Fuß schon dahin, und in Kürze befand er sich wieder im Bazar bei demselben Goldschmied wie vorher, der auch inzwischen seine Mißstimmung über das ausgefallene Bazarlik vergessen zu haben schien, denn er empfing Omer auf das freundlichste. »Was führt dich wieder zu mir, Omer, mein Freund? Sag an.« Verächtlich das leichte Silber-Mühür Ferids hervorholend, zeigte Omer es dem Goldschmied.
»Kannst du mir ein Mühür in Gold geben, Babadjim, und kannst du es zudem mit derselben Namensbildung versehen lassen, wie sie auf diesem hier zu sehen ist? Aber es eilt!« Der Goldschmied betrachtete den Namenszug, den er erkannte, durch ein Vergrößerungsglas, schaute kurz auf, verbarg sein Erstaunen und sagte ruhig: »In einer Stunde kann die Namensbildung fertig sein. Du wähle indessen hier aus den Mühürs dir eines aus. Gold, ja? Sieh her, welch edle Arbeit! Und, so es dir genehm ist, du wirst, mein Freund, ehe du gehst, um in einer Stunde wiederzukehren, das Mühür bezahlen? Die Arbeit dann später, ja?«
»Schade um den Atem, den du an diese Worte verwendet

hast, Babadjim. Sage, für was hältst du mich? Bin ich ein Säugling, bin ich ein Harem-Mädchen, das von nichts weiß? Wieviel?« Tief beschämt murmelte der Goldschmied etwas von drei Goldstücken, verbeugte sich, flüsterte noch etwas von einer Stunde, zu der gewiß alles fertig sein würde, und sah dem Davongehenden bewundernd nach. Hatte dieser junge Omer nicht das beste Stück sogleich herausgefunden, und war er nicht trotz seiner fremdartigen Hast ein Kunde, um das Herz eines Händlers froh zu machen?

Omer begab sich nun zu dem Schreiber am Eingang des Bazars, ließ sich nieder auf dem Kissen vor dem Sitz des Schreibers und sagte: »Babadjim, setze mir ein Schreiben auf, das so lauten soll: ›Wer immer dieses Schriftstück erblickt, soll dem Überbringer, meinem getreuen Diener, meine neu erworbene Sklavin ausliefern, die geleitet werden soll von meiner alten Dienerin an einen meinem Diener bekannten Platz.‹ So soll es heißen, Babadjim. Schreibe es auf bestem steifen Papier und halte es bereit, daß ich dann meines Herren Mühür daruntersetzen kann, das ich bei mir habe. Ein halbes Goldstück zahle ich dir dafür und hole es in einer kleinen Stunde ab. Ist es dir so recht?« Freudig über die reiche Bezahlung stimmte der Schreiber zu, und nun endlich konnte sich Omer nach all dieser Hast ein wenig ausruhen. Er ging zum nächsten Kawehdji im Bazar, saß und trank und rauchte und ließ seinen Sinn sich von Träumen umspinnen, darin das liebliche Gesicht der jungen Sklavin ihm zulächelte.

Nicht lange danach klopfte es wieder am Tore vom Hause des Ferid, und mit den gleichen Vorsichtsmaßnahmen wie vorher öffnete auch dieses Mal die alte Hakbileh. Erstaunt erblickte sie wiederum denselben Boten wie vorher, und ihr Unmut über diese neue Belästigung

veranlaßte sie zu fragen: »Was willst du denn schon wieder, Djanoum? Hast du wieder eine Botschaft des Herrn zu bestellen? Seit Jahren, die ich hier diene, hat es noch niemals so viele Botschaften gegeben wie jetzt an einem Tag!«
Mit demselben bescheidenen und dienstbeflissenen Lächeln wie bereits eingeübt antwortete Omer auch dieses Mal. »Diesen Brief hier befahl mir dein Herr dir zu übergeben und verlangte, du sollst streng danach handeln. Nimm!« Voll versteckter Schadenfreude sah Omer das hilflose Staunen der Alten mit an, wußte er doch genau, daß sie weder lesen noch schreiben konnte. Wer von des Propheten Kindern bedurfte auch dessen? Immer noch hielt er ihr das Schreiben entgegen, doch wollte er sie nicht verstimmen, weil er ihrer noch bedurfte, und so sagte er denn freundlich: »Wenn du willst, lese ich dir vor, was hier geschrieben steht, damit du dich nicht zu bemühen brauchst. Willst du, Hanoumdjim?« Voll Bewunderung starrte Hakbileh diesen Wüstenreiter an. »Du kannst lesen? Maschallah, welche Gelehrsamkeit! Nun, so lies es mir also.«
Und Omer, der das Schreiben ja Wort für Wort kannte, gab eine ausgezeichnete Vorstellung eines, der mühsam etwas vorliest. »Jetzt gleich soll das geschehen? Djanoum, wie kann ich denn so schnell alles bereit halten? Zumal die junge Sklavin noch im Bade ist. Aman, aman, was soll ich tun?«
Omer, der ja auch noch allerlei Vorbereitungen zu treffen hatte, beruhigte die erregte Alte und sagte, es sei ihm nur aufgetragen worden, den Befehl zu übermitteln – und hier sei auch das Mühür des Herrn aufgedrückt, wie sie sehe –, aber sonst habe er selbst auch noch einiges im Auftrage des Herrn zu erledigen, die Sänfte holen, die Diener bestellen und solches mehr. Hakbileh hörte ihm

zu, fragte dann plötzlich: »Warum aber, o kluger Bote, will der Herr das Mädchen an einen anderen Ort bringen? Und welcher Art ist denn dieser Ort?« Wenig gefaßt auf diese Frage, fand Omer dennoch die Antwort. »Ich denke mir, o Hanoumdjim, er wünschte völlige Ungestörtheit mit dieser jungen Sklavin; könnte es nicht so sein, daß etwas ihm hier im Hause Unbehagen bereitete? Wo aber der Ort ist . . . glaubst du wirklich, er würde das einem Boten verraten?«
Ein listiges Lächeln begleitete seine Worte, und die Alte erwiderte es. »Du magst recht haben, o kluger Bote. Andere Weiber sind da, die immer störend sind, wenn eine Neue kommt. In wieviel Zeit also sollen wir bereit sein?« «In einer kleinen Stunde, Hanoumdjim; und noch eines: verrate den anderen Frauen nichts von des Herrn Vorhaben und sorge, daß die junge Sklavin einen warmen Überwurf habe . . . es wird dunkeln, bis wir ankommen, und die Nächte sind kalt.«
Damit grüßte er höflich und wandte sich ab, wobei er daran dachte, wie sehr kalt die Nächte in der Wüste sind und daß er einen seiner eigenen großen Wüstenmäntel noch für die zarte junge Last werde mitnehmen müssen. Und jetzt wieder zum Kaffeehaus des Schükri zurück, dort wieder eilig, mit flatterndem Reitermantel zu dem geruhsam rauchenden Ferid, der ihm neugierig entgegensah, denn um ehrlich zu sein, hatte er die Rückkehr des Boten erwartet, der ihm alle geheimnisvollen Geschehnisse erklären würde. Darum, als sich Omer zu ihm herabbeugte und voll Wichtigkeit flüsterte, eifrig und geheimnisvoll, wunderte sich der schlaue Ferid in keiner Weise, lauschte nur aufmerksam. Omer zeigte ihm verstohlen das in seiner Hand liegende goldene Mühür und flüsterte schnell: »Herr und Gebieter, sieh hier, dieses goldene Mühür gab mir der gleiche Mann,

der auch das Aghyzlyk durch mich schickte. Er bittet dich, Herr, hier auf ihn zu warten und auch, wenn es später wird als das Abendgebet, noch zu warten, verstehst du, Herr? Er wird kommen, so schnell er es vermag; nimm das goldene Mühür, ehe uns jemand beobachtet. Schnell, Herr, schnell!«

Von diesem Verhalten angesteckt, nahm Ferid eilig das goldene Mühür, betrachtete die Zeichen seines Namens darauf, schüttelte den Kopf und bemerkte fragend: »Das muß ein großes Geschäft sein, worum es hier geht. Weißt du etwas davon, Bote?«

Noch tiefer beugte sich Omer nieder und flüsterte fast unmittelbar am Ohr des Alten ein Zauberwort: »Haschisch!« Dann eilte er wie gepeitscht davon, seiner Rolle getreu. Denn die Droge, gehandelt mit Lebensgefahr, erworben um schwindelhafte Preise, verkauft zu unwahrscheinlich hohem Gewinn, bedeutete immer und überall noch das begehrteste geheime Geschäft, darauf der alte Ferid warten würde, und wenn es die ganze Nacht hindurch sein sollte. Man bedenke – was mußte dieses Geschäft abwerfen können, wenn vorher schon solch kostbarer Backschisch verabreicht wurde!

Omer begab sich nun in aller Behaglichkeit zu dem von ihm und seinen Freunden benutzten Lager und Stall, dem großen Han, wo er sicher war, Hassan und Achmed anzutreffen. Er täuschte sich auch nicht, denn es war alles vorbereitet, und auf seinem Lieblingskamel befand sich bereits die mit Teppichen und Polstern weich und warm ausgestattete Haudah, darin die Frauen zu reisen pflegen. Nun galt es nur noch, eine Sänfte und ihre Träger ausfindig zu machen, was bald geschehen und um den Preis eines halben Goldstückes geordnet war. Neben der Sänfte herlaufend, so als habe er Fittiche an den Füßen, erreichte Omer wieder das Haus des Ferid und klopfte zum vierten Male an diesem Tage an die schwere Pforte. Dieses Mal aber ward sie ihm sogleich aufgetan, und wortlos kamen zwei tief verschleierte Frauen heraus, eine alte und eine junge, gingen, ohne die verhüllten Köpfe zu heben, auf die Sänfte zu, die unmittelbar vor dem Tore stand und deren schmale Tür bereits einladend geöffnet war, stiegen ein und zogen die Vorhänge von innen zu, wie es die Sitte verlangt. Omer stand schweigend dort, den Blick gesenkt, wie es sich für einen Mann in der Nähe von Frauen geziemt, und schloß die Tür der Sänfte, als beide Frauen darin saßen.

Ebenso stumm setzten sich die Sänftenträger in Bewegung, und wieder lief Omer beflügelten Fußes neben seiner kostbaren Beute her. Die Träger, die genau Bescheid wußten und reich bezahlt worden waren, liefen zum großen Han, in dem die Karawanenwaren gestapelt wurden und die Kamele hausten, und setzten dort die Sänfte nieder, zogen die Tragstangen aus den Haltern und gingen davon. Hinter ihnen schlossen Hassan und Achmed die schweren Torflügel, die zur Sicherung der Waren sehr dauerhaft gefertigt waren. Eine Weile stand die Sänfte ruhig dort, und nichts war zu hören als das seltsame Schnaufen der Kamele, nichts zu verspüren als ihr unverkennbarer Geruch. Die alte Hakbileh, an das gedankenlose Gehorchen gewöhnt und behaglich in das weiche Polster der Sänfte gekauert, bereitete sich zu einem kleinen Schlaf vor, bis es dem Herrn genehm sein würde, weiter über sie zu befinden. Die junge Zafireh aber fühlte eine große und unerklärliche Aufregung in sich hochsteigen. Sie hatte die schnaufenden Laute erkannt, hatte vor allem den geliebten, den vertrauten Geruch der Kamele eingeatmet. Die Tochter des Wüstenscheichs sog diesen Freiheitsdunst durstig in sich ein, und als sie zur Seite sehend bemerkte, daß die Alte schlief, schlug sie ihren Schleier zurück und beugte sich zu der Fensteröffnung hin auf ihrer Seite; mit unendlicher Vorsicht hob sie den Vorhang ein wenig und spähte hinaus... ach, wie schlug ihr das Herz hoch und bang bei dem vertrauten Anblick, der sich ihr bot! Denn da waren sie, die Freunde ihres Lebens, da standen einige der Kamele schlafend mit gesenkten Köpfen, andere kauerten am Boden und bewegten die Lippen wie schnalzend, und sie erweckten jenen Eindruck tiefster Behaglichkeit, wie ihn nur ein ruhendes Kamel zu vermitteln vermag.

Nach einem prüfenden Seitenblick auf die alte Dienerin, die unbekümmert weiterschlief, beugte sich Zafireh noch etwas vor, und da erschrak sie tödlich, denn sie hörte in nächster Nähe eine flüsternde Stimme. »Erschrick nicht, Schöne, Liebliche, ich will dir nichts Böses, nur will ich dich dem alten Manne, der dich heute kaufte, entführen; ist es dir genehm, so beuge dich vor und sieh mich an. Aber bewahre Ruhe und Vorsicht. Ich stehe nahe deiner Fensteröffnung.« Atemlos beugte sich Zafireh vor und sah in ein schönes, junges entschlossenes Gesicht, in strahlende Augen. Sie sog die Luft ein, als sei es der erste Trank eines Verdurstenden, und flüsterte hastig: »Hol mich, o hole mich, Schönster!«

Omer zögerte nicht. Einen Blick nur warf er in die Sänfte auf die schlafende Alte, winkte nach rückwärts, und während er auf seiner Seite die Tür der Sänfte für Zafireh öffnete, eilten die Freunde herbei, um von der anderen Seite her der Alten habhaft zu werden. Omer zog Zafireh zu sich heran und schlang einen bereit gehaltenen Mantel um sie, indessen die Freunde aus der Alten ein wohlverschnürtes Bündel machten und ihr den Mund mit ihren eigenen Schleiern schlossen. Dann ließen sie die Sänfte stehen.

Omer brachte Zafireh zu der Haudah seines knienden

eigenen Reittieres, half ihr hinein, schwang sich auf den Hals des Kamels und sagte leise: »Steh auf, Ischmal!«
Das Kamel erhob sich mit der üblichen Schwankbewegung, und Zafireh atmete tief, denn Freiheit bedeutete diese vertraute Bewegung ... Freiheit!
Die Freunde öffneten die Tore des Hans, wünschten lachend frohe Reise und gingen ihres Weges, um die Sänftenträger wieder herbeizuholen. Nach einiger Zeit kamen die Braven ihrem Auftrag gemäß gemächlich herbei und brachten die Sänfte wiederum zum Hause des Ferid, wo sie sie niedersetzten und bis zum Morgen stehen ließen. – –
Der alte Ferid selbst, der viele Stunden lang auf den geheimnisvollen Geschäftsfreund gewartet hatte, begab sich endlich müde und verärgert heim. Vor seinem Hause fand er eine Sänfte stehen, die er erstaunt betrachtete; einen Blick warf er hinein und bemerkte eine fest verschnürte weibliche Gestalt. Welche Bösewichter hatten das getan? Als er näher hinsah, entdeckte er am verschleierten Kopf der Gestalt einen Zettel angeheftet; er nahm ihn und las dieses:
»Dem ehrenwerten Ferid Baba zu wissen:
du kauftest eine Sklavin für dreißig Goldstücke. Ich zahlte dagegen:

        für ein Aghyzlyk ...... fünf Goldstücke;
        für ein Mühür .... drei Goldstücke;
        für Backschisch .... zwei Goldstücke;
        für Schreiber und Sänfte ... ein Goldstück
              = zusammen elf Goldstücke

und erhielt dafür ein schönes junges Weib.
Es war sehr preiswert und das zu Recht, denn Alter zahlt mit Gold, Jugend mit Freude. Du aber gewannst ein neues Aghyzlyk und ein neues Mühür. Der Bote grüßt dich ... Preis sei Allah.«

Ferid band schweigend die alte Dienerin los, strafte sie nicht und befahl ihr, über alles zu schweigen, wie auch er selbst es tat.

In der Nacht der Wüste aber erfüllte jeder Schritt der Füße eines edlen Kamels das Kismet der jungen Zafireh, und ein junger Wüstenreiter gewann sich Liebe und Ruhm ... Preis sei Allah!

Das Lachen

Höre, o Freund und Bruder: wenn du ein Kamel hast, so habe acht, es langsam zu führen, denn du mußt an seine weichen Füße denken, denen die harten Bergwege Schmerz bereiten, da sie an den weichen Wüstensand gewohnt sind.

Wenn du ein Pferd hast, lasse dich leicht sein auf seinem Rücken, daß es dich wie eine Wolke fühle und daherfliege gleich dem Wind.

Wenn du einen Gedanken hast, oh Freund und Bruder, so lasse ihn leise schreiten, mit des Kamels weichen Füßen, lasse ihn daherbrausen mit des edlen Pferdes heißer Hast und bleibe du selbst verborgen wie in einer Wolke.

Wenn du aber in deinem Geiste eine wunderbare Lüge birgst, so mache aus ihr ein Gedicht oder ein Lachen oder beides, und reite schnell, sehr schnell – denn wer ein Lachen bringt mit dem Atem einer Lüge, bringt ein Geschenk.

Ali, der Meisterdieb

Ein Knabe war Ali und Sohn seiner Mutter. Einen Vater hatte er nicht und anscheinend auch niemals gehabt, so daß es begreiflich war, daß die Mutter versuchte, aus diesem ihrem Sohn eine Quelle des Erwerbs zu machen, kaum daß er laufen und reden konnte.

Es erwies sich aber bald, daß die Quelle nicht bereit war so reichlich zu fließen, wie die Mutter es erwartet hatte, denn wohin immer sie Ali in die Lehre gab, sie bekam ihn baldigst mit dem Bemerken zurück, daß die Handwerker es schwer genug hätten, aus ihrer Arbeit Verdienst zu ziehen, und sich nicht außerdem noch einen Zerstörer wie diesen Knaben Ali in ihrer Werkstatt halten könnten. Wenn die Mutter den Sohn dann verzweifelt fragte, was das zu bedeuten habe, dann antwortete er mit frohem Lachen, es sei doch so unterhaltend gewesen, bei dem Schneider die vielen bunten Stoffe in kleine Stücke zu zerschneiden, und mehr noch, bei dem Glaser das Klirren der herumstehenden Gefäße zu hören, und, ach, erst bei dem Bäcker den Teig auf den Boden aufklatschen zu lassen ... »verstehst du das nicht, ehrwürdige Mutter?« Er sah sie von unten herauf listig blinzelnd an, und in Wahrheit wäre es schwer gewesen, seinem lachenden Bubengesicht zu widerstehen, wenn man eben ... ja, wenn man nicht die Mutter war! Mütter haben für solches listige Lachen ihrer Kinder seltsam wenig Verständnis, und um ehrlich zu sein – kann man es ihnen verdenken? Ist es nicht so, daß ein jeder Lebende viele verschiedene Gesichter hat, je nach den Augen, die ihn betrachten? Was dem einen erheiternd erscheint, macht des anderen Hand zucken vor Verlangen, sie in das lachende Gesicht zu schlagen.

So auch geschah es mit der Hand von Alis Mutter, und zudem ward ihre Sprache heftig, was immer ein Zeichen ist, daß der, der die Stimme erhebt, sehr bald im Unrecht sein wird. Und auch hier war es so, denn die treffliche Mutter schrie mit größtem Stimmaufwand: »Elender Vernichter du, du Kummer meiner Tage und Nächte jetzt und ehe du geboren wurdest, wenn du so weitermachst, werde ich dich zum Meisterdieb in die Lehre geben, und dann erst wirst du erkennen, was das Leben ist, du Last meiner Vergehen!« Ali sah sie ruhig an, ließ sie reden und schreien und bewies, wie sehr viel älter als seine Jahre er war, denn es ist immer eines männlichen Geschöpfes beste Waffe gegen den Zorn der Frauen, sie schreien zu lassen und ihnen erheitert in Ruhe zuzuschauen, nicht aber zuzuhören.

Als die Mutter des Ali aus Mangel an Atem nicht mehr weiterkam, sagte der Knabe in aller Ruhe und Heiterkeit: »Verehrungswürdige Mutter, das eben ist es, was ich seit langem anstrebe, und du hättest dir vieles erspart, wenn du es sogleich mit mir so gemacht hättest.« Die Mutter starrte den Knaben ratlos an, fragte mit ermüdeter Stimme: »Wovon in aller bösen Geister Namen sprichst du, oh mein Kummer?« Ruhig wie vorher erwiderte Ali: »Von dem Meisterdieb, oh meine Mutter, zu dem du mich in die Lehre geben willst.« Die Mutter, die bis dahin erregt vor dem kleinen Sohne gestanden hatte, sah sich jetzt nach einem Schemel um, auf dem sie sich niederlassen konnte, um ihrer völligen Vernichtung dadurch

Ausdruck zu geben. Da kein Eskemleh in ihrer Nähe war, beeilte sich Ali, einen herbeizuholen, welche Handlung der Höflichkeit nicht einmal mit einem Dank bedacht wurde. »Du willst zum Meisterdieb in die Lehre gehen, Ali, du Sohn eines krummen Djin?« Ali sah die Mutter nachdenklich an, fragte ehrerbietig: »So war er ein krummer Djin?« Die Mutter rief wild: »Wer ... was ...? Wovon sprichst du?« Ali sagte höflich: »Von meinem Vater, ehrwürdige Mutter. Sagtest du nicht soeben, er sei ein krummer Djin gewesen? Es ist das erste Mal, daß du mir von ihm sprichst, und es muß begreiflich erscheinen, daß ich dich darum befrage, verehrungswürdige Mutter.«

Hier aber war die Grenze dessen erreicht, was die beklagenswerte Mutter dieses unzerstörbaren Erwiderers zu ertragen vermochte. Sie senkte das Gesicht in die Hände und murmelte kaum verständlich, diese ihr zur Prüfung auferlegte Plage möge sich hinbegeben, wo immer sie ihr nicht mehr sichtbar sei. Ali verbeugte sich höflich, obwohl die Mutter das nicht sehen konnte, und sagte ernsthaft: »Der ehrwürdigen Mutter danke ich ehrfurchtsvoll für ihre Erlaubnis, mich zu entfernen. Ich gehe, wie ich bin, zu meinem neuen Meister, und der Sohn eines krummen Djin wird der Ehrwürdigen nicht mehr zur Prüfung dienen.« Eine letzte Verneigung, auch diese unbemerkt, und Ali hatte das Haus seiner Mutter verlassen, um niemals dorthin zurückzukehren. Es ist auch nicht verwunderlich, daß er zu keiner Zeit irgendein Verlangen danach verspürte, hatte er doch von dem Tage an, da er die Sprache der Menschen zu verstehen vermochte, nur harte und böse Worte vernommen, gegen die er sich auf seine Art verwahrte.

Als er jetzt seines Weges ging, war ihm, als schüttle er eine Last ab, die ihn, seit er denken konnte, bedrückt hatte, und mit dem Ausdruck eines, der hohe Freude fühlt, trat er kurz danach bei dem hochberühmten Meisterdieb ein. Dieser nun, muß man wissen, übte seit einigen Jahren seinen Beruf nicht mehr aus, denn er war nicht so schlank und geschmeidig wie einstmals, und er liebte die Süßigkeiten allzu sehr. So hatte er seinen Ruhm, der weit über die Grenzen des Landes ging, dazu verwendet, Schüler in seiner Kunst zu unterrichten, und damit erwarb er sich reichlich seinen Lebensunterhalt. Wie viele große Diebe hatte er sich von seinem früheren reichen Erwerb nichts zurückgelegt, denn diejenigen, welche sich auf die Geschicklichkeit ihrer Finger, die Geschmeidigkeit ihrer Glieder und die Schnelligkeit ihres Geistes verlassen, sind nicht bestrebt, braven Bürgern gleich von Ersparnissen zu leben. Sie vertrauen vielmehr auf den Glücksfall, der ihnen schon so oftmals treulich half, und wie recht dieser berühmte Meisterdieb damit hatte, das bewies das Eintreten des Knaben Ali in seine Behausung.

An einem schönen, friedlichen und nicht zu heißen Tage saß der Meisterdieb auf seinem Diwan und genoß seine Lieblingsspeise, den Ekmek-Kadaïf. Es ist kein Wunder, wenn die Liebhaber dieser unübertrefflich guten Speise an Leibesumfang zunehmen, denn was an Honig, Sesamöl, Pistazien und fadenfein gezogenem jasminweißen Teig darin vermischt ist, könnte einen dunklen Ifrit bewegen, der Geist einer duftenden Hyazinthe zu werden. Ali roch sogleich den unverkennbaren Hauch dieser wunderbaren Speise, von deren Vorhandensein er zwar wußte, die er aber noch niemals gekostet hatte. Er bemühte sich jedoch, kein unziemliches Begehren zu zeigen, trat ruhig vor den Diwan, verneigte sich vor dem Meister, wodurch er mit der Nase dem Ekmek-Kadaïf noch näher kam, und wartete geziemend auf die Anrede des

Ehrwürdigen. Der Meister leckte seine Finger ab, spülte sie dann in der Schale mit Melissenwasser, die neben ihm stand, trocknete sie an einem seidenen Tuch und schien nach dieser langwierigen und umständlichen Tätigkeit sich erst ganz zufällig und nebensächlich des Vorhandenseins eines Lebewesens bewußt zu werden. Aber auch jetzt sah er nur flüchtig zu Ali hin, der reglos wartend dort stand, die Hände über dem Gürtel gekreuzt, wie es die Sitte verlangt, und sagte freundlich: »Du hast Geduld, du weißt zu warten und zu schweigen. Wer immer du auch seist, das sind wertvolle Eigenschaften. Rede nun und sage mir so kurz wie du es vermagst, wer du bist und was du willst.« Ali befolgte diesen Befehl, indem er sagte: »Ich bin Ali. Ich will bei dem ehrwürdigen Meister lernen.« Dann schwieg er und sog den Duft der köstlichen Speise verstohlen ein.

Der Meister, der sich seinen Ruhm nicht dadurch verdient hatte, daß er ohne zu sehen und zu verstehen seinen Tag verbrachte, lächelte ein wenig und sagte dann: »Komm her, Ali, setze dich neben mich und nimm Ekmek-Kadaïf. Ich bin gesättigt, iß du dein Genüge.« Ali traute seinen Ohren nicht, blickte scheu und nicht verstehend zu diesem ersten Menschen hin, der ihn nicht forttrieb, ihn nicht beschimpfte und ihm auch noch etwas Köstliches anbot. Das gab es? Solche Menschen der Gütigkeit lebten? Wenn auch sein Begehren nach der Speise groß war, viel größer war sein tiefes Staunen, dieses Fühlen, das sein Herz sich zusammenziehen ließ. Der Meister, der im Begriff gewesen war, sich eine Zigarette zu drehen, blickte nun erstaunt auf, als der kleine Mensch sich nicht rührte und immer noch abseits stand. »Was ist, Ali, mein Sohn? Magst du keinen Ekmek-Kadaïf? Er ist gut, glaube mir. Komm und koste.« Ali kam einen Schritt näher und fragte leise: »Wenn ich nun von

dieser Speise gekostet haben werde, wirst du dann, o Meister, die Diener rufen und mich des Diebstahls zeihen, vertreiben und schlagen lassen?«
Der Meisterdieb legte den Tabak beiseite, auch das feine Reispapier, und streckte die Hand aus. »Komm her zu mir, Kind der Angst, komm her, und schau mich an. Hast du noch nie davon gehört, daß ein Dieb nicht lügt und betrügt? Weißt du nicht, daß das nur die ehrlichen Leute tun, Ali, mein Sohn? Komm zu mir, setze dich neben mich und iß nach deinem Begehr.« Ali fragte nicht mehr, denn ihm wurde so warm und froh, wie er es noch niemals erfahren hatte. Er kam nahe zu dem Meister, so nahe, wie es nur ging, sah ihm lächelnd in das Gesicht, und als ihm nun sogar die Köstlichkeit auf ihrer silbernen Schüssel gereicht wurde, da begann er zu glauben, daß das Leben eine herrliche Sache sei und nicht nur Bosheit und Beschimpfung. Er wußte auch nicht, wie forschend ihn der Meister betrachtete und wie dieser vielerfahrene Mann bemerkte, daß bei aller Freude am Genuß doch Zurückhaltung geübt wurde von diesem kleinen, mit einer seltsam einsamen Würde umgebenen Knaben.
Es gelang Ali, in dieser kurzen Zeit des Meisters Herz zu rühren, und das Herz des großen Diebes war sehr warm, weit und stark. Die kärgliche Kleidung, das schmale, kluge Gesicht, die Traurigkeit der Augen, die Scheu der Haltung, alles das bemerkte der Meister, und er fragte sich, was es wohl mit dem seltsamen kleinen Menschen auf sich habe. Als Ali ganz fertig war, reichte ihm der Meister das Melissenwasser und Ali, der gesehen hatte, wie es verwendet wurde, tat ein Gleiches wie der Meister vorher. Scharfe Beobachtung, dachte der Meister. Da sah Ali zu ihm auf, und nun war es nur ein zufriedenes Kind, das ihn anschaute, das glücklich sagte: »Es war

wunderbar! Ich habe es von weitem gesehen und auch
gerochen, aber gegessen noch nie. Oh, es war gut, und
ich sage dir vielfach Dank dafür, ehrwürdiger Meister.
Doch nun lasse mich wissen, was ich dafür tun muß?«
Der Meister schüttelte den Kopf, sagte bekümmert: »Armes Kind, welche Art Menschen hast du denn kennengelernt? Tun dafür? Bestraft werden dafür? Bist du denn
ganz allein, Ali?«
Ali fühlte sich, so neben dem Meister sitzend, wohl wie
noch nie; er sah auf und sagte in seiner eigenartig ernsten Art: »Nein, Herr, ich habe eine Mutter, sie aber ist
froh, wenn sie mich niemals mehr sieht. Einen Vater
habe ich nicht. Heute sagte ich meiner Mutter, ich wolle
zu Euch, Herr, in die Lehre gegeben, und ihr ist es recht,
so sie mich nur niemals mehr sieht. So ist es, Herr.«
Der Meister wiederholte leise: »So ist es«, und dachte,
daß der Knabe nicht ahne, was er alles mit den wenigen
Worten gesagt habe. Er nahm sich vor, der Wahrheit
nachzuforschen, aber den Knaben bei sich zu behalten,
da er gegenwärtig keine Schüler hatte und zudem das
Kind nicht mehr entbehren mochte. Daß er an Geld
nichts verdienen würde für die Ausbildung, hatte er schon
begriffen; aber würde es nicht möglich sein, daß er sich
in diesem seltsamen Knaben den Nachfolger erzöge, nach
dem ihn schon immer verlangte? Ein ganz großer Dieb,
einer, der sich nicht mit Spielereien begnügte, sondern es
verstand, das Eigentum so zu verschieben, daß es sich
gleich dem Regen verteile? Welch ein Traum, und wie
sehr war er wert, geträumt zu werden!
»Höre mich an, Ali«, sagte der Meister jetzt so ernsthaft,
als spräche er zu einem Mann und nicht zu einem Knaben, »du sagtest, du wollest bei mir in die Lehre gehen.
Weißt du aber auch, was das bedeutet? Wer ein guter
Dieb werden will, ein ganz großer, der größte aller, der

muß viel lernen und wissen. Er muß fechten können wie ein Ifrit, reiten wie ein Krieger, mit dem Pfeil schießen wie ein Blitz, schwimmen wie ein Fisch und klettern wie ein Affe. Auf das er das alles könne, muß er schlank bleiben gleich der Cypresse und biegsam von Körper und Gliedern wie die Schlange, denn es darf keine Maueröffnung geben, die zu eng für ihn sei, kein Minareh, das zu hoch wäre, keine Mauer zu glatt. Um das zu erreichen, darf er nur wenig essen, besonders aber keinen Ekmek-Kadaïf, Ali, mein Sohn!« Und der Meister lachte herzlich über sich selbst, als er diese lange Rede beendet hatte.

Ali hatte ihm atemlos zugehört, fragte nun ganz ängstlich: »Aber du, Herr, du hast doch soeben ...« Noch mehr lachte der Meister, griff nach Ali, stellte ihn vor sich hin, sagte: »Nun sieh mich an, Ali, bin ich schlank wie die Cypresse, sage?« Ali wurde verlegen, sagte leise: »Ich vermag es nicht zu erkennen, Herr, da du sitzest und nicht stehst.« Der lachende Meister zog den Knaben an sich. »Du bist recht, du kannst bleiben, wie du bist, mein Sohn, denn du weißt dich auch aus der Schlinge einer Frage zu befreien. Wisse denn, daß ich meinen Beruf aufgegeben habe und nur noch einen einzigen Diebstahl begehe, einen allein, diesen«, und er wies auf die geleerte Silberschüssel. »Den Ekmek-Kadaïf?« fragte Ali erstaunt. »Ja, eben den. Die Nachbarin, Kereneh Hanoum, bereitet ihn zur Vollendung, und sie stellt ihn, ist er fertig, auf ihr Dach zum Ausdörren. Dann steige ich, nachdem ich den köstlichen Duft verspürt habe, hinauf auf das flache Dach der Nachbarin und hole mir meinen Genuß herab.«

Ali sah zweifelnd aus, dachte eine Weile nach, fragte halblaut: »Wie aber, Herr, wenn sie es bemerkt, daß ihr Gebäck verschwand, was geschieht dann?« Der Meister

rauchte friedlich, schüttelte den Kopf, lächelte und sagte leise: »Nichts geschieht, gar nichts.« »Dann weiß sie also, daß du es holst, diese Kereneh Hanoum?« »Gewiß weiß sie es.« »Und läßt es geschehen?« »Und läßt es geschehen.« Ali strahlte auf. »Oh, also ein Geschenk von ihr zu dir, Herr, so ist es?« »Auf dem Wege über das Dach, ja.« Ali lachte, rief: »Ich verstehe, ich verstehe, Herr! Du tust, als würdest du stehlen, sie tut, als würde sie schenken, und alles ist, wie es war!« Bedächtig sagte der Meister: »Nicht ganz, mein Sohn, nicht ganz. Es besteht die Tat des Diebstahls, aber es besteht nicht die Gabe des Geschenks, dennoch wissen wir beide darum, sie und ich. Es ist nur um des geheimen Lachens willen.«
Diese Äußerung gab Ali noch oft zu denken, aber er hatte bald so viel zu tun, daß er für lange Gespräche solcher Art zu müde war. Das stete Üben für die Geschmeidigkeit, das geringe Essen, um niemals das Gefühl der Schwere zu haben, die Fechtübungen mit dem Meister, die Reitübungen mit einem ihm bestellten Lehrer, all dieses nahm alle Kraft in Anspruch, die Ali besaß. Aber er war glücklich bei diesem Leben, und wenn er zu Beginn seiner Lehrzeit auch hie und da einmal gefragt hatte, wie es denn geschähe, daß der Meister das alles umsonst für ihn tue, nach und nach verstummten auch diese Fragen, und Ali nahm alles als Geschenk des Kismet hin. »Einmal wird der Tag anbrechen, da du mir alles heimzahlst, oh du Schüler nach meinem Herzen. Ich trage darum keine Sorge«, hatte der Meister gesagt, und damit schien diese Frage erledigt zu sein.
Ali wuchs zu einem schönen, schlanken Jüngling heran, und die strenge Zucht, unter der er körperlich stand, verbunden mit der heiteren Güte, die ihn umgab, machten aus ihm einen lebhaften, niemals ermüdenden, immer zu allem bereiten jungen Menschen.

Allmonatlich einmal, wenn der Mond nicht am Himmel stand, wurde das Unternehmen Ekmek-Kadaïf in Angriff genommen und dabei eine ganz bestimmte Art des Vorgehens entwickelt, davon nie abgewichen wurde. Bis zum Ansatz des flachen Daches benutzte der Meister eine kleine, kurze Leiter, die er solcherart vor sich hertrug, daß der Schatten seines Körpers sie verhüllte. Wenn er sie ansetzte, schnallte er seine Hose fester und kletterte mit erstaunlicher Schnelligkeit und Gewandtheit hinauf, was nicht wundernimmt, gibt es doch keinen Moslim, der fünfmal täglich die Gebete verrichtet und nicht gewandt und gelenkig bliebe bis ins hohe Alter.

Ali mußte dann unten stehen, die Leiter verstecken und aufpassen, daß keine Störung sich bemerkbar mache. In dieser Hinsicht hatte er allerdings seine ganz eigene Meinung, denn mehrfach schon hatten ihn gleichaltrige Jünglinge lachend gefragt: »Hast du nicht Angst, wenn der Meister sich den Kadaïf holt, könnte ihn einmal ein Sabtieh auf frischer Tat ergreifen, heh, du schlimmer Lehrling eines schlimmen Meisters?« Ali zuckte dann nur die Schultern, und sie lachten zusammen. Sie mochten ihn alle gern, die seines Alters waren und früher ihn nicht einmal im Vorbeigehen beachtet hätten, denn er zeigte ihnen immer wieder einmal kleine Kunststückchen, die ihm der Meister zur Unterhaltung beibrachte. Wie man schnell eine Zigarette verschwinden lassen konnte; oder wie das Fez plötzlich vom Kopfe fiel; oder wie die vor der Tür abgestellten Schuhe nicht zu finden waren und sich dann im Gürtel des Nebenmannes fanden.

Bei einer solchen Gelegenheit war es, daß einige von ihnen mit Ali an einem warmen Tage vor dem Kaweh saßen und plötzlich alle Heiterkeit verstummte und schwand, als habe ein Sturm sie fortgeweht. Alles schaute stumm zu Boden und schien nichts mehr von dem zu

bemerken, was sich auf der Straße abspielte. Und doch war es der Mühe wert, darauf achtzugeben, denn ein Mann kam daher, hatte einen Diener, der ihm nachfolgte, und ein Dritter ging nebenher, nach allen Seiten hin rufend: »Im Namen des Padischah, gebt, gebt, gebt!« Alle Türen schlossen sich, alle Dächer leerten sich, alle Blicke wandten sich ab, und der Raum vor dem Kaweh war, schneller als man dreimal seufzen konnte, verlassen. Drinnen sah Ali von einem zum anderen seiner neuen Freunde, fragte erstaunt: »Aman, was war es? Was wollen sie?« Wieder wurden die Achseln gezuckt, und leise, vorsichtig kam die Antwort: »Abgaben für den Padischah, frage nicht weiter.« Ali fragte nicht weiter, aber so oft das wieder geschah, und es kam mehrmals im Jahre vor, so oft festigte sich bei Ali ein ganz bestimmter Vorsatz.
Als er nun allmählich ein erwachsener Jüngling wurde, fragte er eines Tages den Meister: »Chyrssys Baschi Effendim«, was besagt »Herr Oberdieb« und die übliche höfliche Anrede bedeutet, »sage mir, wann werde ich ausgelernt haben?« Der Meister sagte geruhig mit seinem eigenartigen Lächeln: »Wenn du mir etwas gestohlen haben wirst, und ich habe es nicht gemerkt.« Ali nickte. »Das ist gerecht, Herr; aber lasse mich noch fragen: diese Männer, die im Namen des Padischah Geld holen kommen, tun sie es zu Recht?« »Man fragt so etwas nicht, mein Sohn, denn Worte können leicht Recht in Unrecht wandeln und umgekehrt.« »Ich verstehe, Herr. Und es ist demnach so, daß dieses Geld zum Padischah geht und er davon lebt?« »Du sagst es, mein Sohn; er und seine Veziere. Mehr wurde darüber nicht gesprochen.
Wieder war die mondlose Zeit gekommen, und eines Abends stieg der Duft des Ekmek-Kadaïf lockend vom Nachbardach hernieder. »Du holst ihn dir, Herr, wie immer?« fragte Ali unbefangen. »Wie immer, mein Sohn,

hole ich ihn mir«, antwortete der Meister. Und nach dem Azan gingen sie fort, der Meister wie stets die Leiter tragend, Ali hinter ihm gehend, und von beider Schritt war nichts zu hören. Der Meister setzte die Leiter an, und Ali hielt sie mit einem Fuß fest, doch als der Meister sich anschickte, von der letzten Leitersprosse – wie immer – den Rand des flachen Daches zu erreichen, war Ali unmittelbar hinter ihm, ohne daß er, ganz vom Duft der köstlichen Speise eingenommen, etwas bemerkte. Nach kurzem kam der Meister wieder, setzte rückwärtsgehend den Fuß vorsichtig tastend auf die Leitersprosse, sorgfältig bedacht, die in beiden Händen gehaltene Speise nicht zu verlieren. Unten stand Ali, sagte hauchleise: »Herr, laß mich den Kadaïf nehmen.« Der Meister sah zu ihm herunter, bemerkte flüsternd: »Ich verstehe nicht, warum mir an einem lauen Abend wie diesem so kühl ist. Ich will mich einhüllen, nimm den Kadaïf.«
Er reichte das Gebäck hinunter, wobei er an sich herabsah und beinahe von der Leiter gefallen wäre vor Staunen, denn er hatte keine Hose an! »Maschallah«, murmelte er bestürzt, »wie kann so etwas geschehen? Kein Wunder, daß mir kühl ist!« Jetzt aber war er unten angelangt, wo Ali stand, in der einen Hand die Schale mit Gebäck, in der anderen des Meisters Hose. »Nimm, oh mein Herr und Meister, hier deine Hose zurück.« Der Meister starrte Ali an, dann seine Hose, mußte lachen, so sehr lachen, daß er Mühe hatte, ungehört zu bleiben. »Maschallah, Yah Maschallah«, hauchte er zwischen dem Lachen heraus, »du hast sie mir gestohlen, und ich habe nichts gemerkt. Mein Sohn Ali, du bist in Wahrheit ein Meister geworden, oh du mein Stolz und meine Freude!« Ali sagte nichts, half nur beim Anziehen der Hose, und sie gingen schweigend heim ins Nebenhaus.

Dort angelangt, fragte Ali bescheiden: »Habe ich jetzt ausgelernt, Herr? Du sagtest mir einmal, wenn ich dich unbemerkt bestehle, sei es an dem?« Der Meister hatte die Speise in die bereitgestellte Silberschüssel getan, kam nun und umarmte Ali, küßte ihn auf beide Wangen. »Frei bist du, ein Meister gleich mir, ein Chyrssys Baschi, und danke mir nicht, denn du hast es deinem Fleiß und deinem klugen Kopf zu verdanken, daß du, ein Jüngling, schon ein Mann wurdest. Doch sage mir nun, was gedenkst du zu tun? Daß du nicht hier an diesem kleinen Platz bleiben willst, sehe ich ein, und wenn ich dich auch ungern ziehen sehe, der du mir wie ein Sohn meiner Lenden geworden bist, so werde ich doch stolz sein, zu hören von allem, was der große Chyrssys Baschi Ali vollbringt!«

Ali mußte lachen über diese Verleihung einer ehrenden Benennung und begann nun alles darzulegen, was er sich erdacht hatte in den Jahren seiner Lehrzeit. Während sie saßen und den Ekmek-Kadaïf verzehrten wie damals am ersten Abend seines Kommens, sagte er: »Ich will, mein Herr und Lehrer, zu unser aller großem Meister hinziehen, dem Meisterdieb der Meisterdiebe.« Der Meister hörte zu essen auf, sah sehr beunruhigt auf Ali, fragte voll Eifersucht und Kummer: »So siehst du mich nicht als einen großen Meisterdieb an? So gehst du von hier zu einem anderen in die Lehre? Und was, oh Ali, der mir Schmerz bereitet, kann er dich lehren? Und wo ist er? Wie nennt man ihn? Sprich und tue es gleich.« Wie ernst es dem Meister mit dieser Frage war, wurde daran kenntlich, daß er seinen geliebten Ekmek-Kadaïf unbeachtet stehen ließ und nur gespannt auf Alis Antwort wartete.

Ali aber lächelte, sagte ruhig: »Herr, er ist nicht als Meisterdieb bekannt, und ich gehe auch nicht zu ihm in

die Lehre.« »Wer und was also ist's? So rede doch!« »Gern, Herr, so du geneigt bist, mir zuzuhören.« Eine Handbewegung forderte zum Weitersprechen auf, und Ali sagte nichts als dieses: »Der Padischah.« Voll Erstaunen starrte ihn der Meister an, rief: »Erdreistest du dich, mich zu verhöhnen, mein Schüler Ali?« Schnell erhob sich Ali, legte die Stirn zum Zeichen der Ergebenheit auf des Meisters Schulter, murmelte: »Wie könnte ich, Herr? Du, der erste und einzige Mensch, der mir Gutes erwies, und ich dich verhöhnen? Oh, sage so Schmachvolles nicht!«
Schnell versöhnt, legte der Meister die Hand auf die Locken, die sich an seine Schulter schmiegten, sagte leise: »Es war Torheit, mein Sohn Ali, und ich verstand nicht, was du meintest. Erkläre es mir nun, ich bitte dich. Was ist's mit dem Padischah?« Ali richtete sich auf, setzte sich an die gewohnte Stelle neben den Meister, sagte ernsthaft: »Herr, viele Male das Jahr kommen die Männer und fordern Geld für den Padischah; oftmals reitet ein Vezier daher, umgeben von seinen Dienern, oder, was schlimmer ist, läßt sich in der Sänfte tragen, weil er zum Reiten zu fett ward; der Padischah lebt vom Gelde, das ihm gegeben wird, weil man es geben muß; die Veziere leben auch davon. Wir alle aber werden bestohlen. Von wem? Vom Padischah. Ist er ein großer Dieb, o Herr, oder ist er es nicht?« Der Meister hatte zugehört, und sein Blick hatte ohne Unterbrechung auf Alis Zügen geruht, die von Geist und Leben sprühten. Leise sagte er jetzt, tief beeindruckt: »Ali, mein Sohn, du wirst weit gehen, sehr weit! Und ich bitte dich: vergiß deinen Lehrer nicht, lasse ihn teilnehmen an allem, was dir geschieht. Solcherart erst werde ich wissen, daß ich noch für anderes lebe als für Ekmek-Kadaïf!« Ali mußte lachen, versprach alles und meinte es ernst.

Bis spät in die Nacht saßen sie noch zusammen, und der Meister bestand darauf, er werde Ali ausstatten, so daß er seines Zieles würdig in der Fremde erscheine. »Und das Pferd, darauf du reiten lerntest, schenke ich dir auch. Wenn du hinkommst zum Serail des Padischah, sollen sie dort sagen: Maschallah, hier kommt der große Dieb, Schüler des großen Diebes, um den größten Dieb aufzusuchen – unseren Herrn! So sollen sie sprechen, und sie werden einen schönen Jüngling sehen, der wert ist, in den Spiegel der Djinnen zu schauen!« Und nach dieser trefflichen Rede konnte das Verzehren von Kadaïf weitergehen.

Ali blieb nur noch kurze Zeit an diesem seinem Geburtsort. Es war ein frischer Morgen zum Sommerbeginn, als er stolz auf seinem edlen Pferde die Straße dahinzog, die in die Weite und das Erleben der Welt führte, zum großen Meisterdieb aller Meisterdiebe. Seine reichen Gewänder hatte er in Satteltaschen bei sich, ein Schwert trug er an der Seite, und wie er so dahinritt, dachte er voll Stolz an das dunkle Seidengewand, das sich wie seine eigene Haut um seinen Körper legte und das seine Berufskleidung darstellte; jede kleinste Falte hatte die Hand des Meisters selbst geglättet, denn er sagte, daran könne Leben und Freiheit hängen, an einem solch elenden Fältchen, daß sich irgendwo verfinge. »Wirklich, wie eine dunkle Schlange siehst du darin aus, mein Sohn Ali!« hatte er dann freudig ausgerufen und das Zehrgeld für den Anfang, ehe sich Ali etwas erwerben könnte, noch verdoppelt.

Gegen Abend wurden die Minarehs und Kuppeln der Hauptstadt sichtbar, und Ali beeilte sich, vor dem Azan einzutreffen, wurden doch dann die Tore geschlossen. Er hatte sich ersonnen, wie er am besten beginne, und wollte sich gleich zum Bazar begeben. Dort würde er alles erfahren, was für ihn wissenswert war, denn im Bazar war stets bekannt, was geschehen war, ja oftmals sogar, was noch bevorstand. Es ist auch nie schwer, den Bazar zu finden, man muß sich nur nach dem Gehör fortbewegen, denn dort, wo am meisten Lärm ist, dort ist auch der Bazar. Und so fand Ali bald sein Ziel, gab sein Pferd einem der Knaben zu halten, die immer an den Eingängen auf solche kleinen Verdienstmöglichkeiten warten, und suchte das größte Kaweh auf, das meist dort liegt, wo sich die Straßen des Bazars kreuzen.

Er ließ sich nieder, trank seinen Kaweh, rauchte und hörte nach allen Seiten zu, eine Fähigkeit, die er sorgfältig ausgebildet hatte. Bald konnte er aus den vielen Gesprächen rings immer wieder eines Namens Wiederholung erhaschen, es war »Bekir«. Sagte einer: »Wer immer mir widersprechen will, tue es, aber ich behaupte, Bekir war ein anständiger Mann. Wie oft hat er mir verraten, wo etwas zu holen sei, und wie oft hat er mir Waren gebracht, die ich gut verkaufen konnte, ohne daß er viel Anteil daran verlangte!« Sagte ein anderer: »Bekir hat mir geholfen, als es mir sehr schlecht ging. Nur durch ihn und seine Hilfe konnte ich mein Geschäft behalten. Wer etwas gegen Bekir sagen will, der komme zu mir.« Sagte ein Dritter: »Aber wer will denn etwas gegen Bekir sagen? Wir alle wollen doch nur, daß einem ehrlichen Diebe Gerechtigkeit widerfahre.«

Hier war es, daß Ali aufhorchte und sich blitzschnell einmischte, denn diese Schnelligkeit seines Erfassens war es, die ihn zu etwas machte, das es nicht jeden Tag gibt. »Es ist nicht zu glauben«, sagte er, obgleich er keine Ahnung hatte, worum es ging, und nur das Stichwort »Dieb« gehört hatte, »wie man es sich herausnimmt, einen ehrlichen Menschen zu behandeln, der als Beruf das Stehlen hat. Ist denn Stehlen etwas so Neues? Und kennt nicht

ein jeder die, die es betreiben und denen nichts geschieht?«
Da hatte er schon alle, die zufällig dort saßen, auf seiner
Seite. Da beugte man sich vor, da sprach man auf ihn
ein, da war Ali der Mittelpunkt, wie es immer geschah,
wenn er nur den Mund auftat. Sie redeten rings um ihn
herum, sie sprachen von Gerechtigkeit, sie sprachen vom
Sterben und von einem ehrlichen Begräbnis, und langsam, ganz langsam und mühsam begann Ali zu verstehen, worum es eigentlich ging. Sagte wieder einer, der
sich bisher nur mit dem Rauchen des Nargileh beschäftigt hatte: »Strafe hin, Strafe her, aber wer ein
Moslim ist, hat ein Recht auf die ehrfürchtige Behandlung, die dem Toten gebührt. Und Bekir, diesen Freund
der Armen, dort draußen hängen zu lassen, bis das
Fleisch ihm in Fetzen von den Knochen fällt, ist eine
Beleidigung des Islam, so sage ich!«
Jetzt wußte Ali, worum es ging. Daß man Verbrecher
aufhing und sie so lange hängen ließ, bis sie nahezu am
Galgen verwesten, das war nichts Neues und bezweckte
lediglich die Abschreckung; daß es diesem Bekir offenbar
ebenso ergangen war, ergab sich aus den Gesprächen.
Hauptsache blieb, wie das Ganze zu nutzen wäre. Ali
behielt die Miene eines stillen und mitleidsvoll Verstehenden bei, und als eine kleine Zwischenstille eintrat,
in die man mit gebührender Vorsicht ein schmales kleines
Wörtchen einschieben konnte, sagte er: »Und die Seinen?
die unglücklichen Seinen, wer hilft ihnen?« Da ergoß
sich wieder eine Flut von Worten über Ali, und er hatte
alle Mühe, aus dieser heißen erstickenden Welle un-
beschädigt aufzutauchen. »Die Seinen?« rief einer,
»da gibt es nur seine beklagenswerte Witwe, deren
sich niemand annimmt.« Schrie ein anderer: »Sein Haus
werden sie ihr auch bald fortnehmen, diese elenden Ein-
treiber von Schulden, die sich Sabtiehs nennen und in

die letzte Djehenna gehören!« Ali wartete, lauschte. Schrie noch einer: »Keinen Sohn, der ihn rächt, keinen!«
Und hier war es, daß Ali den höchsten Punkt erreichte, daß er der Eingebung derer gehorchte, die man zu nennen vermag Djinnen, Ifrits, Peris oder wie immer, die aber ohne jeden Zweifel die Schutzgeister der Diebe und Dichter sind. Diese Geister wußten Ali zu bewegen, sein Antlitz in seinem Ärmel zu bergen und seinen Körper zucken zu lassen, als schluchze er. Sogleich ward Stille. Eine Stille, die man durch den Lärm des Bazars zu hören vermochte, eine Stille, die schrie, viel lauter, als es ein Schrei vermocht hätte. Die Männer, die dort in dem größten Kaweh des Bazars saßen und deren Anzahl sich stets noch vermehrte durch diejenigen, die ihre Verkaufsstände nunmehr geschlossen hatten, diese Männer wußten und fühlten oder glaubten es doch, hier einem großen Geschehen begegnet zu sein. Denn auf das Wort »keinen Sohn« war dieses geschehen, was selten und schrecklich war, daß ein Jüngling seinen Schmerz im Ärmel verborgen hatte. Wer konnte es sein, wenn nicht der Sohn dieses trefflichen Bekir?
Es geziemt sich nicht, Zuschauer zu sein, wenn ein Mann die Beherrschung über seine Gefühle verliert, so es sich aber nicht vermeiden läßt, so ist doch der Anschein zu wahren, als habe niemand etwas bemerkt. In diesem besonderen Falle aber schien es angebracht, weiterhin das Lob des so schmählich gestorbenen Bekir anzustimmen, und Ali, in der Verborgenheit hinter seinem Ärmel, hatte Zeit, sich sein weiteres Verhalten zurechtzulegen.
Als den Männern wohl nichts mehr einfallen wollte über Bekir auszusagen, richtete Ali sich auf und sagte freudig: »Wie gut und freundlich ist das Kismet, das mich gleich nach meiner Rückkehr aus der Fremde zu Freunden meines Vaterbruders führt, der mir mehr war als ein

Vater! Euch danke ich und dem Kismet zugleich. Wollet mir jetzt angeben, wo sich die Wohnung Bekirs befindet, denn ich erinnere mich der Wege nicht mehr genau, war ich doch ein Knabe, als ich diesen Platz verließ. Ehe wir gehen aber verspreche ich euch, die ihr seine Freunde wart, dieses: nicht nur wird er gerächt werden, nein, auch geehrt sein. Und nun gehen wir.«
Dieser eindrucksvolle Beginn seines Aufenthaltes in der Stadt des größten aller Meisterdiebe gab Ali das Gefühl, daß er hier gewiß große Erfolge haben werde, und er mußte sich alle Mühe geben, ein gebührend ernstes Gesicht zu zeigen, als die zahlreichen Freunde Bekirs ihn zu dessen Haus geleiteten, nachdem das Pferd abgeholt worden war. An der Straße angelangt, auf der das kleine rote Holzhaus stand, wandte sich Ali an die Begleiter und sagte geheimnisvoll: »Es ist besser, meine Freunde, daß ihr mich hier verlaßt, denn die Aufmerksamkeit darf nicht auf dieses Haus gerichtet werden, wo gewißlich nur die Witwe Bekirs sich aufhält, denn so ist es doch?«
Als die Bestätigung dieser Annahme von allen Seiten erfolgte, fühlte sich Ali sehr erleichtert, denn er hatte schon gefürchtet, noch mit anderen Anverwandten zusammenzutreffen; handelte es sich aber nur um eine ältliche Frau, so war wohl alles in Ordnung. Als er noch anfügte, daß es sich kaum gezieme, in so zahlreicher Gesellschaft vor einem Hause der Trauer und der Schande zu erscheinen, hatte er seines ehrfürchtigen Verhaltens halber bei den Begleitern völlig gewonnenes Spiel, und sie versicherten sich, ehe sie ihn verließen, daß er in das Bazar-Kaweh zurückkehren werde, um alles Weitere mit ihnen zu beraten.
Ali atmete auf, als er sie alle endlich los war bis auf den Knaben, der sein Pferd führte, und begab sich nun zu der grün gestrichenen Tür des kleinen roten Hauses, das er

recht bescheiden fand für die Wohnung eines bedeutenden Diebes. Er setzte den Klopfer in Bewegung, und während er es tat, entsann er sich gerade noch rechtzeitig, daß ihm der Meister gesagt hatte, es gäbe Klangfolgen, die von allen Dieben im ganzen Lande verstanden würden und die in hoher Not anzuwenden seien, um Hilfe zu erhalten. So betätigte Ali diese Klangfolge mit dem Klopfer an der Haustür des Bekir, und es geschah, daß die Tür mit größter Schnelligkeit geöffnet wurde; ein verhüllter Frauenkopf spähte heraus, und eine leise Stimme sagte: »Tritt ein, Bote meines Herrn.« Ali tat, wie ihm geheißen wurde, verneigte sich geziemend und sagte leise, noch in der Niederbeugung verharrend: »Begrüße mich als Anverwandten um Bekirs willen. Draußen mein Pferd.«

Die Frau des Diebes mußte ihm eine gute Gehilfin gewesen sein, denn sie verstand augenblicks und handelte ebenso; die Tür wurde wieder geöffnet, sie rief: »Komm her, Saïs, führe das Pferd dort rechts durch den Garten, ich öffne die Tür zum Stall. Beeile dich, denn mich drängt es, mit diesem, der mir nahe verwandt ist, allein zu bleiben.« Diese laut gerufenen Worte vernahmen auch noch einige derer, die am Eingang der kleinen Straße stehengeblieben waren, um zu beobachten, wie der, den sie geleitet hatten, im Hause des Bekir empfangen würde, und sie zogen sich nun ganz befriedigt zurück, überzeugt, daß die in Aussicht gestellte Rechtfertigung des Bekir nicht auf sich warten lassen würde, nun dieser hilfsbereite nahe Angehörige eingetroffen war.

Im Hause indessen entlohnte Ali den Pferdejungen reichlich und wandte sich dann an die Frau, die in seiner Nähe geblieben war und mit kaum verhehlter Ungeduld auf Erklärungen wartete. Dennoch vergaß sie die gute Sitte nicht, forderte den Fremden auf, im großen Gemach beim

Eingang ihrer zu warten, die sogleich einen Kaweh bringen werde. Ali ließ sich nieder und wartete gerne, hatte er doch auf diese Art Muße, sich zu überlegen, was zu tun sei. Die Frau kam bald zurück, und er betrachtete ihren Gang prüfend, fand, daß ihre Gestalt noch üppig und beweglich sei, und baute darauf seinen Plan. Sie reichte ihm den Kaweh und sagte kurz: »Rede.«
Ali trank ein wenig des heißen süßen braunen Saftes, sagte: »Lasse dich nieder nahe bei mir, Hanoum, und antworte leise auf meine Fragen: Wer ist hier noch im Hause?« Kurz, schnell kam die Auskunft: »Eine Dienerin, die bald zurückkehrt von einigen Einkäufen.« »Wir sind also allein, und es hört uns niemand?« »Niemand.« »Gut. Seit wieviel Tagen ist Bekir tot?« »Drei.« »Wo? Weit von hier?« »Nicht sehr weit, über den Platz vor dem Serail hinaus, nahe dem Nordtor.« »Er allein?« »Allein.« »Wie bewacht?« »Zwei Sabtiehs Tag und Nacht, Ablösung alle zwei Stunden.« »Waren die Tage heiß, diese letzten drei?« »Sehr.« »Gut. Du höre mir zu: Morgen in der Frühe wirst du in den Bazar gehen, Hanoum, und wirst dort dieses kaufen: ein Stück rosenfarbene beste, glänzende Seide, genügend für einen schönen Feredjeh; einen ganz leichten weißen Schleier, genügend für einen doppelten Yaschmak; Schminken und schwere, gute, starke Duftwässer. Lasse dich nicht erkennen bei diesen Käufen, du eines Diebes Weib wirst es verstehen, dich zu verstellen. Bringe die Dinge her, und am Abend werden wir Bekir hier im Garten seines Hauses in die Erde senken, ich verspreche es dir.«
Ali schwieg. Die Frau erhob sich vom Boden, wo sie gesessen hatte, und legte ihre verschleierte Stirn auf Alis Schulter. »Ich gehorche, Herr. Dieses Haus ist dein Haus, befiehl.« Ging und ließ Ali allein, der in tiefe Gedanken versunken das Vergehen der Zeit nicht bemerkte und

erschreckt zusammenfuhr, als eine dunkelhäutige Sklavin ihm Speise und Trank brachte und ihm den Raum wies, wo er nächtigen sollte. Da er seinen Plan fertig hatte, schlief er ruhig und tief und wurde erst geweckt, als die Sklavin kam, ihm zu melden, die Herrin bitte um seine Anwesenheit. Sie zeigte ihm den Baderaum, und Ali mußte sich eingestehen, daß der tote Bekir klug gehandelt hatte, wenn er ein scheinbar kleines Holzhaus der Straße zu erbaute, nach dem Garten aber groß und weitläufig.

Erfrischt begab sich Ali zu der Hanoum, die ihm schweigend ihre Einkäufe wies. »Gut«, sagte er befriedigt, nachdem er alles geprüft hatte, »nun vernimm, was zu tun ist: Du wirst dir diesen Feredjeh bis heute abend fertigen und ihn anlegen, nachdem du dich reichlich mit Duftwässern begossen hast, so daß man dich schon von weitem riecht. Du wirst dich stark schminken, aber den Yaschmak doppelt anlegen. Alles dieses soll geschehen, um die Sabtiehs, die auf Wache sind, anzulocken. Den ganzen Tag über mußt du den Gang üben, wie du ihn als junge Frau gehabt haben magst, so mit den Hüften wiegen, verstehst du, Hanoum?« Und Ali begann im Raum auf und ab zu gehen, hüftenwiegend, hüftenschwingend, daß es eine Lust anzuschauen war. Hinter dem verhüllenden Schleier kam ein Laut hervor, der ein Lachen hätte sein können, aber schnell unterdrückt wurde. »Es ist genug«, sagte die Hanoum, etwas mühsam sprechend, »es bedarf deiner nicht, um mir zu zeigen, wie Frauen sich bewegen, ich verstehe es schon. Aber sage mir, was soll all dieses helfen?«

Ali sah erstaunt aus, sagte tadelnd: »Ich hatte dich bisher für klug gehalten, Hanoum, es war ein Irrtum, sehe ich, denn dies ist doch einfach: Die Sabtiehs, gelangweilt von ihrem Wachdienst, gestört durch den Geruch, den die

Hitze verursacht, werden sich freuen, wenn an jener Stelle, wo wohl gegen Abend keine Frau gerne gehen wird, sie eine rosenfarbene Erscheinung gewahr werden, deren süßer Duft sie jenen anderen Geruch vergessen macht. Ist ihr Gang und ihr Hüftenwiegen verführerisch genug, so werden sie der Erscheinung folgen – außer Sichtweite jenes anderen Anblicks. Wenn die rosenfarbene Erscheinung es versteht, die zwei Sabtiehs eine Zeitlang so festzuhalten, daß der eine nicht weiß, wie es mit dem anderen steht, und umgekehrt, dann wird es möglich, daß ein alter, mühsam unter der Last einer Leiter daherschreitender Mann sich dem Platz nähert, den die Sabtiehs verließen, und dort von einem Gestell das herabnimmt, was nicht dort sein sollte, und es, unter der Leiter verhüllt, dorthin bringt, wo es sein sollte. Hast du endlich verstanden, oh Hanoum?«
Die verhüllte Frau sagte leise: »Ich habe schon lange verstanden, oh du Geist eines Ifrit, und werde die Leiter prüfen, auf daß nicht eine Sprosse dem Tritt des alten Mannes nachgäbe. Zudem wird mein Gebieter in seinem Gemach elende Kleider vorfinden und eine alte Kufieh, die seine Locken verdeckt. Auch wird die duftende Erscheinung unter der rosenfarbenen Bedeckung einen dunklen Burnus verbergen, um zur rechten Zeit zu verschwinden vor den Augen der Sabtiehs. Des weiteren werde ich den Tag über im Garten graben, liebe ich es doch, die Erde zu bewegen. Bleibt nur noch eine Frage, so es mein Gebieter erlaubt?« Ali lächelte still vor sich hin, lauschte der Stimme nach, fragte sich immer wieder, ob er sich täusche oder ob dieser Klang nicht aus einer jungen Kehle komme? Aber er antwortete ruhig: »Rede, oh du Verstehende.« »In welcher Art wird der gebrechliche Alte mit der Leiter der duftbegossenen Rosenfarbenen ankünden, daß er den Rückweg antritt?«

Ali lachte so leise, wie es sich gebührte bei dem, was hier besprochen wurde, antwortete dann beschämt: »Der Geist des Ifrit, wie du ihn benanntest, hat sich als der Geist jenes armen Leiterbettlers erwiesen, oh Rosenduftende. Und es wird darum am besten sein, dünkt mich, ihn auch so zu belassen und ihn das alte Bettlerlied singen zu lassen, wenn er mit seiner Last heimwärts zieht. Du kennst es, Rosenfarbene?« Ganz ernst antwortete die verhüllte Frau: »Ich kenne es, und es geziemt sich gut als Geleit für ... für ... die Last. So gehe ich denn an die Arbeit. Gehab dich wohl, oh mein Gebieter.« Ali erhob sich, grüßte feierlich und sah der Davongehenden aufmerksam nach. Üppig? Ja. Alt? Nein. Nur müde vielleicht, bedrückt. Dem konnte abgeholfen werden, Inschallah.

Ali begann nun alle seine sorgfältig hergestellten Kleidungsstücke einzuordnen, übergab vieles den Händen der dunklen Sklavin zum Glätten, kleidete sich unauffällig und ging, nach seinem Pferde zu sehen, es zu versorgen und aufzuzäumen. Kurz danach ritt ein schöner junger stolzer Krieger mit hochmütigem Geschau durch die Straßen der Hauptstadt und verschmähte es nicht, sogar an dem Platz vorbeizureiten, wo zwei gelangweilte Sabtiehs Wache hielten und wo der Reiter sich sorgfältig die Kufieh um die Nase schlang. Ein Blick und noch einer galt danach dem Serail, wobei es in den dunklen Augen aufblitzte und die Lippen kaum hörbar murmelten: »Salaam, Chyrssys Baschi!« Sei gegrüßt, Oberster der Diebe! Und danach wußte Ali in dieser Stadt Bescheid, als sei er in ihr aufgewachsen.

Er kehrte zurück zu dem roten Holzhaus, das so trügerisch klein schien, und fand in dem ihm zugewiesenen Gemach in einem Winkel allerlei Lumpenzeug bereitgelegt, in der Nähe des Diwans aber Speisen von besonderer Köstlichkeit auf dem niederen runden großen Kupferbehälter, daneben ein Nargileh, dessen Holzkohlen schon glühten. Ali sah sich um, lächelte für sich, sagte für sich: »Alt . . .? Nein!« und bereitete sich in behaglicher Ruhe darauf vor, ein alter, singender, belasteter Bettler zu werden.

Es ist selten, daß wirklich sorgfältig durchdachte Pläne, bei denen Dummheit und Torheit des Gegners mit in Rechnung gestellt werden, fehlgehen, besonders aber dann nicht, wenn als helfende Kraft ein Weib eingesetzt wird, ein kluges noch dazu, das es versteht, die Begehrlichkeit zu reizen. Der mühsam dahinschreitende Bettler, der einige Male wegen der langen und schweren Leiter, die er trug, mitleidig angerufen wurde, nahm sich so viel Zeit auf seinem Wege, daß er das Glänzen eines rosenfarbenen Feredjeh unter einem dunklen Burnus erhaschen konnte, das sich hob und senkte im schnellen leisen Schreiten einer Frau, und er spürte die Duftwolke, die sie umgab, sogar von dem Platze aus, wo er auf einem Stein rastete, die Leiter neben sich. Der verschleierte Kopf der Frau wandte sich nach seiner Seite zu, und aus ihrer Hand, die blitzend von Edelsteinen aus dem dunklen Burnus hervorschoß, flog zu ihm ein Geldstück hin. »Bete um ein gutes Kismet, Babadjim«, rief eine helle Stimme, die zweifellos jung war. Unter seinem schmutzigen Kopftuch grinste der Bettler und freute sich der kecken Kühnheit dieser Handlung, während er mit gemurmelten Dankesworten die gut vor seine Füße gezielte Münze aufhob. »Talisman«, sagte er leise und verwahrte sie sorgfältig im seidenen Gürtel unter dem Bettlergewand.

Dann stapfte er mit seiner Leiter weiter und erreichte den Platz, wo die Sabtiehs Wache hielten, solcherart, daß er ihn von einem Mauerwinkel aus überblicken konnte, ohne doch selbst gesehen zu werden. Und plötzlich tat dieses ruhige Herz unter dem Bettlerkleid einen schnellen Schlag, denn in das Blickfeld war der rosenfarbene Feredjeh gekommen, und eine ganz leise vor sich hinsingende Frauenstimme wurde hörbar. Sie sang, oder vielmehr sie summte ein wohlbekanntes Lied der Zigeunerfrauen, dessen Lockung von unmißverständlicher Deutlichkeit war, und wenn doch keine volle Klarheit über den Sinn geherrscht hätte, so wurde diese durch das Wiegen der üppigen Hüften unter der rosenfarben glänzenden Seide ergänzt. »Maschallah!« murmelte der Bettler mit der Leiter vor sich hin, und es wurde ihm heiß unter seinen Lumpen, als er daran dachte, wie er dieser Meisterin auf ihrem Gebiet sein lächerliches Hüftenwiegen vorgemacht hatte. War er denn wirklich so wenig ein Mann, daß er nicht einmal zu unterscheiden vermochte, ob sich ein altes, ob ein junges Weib unter entstellenden Hüllen verberge? Genug damit, jetzt galt es aufzupassen – alles das für späterhin.

Die Sabtiehs hatten zuerst erstaunt, dann lächelnd das Gebaren dieser Frau beobachtet, die sich vor der grausigen Nähe dessen, das einstmals ein Mann gewesen war und das sie zu bewachen hatten, nicht abschrecken ließ, ja, es gar nicht zu bemerken schien. Als dann das leise Summen des wohlbekannten Liedes begann und die Frau, deren Wohlgeruch die zwei Männer gierig einatmeten, sich solcherart bewegte, wie es ein jeder Mann verstand, da sagte der jüngere Sabtieh zu dem älteren: »Warte du ein wenig hier für dich allein, ich gehe mir die zweite Strophe dieses Liedes anhören.« Und lachend ging er der rosenfarbenen Erscheinung nach. Verblüfft schaute ihm der andere nach, wie er in der kleinen krummen Seitenstraße verschwand. Einmal den Platz hinauf und herab blickte er, murmelte dann vor sich hin: »Dummer junger

Kerl, glaubt, alles gehöre ihm, weil er jung ist ... Sehen wir einmal!« und verschwand eilig in derselben Seitengasse, die Duftwolke suchend.

Mit einer Schnelligkeit, die fast erschreckend wirkte, bewegte sich Ali jetzt lautlos vorwärts, schien das Gewicht der langen Leiter nicht zu fühlen, lehnte sie, als sei sie ein leichter Stecken, an den Galgen, war oben, ehe das Herz viermal schlug, und hatte mit schnellen, hackenden Bewegungen seines brennend scharfen Messers die Stricke durchschnitten, die den Leichnam am Galgen festhielten. Die schaurige Last glitt weich und schwer hinab auf den Boden, Ali rutschte die Leiter hinab, ohne die Sprossen zu berühren, hatte den Leichnam mit Gedankenschnelle in das mitgebrachte dunkle Tuch gehüllt, ihn sich mit einem Schwung über die Schulter gelegt, die Leiter darübergeschoben und begann den Platz zu verlassen, nunmehr wirklich unter seiner Last langsamer schreitend.

Kaum war er im Bereich des Raumes angelangt, wo die Mauer des Serail begann, als er das Bettlerlied anstimmte, und er versuchte dabei seiner hellen Stimme einen dunklen, heiseren Klang zu geben. Das uralte Lied aber hat diesen Wortlaut:

»Gebt, gebt dem, der von Allah bestimmt ward, euch barmherzig zu machen, oh Herzen der Söhne Mohameds! Hört, hört die Stimme der Armut und werdet reich, indem ihr schenkt, oh Söhne Mohameds! Heute ein Reicher, ein Armer morgen, alle sind wir im Kismet verbunden. Schenkt eurer eigenen Armut aus flüchtigem Reichtum! Hört, hört! Gebt, gebt!«

Ali sang und fand, er könne so im Singen seine Last leichter tragen. Mit der einen Hand hielt er die Leiter fest über der Schulterlast, mit der anderen streckte er eine Bettelschale aus, die sich im Mantel des Gewandes befunden hatte. Aber er mied die belebten Straßen, denn der furchtbare Geruch seiner Last durfte nicht die Aufmerksamkeit erregen. Der Weg dünkte ihm lang, sehr lang, und es bedurfte aller seiner geschmeidigen Kraft, um die Aufgabe erfüllen zu können. Endlich, ach endlich sah er das rote Haus, bog er seitwärts ab zu der Hinterpforte, die in den Garten führte, da wurde diese Tür schon geöffnet, eine Stimme flüsterte: »Schnell, es ist alles bereit.« Die Tür schloß sich hinter ihm und der langen Leiter, und helfende Hände griffen zu, ihm seine Last abzunehmen. »Schon zurück?« flüsterte Ali erstaunt, hatte aber für Weiteres keine Zeit, denn die Frau hauchte ihm zu: »Das Grab ist links, komm, komm schnell!« Sie hoben und schoben den toten Körper, senkten ihn gemeinsam in das Grab, und die Frau murmelte: »Hierher seinen Kopf, daß er nach Mekka schaut, und Allah vergebe ihm.« Sie schaufelten die Erde über den Toten, und während er es tat, sagte Ali leise: »Allah wird ihm vergeben, denn weiser als alles ist Allah und gütiger.«

Unter dieser Grabrede wurde Bekir bestattet, und die zwei, die ihm dieses ehrliche Begräbnis bereiteten, sein Weib und der junge Meisterdieb, gingen erschöpft ins Haus, wo Ali sich sogleich ins Bad begab, um den schrecklichen Geruch von sich abzuwaschen. Als er erfrischt in den großen Raum nahe dem Eingang kam, voll Begier auf den Bericht der Frau, sah er sie bereits dort am Boden sitzen, damit beschäftigt, durch einen Schleierstoff Goldfäden zu ziehen. Sie erhob sich, als er eintrat, stand in der für die Frauen vor einen Mann gebotenen demütigen Haltung wartend da. Ali kam auf sie zu, die ein leichtes Hausgewand trug und den Schleier nur lose um den Kopf geschlungen hatte, so daß ihr braunes Haar zu erkennen war.

»Hanoum«, sagte er, »du warst sehr mutig und sehr geschickt, und ich bitte dich, mir zu verzeihen, daß ich in überheblicher Art dich etwas lehren wollte. Sei nun so gütig, mir zu sagen, was geschah und wie es möglich wurde, daß du schon vor mir zurück warst?« Ein leises Lachen antwortete ihm, und er sah rote weiche Lippen unter dem Schleier sich bewegen. »Ich ließ den beiden Männern meinen schönen rosenfarbenen Feredjeh, da sie glaubten, mich gefaßt zu haben, und entfloh in dem dunklen Burnus – das war alles. So war ich vor dir hier, denn ich wußte, wie schwer du zu tragen hattest. Und jetzt, Herr und Freund, bin ich dir zu Diensten in allem und dir voll Dank ergeben bis in den Tod, nahmst du doch die Schande von mir, so daß ich mein Haupt wieder heben darf . . . so!« Und mit einer schnellen freien Bewegung schlug die Frau den Schleier zurück, stand und schaute Ali an, als blicke sie ungeblendet in die Sonne. „Aman, Hanoum Effendim, was tust du? Wieviel Vertrauen schenkst du mir, und wie reich gibst du mir Dank! Ich tat es um der Ehre derer willen, die wir zum gleichen Beruf gehören, das ist alles.« Die Frau sah ihn immer noch an, lachte leise, sagte: »Das weiß ich wohl. Ich weiß auch, daß du mich für ein altes Weib ansahst, und das war ich um der Schande willen auch geworden. Doch ich bin jung, und du bist jung, und Bekir schuldet dir Dank. Willst du seinen Dank nicht annehmen, o mein Gebieter, diesen Dank, der hier vor dir steht?«

Es muß hier etwas gesagt werden, das Beachtung verdient, wenn auch die Stelle, an der wir stillstehen, gewißlich nicht solcherart ist, daß man Betrachtungen anstellen möchte. Aber dieses ist doch zu wissen wert: Der Lehrer Alis, der ihm das Süße und das Behagen verbat um der geschmeidigen Schlankheit willen, dieser freundliche, weise und strenge Mann, verbat ihm auch das

Weib. Er hatte gesagt: »Es ist eine Sache der Selbstverständlichkeit, daß ein Jüngling ein Mädchen genießt, ein Mann ein Weib. Aber es ist besser, wenn ein Dieb frei bleibt von Weibern, solange er es irgend vermag, ohne immer an sie denken zu müssen und was sie zu geben vermögen. Denn Weiber sind die größten Gefahren, die es für einen Mann gibt, der Geheimnisse hat und der zudem für niemanden fürchten darf, um unbehindert seine Arbeit zu tun. Darum meide sie, solange du es vermagst, mein Sohn Ali, und der Tag wird kommen, da du mir Dank weißt.« Das waren des Lehrers Worte gewesen, und sie hatte Ali bisher solcherart befolgt, daß er noch kein Weib sich zu eigen nahm. Sein Wille, etwas Großes zu werden, und die Scheu, er könne daran gehindert werden durch eine Frau, die sich an ihn hängte, hatten ihn so sehr beherrscht, daß er dieses Derwisch-Leben nicht als Entbehrung empfunden hatte.

In dem Augenblick, als Leila, die Witwe des Bekir, den Schleier fallen ließ und er in ein schönes, kluges, junges Gesicht schaute, schoß all dieses blitzgleich durch Alis Sinn, zugleich auch mit einer jubelnden Erkenntnis, denn hier war das ein Weib, das für ihn richtig war, diese, die schon eines Diebes Gefährtin gewesen war.

Hoch brauste in ihm eine Welle des Entzückens auf, und er griff nach der Frau, stammelte: »Du schönes, du gesegnetes Kismet, tritt ein in mein Leben und bleibe darin!« Und beide genossen des Glückes der Liebe und der Erfüllung, während in seinem frischen Grabe Bekir den Schlaf des Friedens schlief. – –

Der nächste Tag brach an mit viel Unruhe, denn schon in aller Morgenfrühe, ehe noch die Sonne zu heiß schlug, kam ein Bote aus dem Serail daher, blieb alle zehn Schritte stehen und rief mit gewaltiger Stimme: »Der Dieb, der den Dieb gestohlen hat, wolle sich melden. Der Vezier gibt ihm Straffreiheit, so er sich meldet.«

Ali hörte den Rufer, begab sich zum Fenster, lehnte dort und schaute hinaus, geruhig betrachtend, wie viele immer wieder stehenblieben und Meinungen miteinander austauschten, auch mehrfach zum Hause des toten Bekir hinüberschauten. Ohne sich in das Zimmer zurückzuwenden, sagte Ali heiter: »Der Vezier hat nicht viel Meinung von der Klugheit eines Diebes, wenn er glaubt, auf diese Lockung hin werde der sich melden. Warten wir weiter.« Leises Frauenlachen antwortete ihm, und er war sicher, daß die Wartezeit ihm nicht lang werden würde. Doch als der Tag sich zum Abend hin senkte, fand Ali es an der Zeit, das Versprechen, das er seinen Bazar-Freunden gegeben hatte, einzulösen, und so machte er sich auf den Weg zu jenem Kaweh. Er wurde nicht enttäuscht, denn sie waren vollzählig dort, und es waren noch mehr hinzugekommen.

Er wurde begrüßt wie ein siegreicher Krieger, der ruhmgekrönt zurückkehrt, und es fehlte nicht viel, so hätten sie ihn mit Geschenken kostbarster Art überhäuft. Aber er war zu klug, alle diese Gaben anzunehmen, blieb auch verschlossen und gab keinen Bericht über sein Tun und Lassen, sagte nur bittend: »Ich weiß, meine Freunde, ihr werdet es auch so nicht tun, aber verratet nichts von allem, was wir wissen, ehe ich nicht vollbracht habe, was ich beabsichtige. Wollt ihr mir helfen durch eure Verschwiegenheit?« Sie wurde ihm zugesichert, und er glaubte diesen Bazarhändlern, weil er wußte, daß sie nur zu gewinnen hatten, wenn sie mit einem ehrlichen und geschickten Diebe zusammenhielten. So begab er sich dorthin zurück, wo ihn alle Freuden dieser Erde erwarteten, und harrte dessen, was der Vezier weiter unternehmen werde, um seinen begehrten Fang zu tun.

Zwei Tage später war es, daß die nun schon wohlbekannte laute Stimme des Rufers wieder erscholl, doch hatte sich dieses Mal der Vezier etwas Besseres erdacht. Der Ausrufer sagte zwar die gleichen Worte wie das erste Mal, aber er hatte jetzt einen Korb bei sich, und der war schadhaft, solcherart, daß aus ihm, der offenbar mit Goldstücken gefüllt war, immer wieder eines dieser goldenen Lockmittel – scheinbar unbemerkt – zu Boden fiel.

Ali lehnte wieder am Fenster, schaute aber aufmerksamer hinaus. Er sprach auch dieses Mal nach rückwärts in das Zimmer, doch waren seine Worte drängend, nicht lässig wie vorher.

»Leila, höre: schicke die Sklavin sogleich in den Bazar, sie soll sehen, mir zehn, zwölf lebende Tauben zu kaufen, und sie möge sich eilen; du aber kehre sogleich zu mir zurück. Nein, warte! Ist etwas Pech oder Teer im Hause? Wenn nicht, bringe sie auch davon einiges mit. Und sie soll keine Zeit verlieren.« Er wandte sich nicht um, hörte leises Huschen und wußte, ihm wurde gehorcht.

Dann verfolgte er so lange wie nur möglich den Weg des Ausrufers mit den Blicken, und als er die Frau zurückkommen hörte, fragte er eifrig: »Hast du irgendwelche alte Schuhe im Hause, Leila, meine Schöne? Solche, die mir passen könnten, wenn auch ein wenig reichlich? Dann bringe sie her, und wir werden an ihnen einiges zu tun haben.«

So begann dieser Tag mit Lachen und Geschäftigkeit, und als die Sklavin zurückkehrte, wurden die zuvor sorgfältig in den Sohlen der Schuhe angebrachten Löcher reichlich mit Pech verschmiert, worauf dann über dieses einige Blätter aus dem Garten geklebt wurden. Bald danach verließ durch die schmale Tür an

der Rückseite des Besitzes ein Mann den Garten, der einem geringen Händler glich, zumal er einen jener Körbe trug, darinnen man Tauben herumzutragen pflegt, die zum Verkauf geboten werden. Dieser Mann, der die Kufieh der Wüstenreiter solcherart umgelegt hatte, daß sie einen Teil seines Gesichtes verdeckte, folgte der immer noch hörbaren Stimme des Ausrufers und fand sich leicht auf dessen Spuren, die unmißverständlich kenntlich wurden, durch die hie und da herumliegenden Goldstücke. Sah der Mann ein solches, so blieb er kurze Zeit stehen, und es schien fast, als hinke er ein wenig, so fest drückte er dann den Fuß auf den Boden.
Dann erreichte er den Ausrufer selbst und blieb bei ihm stehen, der soeben, um sich eine Zigarette zu drehen, den Korb mit Gold auf den Boden gestellt hatte. Der Taubenverkäufer setzte seinen Korb neben den des Ausrufers, nahm seine Lunte aus dem Gürtel, rieb den Stahl und entzündete ein Flämmchen, das er dem Ausrufer zu der fertig gedrehten Zigarette hinhielt. Unglücklicherweise bekam der Korb mit dem Gold bei diesem Vorgang versehentlich einen Tritt, und die Münzen verstreuten sich nach allen Seiten. Laut waren die Ausdrücke des Bedauerns, die der Taubenverkäufer ausstieß, und er bemühte sich, beim Aufsammeln des Goldes behilflich zu sein, ließ aber bald lachend davon ab und erklärte: »Besser ist es, dir nicht zu helfen, da dieses alles ja Diebeslockung sein soll, denn du könntest glauben, ich wolle dich bestehlen.«
Immer noch lachend, beugte sich der Händler nieder, um seinen Taubenkorb aufzunehmen, da löste sich der Verschluß, und die Tiere suchten flatternd die Freiheit. Laut jammernd versuchte der Händler sie einzufangen, wobei er unausgesetzt hin und her hüpfte, in die Luft sprang, nach oben griff, schrie: »Ach, meine Tauben,

meine Tauben!« Der Ausrufer war von diesem Kummer tief betroffen und versuchte, ein oder zwei Tiere zu fangen, wobei der Goldkorb nochmals umfiel. Vergeblich! Die Tauben waren fort, und der Goldkorb war nahezu leer. »Hilf mir suchen, Freund, und ich werde dir ein Goldstück für deine Mühe schenken, du, der du auch Verluste erlitten hast«, sagte großmütig der Ausrufer, hatte aber dann nur noch vier bis fünf Goldstücke beisammen und wandte sich brummend ab.

»Viel zu klug ist dieser Dieb für den Vezier, viel zu klug!« sprach er vor sich hin, steckte die wenigen Goldstücke in die eigene Tasche, schenkte eines dem Taubenverkäufer und ging zurück zu seinem Auftraggeber. Der Taubenverkäufer sah ihm eine Weile nach, bis er sicher war, der Mann kehrte nicht zurück, blickte sich suchend um und entdeckte, was er brauchte, den tiefen Toreingang zu einem Stall. Er drückte sich dort in den Schatten, hob einen Fuß, kratzte behutsam von der Schuhsohle Teer, Blätter und Goldstücke ab, hob den anderen und tat ein Gleiches. Dann warf er den leeren Taubenkorb in einen Winkel, wickelte seine Beute in den Zipfel der Kufieh und ging geruhig zurück zu der schmalen Nebenpforte des roten Hauses.

»Sieh, meine Schöne«, sagte Ali, »hier sind einige Goldstücke, die der Vezier mir schickte, für die ich ein Schmuckstück erstehen werde, das deines Reizes würdig ist. Ein kleiner goldener Springbrunnen... sieh her!« Und Ali ließ die Goldstücke aus seiner Hand auf ein Kissen aus weicher blauer Seide herabfallen, so daß es nur glitzerte, nicht klirrte. Sie lachten beide zusammen über den kleinen Spaß, und der Tag verging wie der frühere im Warten auf neues Geschehen und dem Genuß eines Glückes, auf dem noch der Morgenglanz des Ungewohnten lag.

Wieder die Stimme des Ausrufers, und wieder Ali lauschend am Fenster. Dieses Mal aber hatte er für den Vezier keinen Tadel, denn was der Bote kündete, lautete so: »Der Dieb, der den Dieb gestohlen hat, melde sich ohne Scheu vor Strafe beim Vezier im Serail, denn seine Klugheit und seine Schnelligkeit sollen Verwendung finden.« Sich zurückwendend, sagte Ali: »Jetzt, meine Schöne, beginnt es in Wahrheit! Hilf mir, daß ich mich kleide, wie es sich geziemt, wenn man den Vezier im Serail aufsucht, und wünsche mir insgeheim, daß ich meinem großen Meister begegnen möge.« So kleidete ihn Leila mit weichen und liebenden Händen, als sei sie seine Sklavin, die sie in Stille und Verborgenheit sich auch zu werden bereitete; sie wußte wohl, daß diese drei Tage und Nächte, da ihr der schöne Jüngling allein gehört hatte, niemals in gleicher Art wiederkehren würden, und wenn sie mit zarten Bewegungen an der Seite seiner Kleidung entlangstrich, so nahm sie Abschied von einem Traum, dem nun schon das Erwachen folgte.

Ali aber, den das geheime Lachen niemals ganz verließ, gedachte seinen ersten Besuch im Serail in vollem Schmuck abzustatten, und so beschloß er, nicht wie ein Bettler zu Fuß zu gehen, nein, wie ein Sieger hoch zu Roß anzulangen. Er holte sein Pferd aus dem Stall und legte ihm eine grüne Satteldecke auf, die Leila hervorgeholt hatte aus ihrer reichen Schatztruhe. Als er dann hinausritt in den strahlenden Tag, ein schöner geschmückter Jüngling, auf einem edlen Pferd, das tänzelnd schritt, um Tage der erzwungenen Ruhe zu vergessen, da folgte ihm mancher Blick, nicht nur verstohlen unter Schleiern hervor, nein, billigend auch von Männern.

Am Tor des Serails angelangt, sprang ein Diener herbei, um das Pferd zu halten, während der Effendi abstieg, und Ali sagte: »Der Vezier hat mich herbefohlen. Ich bin der Dieb, der den Dieb gestohlen hat. — Hab acht, daß du mein Pferd nicht fortlaufen läßt!« Denn der Diener hatte vor ungläubigem Schreck den Zügel des Pferdes losgelassen. »Führe mich zum Pförtner und eile ein wenig, Freund!« Der Diener, völlig verschreckt und diese strahlende Erscheinung ratlos anstarrend, stammelte: »Dort links, Herr«, stand und schaute sprachlos dem leicht und schnell dahinschreitenden schönen Jüngling nach. Ali, immer mit dem geheimen Lachen im Herzen, schritt zu dem kleinen Eingangs-Kiösk, darin er eine behäbige Gestalt sitzen sah, und sagte wieder sein Sprüchlein auf. Der oberste Türhüter sah ihn strafend an, bemerkte ernst: »Es geziemt sich nicht, Effendim, mit solchen Dingen Spaß zu treiben, besonders nicht, da du ein Jüngling bist und ich dein Vater sein könnte. Nenne dein Begehr und spaße nicht länger mit mir«.

Ali neigte sich ein wenig vor, sah den Obersten Türhüter lächelnd an, flüsterte geheimnisvoll, während er ihm über den Ärmel strich: »Du glaubst, Verehrungswürdiger, daß ich mit dir ungeziemend Spaß treibe? Daß ich kein Dieb bin, ja? Und was, o Herr, ist dieses?« Dabei hielt Ali dem völlig Verblüfften einen Ring vor die Augen, der soeben noch am kleinen Finger der rechten Hand des Obersten Türhüters gesessen hatte. »Mein Ring? Woher? Wie?« fragte der würdige Mann ratlos, und Ali machte eine schnelle leichte Bewegung über den niederen Tisch hin, vor dem der Türhüter saß. »So!« sagte er und hielt dem Erstaunten dessen Tabaksbeutel und die Feuerlunte hin. Jetzt aber sprang das heimliche Lachen auf den Türhüter über, und schon auch waren zwei Diener herbeigekommen, um zu sehen, was es denn da gäbe, langweilt sich doch niemand so ausreichend wie die Türhüter am Serail und ihre Ge-

hilfen. »Er will mir nicht glauben, daß ich ein Dieb bin«, sagte Ali und lachte die zwei strahlend an, »und so muß ich es eben beweisen. Seht ihr, so und so, und dann noch einmal so... wollt ihr nehmen? Es ist euer.« Er hielt ihnen lachend allerlei hin, das er von ihnen genommen hatte, so wie einer trockene Blätter von einem Baume pflücken würde, und der Zuschauer bei dieser seltenen und heiteren Begebenheit wurden es immer mehr.
So viel Lachen hatte von dem hohen Gewölbe dieses Serails noch niemals widergehallt, und endlich sagte der Oberste Türhüter, der sich den Bauch vor Freude hielt: »Wir glauben dir, du Zauberer, wir glauben, daß du der beste Dieb aller Zeiten seist. Aber nenne mir deinen Namen, Sohn, denn du bist von jetzt an einer meiner Freunde, und ihr alle sollt nie vergessen, daß ich es war, der ihn hier einließ, diesen Strahlenden, der uns das Lachen brachte. Wie heißt du, sage?« Klar und schnell wie ein Ruf kam als Antwort das kurze »Ali«. »Sei dein Weg weiter der eines Freien, Ali! Ihr, geleitet ihn hin zum Vezier und gebt mir Nachricht, was weiter geschah. Geht.«
Sie gingen zu viert mit Ali, und was sonst in den breiten, stillen Gängen des Serails niemals geschah, hier und jetzt wurde es Wahrheit: es wurde gelacht, leise zwar, aber desto heiterer. Erstaunt kamen den fünf Männern andere Diener entgegen, fragten, erhielten Auskunft, mußten auch staunend lachen. »Zum Vezier? Aber er ist beim Padischah, dort drinnen, man darf nicht stören.« Von allen Worten vernahm Ali nur »dort drinnen«, sah das Hinweisen auf den mit einem Vorhang verhüllten Eingang. Dort drinnen! Nur durch einen Vorhang getrennt war er vom Anblick dessen, den er seinen Meister nannte. Dort war er, der Padischah! Die Diener standen und flüsterten leise miteinander, und während sie für eines Herzschlags Dauer nicht auf ihn achteten, war er

durch den Vorhang hindurchgeschlüpft, ohne daß die Falten sich auch nur bewegten.

Ali stand in einem großen, weiten Gemach, an dessen anderem Ende sich ein niederer Sitz befand, aus vielen Kissen gebildet. Auf diesen Kissen saß ein Mann, dessen kostbare Gewandung nach allen Seiten herabfiel und auf dessen Turban bei jeder Kopfbewegung ein Edelstein blitzende Lichter sprühte. Vor ihm in gebückter Haltung stand einer, der ganz Ergebenheit zu sein schien und mit leiser Stimme gleichförmig sprach. Ali drückte seine schlanke Gestalt in die Falten des Vorhangs und bemühte sich, etwas von dem zu verstehen, was jener, der wohl der Vezier war, vorbrachte, aber es gelang ihm nicht. Er bewunderte still für sich die ruhige und edle Haltung des Mannes auf dem Kissenthron, gewißlich der Padischah, der von Langeweile oder Ermüdung nichts erkennen ließ. Das Gesicht war das eines noch nicht alten Mannes, der Bart wies kein Grau auf, die Augen sahen gleichgültig geradeaus.

Da aber fuhr Ali so heftig zusammen, daß er seine Anwesenheit beinahe vorzeitig verraten hätte, denn in diese feierliche Gedämpftheit hinein rief urplötzlich eine helle, heftige, gebieterische Frauenstimme: »Erhabener Vater, ich beschwöre dich, befiehl endlich diesem traurigen Truthahn, zu schweigen! Hat er dich noch nicht lange genug gelangweilt?« Ali sah sich nach allen Seiten um, konnte aber keine weibliche Anwesenheit entdecken, vermochte zudem seine Entrüstung über diese Ungeziemlichkeit kaum zu zügeln. Wo verbarg sie sich, diese freche Quelle des Unerlaubten? Wo entsprang sie?

Da sahen seine scharfen Augen hinter dem Kissenhaufen, den man vielleicht einen Thron hätte nennen können, das leichte Wehen eines Spinnwebs, nein, eines Schleiers, etwas, das wie ein Sonnenschatten sogleich wieder unsichtbar wurde. Aber daß er recht gesehen hatte, erkannte Ali daran, daß der Herrscher seinen Kopf rückwärts wandte und leise sagte: »Schweig, Zahirah, meine Tochter! Vergebt mir, Vezier, mein Freund, sprecht weiter! Was ist's mit jenem Dieb, von dem Ihr soeben spracht?« Der Vezier begann wieder zu murmeln, aber Ali fand, dieses sei für ihn der rechte Augenblick. Nicht weiter der Bewegung hinter dem Vorhang achtend, die gewiß die Unruhe seiner Freunde, der Diener, anzeigte, trat er mit drei, vier leichten sprungartigen Schritten vor, stand schon vor dem Thron, ließ sich auf die Knie nieder, berührte mit der Stirn den Boden, sagte aus ehrlicher Freude und Hingabe: »Mein Herr und Meister, endlich bei dir«, verharrte regungslos, sah auch nicht auf.

Ali wußte, daß der Vezier an sein Schwert gegriffen hatte, war aber auch gewiß, daß der Padischah abgewehrt hatte. Er glaubte an das Kismet und war bereit, in diesem Augenblicke durch herbeigerufene Wachen zu sterben, wenn sein Glaube ihn tröge. Die wenigen Herzschläge lang, die er dort vor den Füßen des Padischahs am Boden lag, zeigten ihm die Bilder dessen, was er war, was er suchte und was ihm bestimmt sein konnte. In ihm sagte es: Wenn es das Ende ist, oh Allah, so danke ich dir! Ich hatte Streben, Hoffnung und ich fand Frauenliebe, oh Allah, ich danke dir!

Aber daß Allah mit Ali noch lange nicht am Ende seiner Absichten angelangt war, das erwiesen die nächsten Minuten. Denn wieder erklang die helle, die gebieterische junge Frauenstimme, und sie klang jubelnd, als sie rief: »Erhabener Vater, endlich ein Geschehen! Oh, laß ihn aufstehen, er scheint mir jung zu sein, denn wie hätte er sonst so schnell vor dich hingleiten können? Heiße ihn aufstehen, erhabener Vater!« Ali bewies seine Klugheit zugleich mit seinem Mut dadurch, daß er reglos liegen-

blieb, und beides wurde sogleich belohnt. Er fühlte die Berührung einer Hand an seiner Schulter und hörte eine ruhige, tiefe Stimme sagen: »Erhebe dich, mein Sohn, und lasse mich wissen, warum du mich deinen Herrn und Meister nanntest. Steh auf. Rede.« Ali erhob sich.
Dieses eben jetzt war von allem das Schwierigste gewesen, nun konnte er wieder sprechen, will sagen, der Befehlende sein. Ist nicht der, der spricht, immer der Beherrschende, so er von der Kraft der Worte weiß? Kommt es nicht nur darauf an, die Schärfe und die Milde so zu nützen, wie man es mit der Schärfe und der Schnelle seines Schwertes tut? War es nicht ein Sultan der Moslim, der in alten Zeiten die Schärfe eines Schwertes danach erzeigte, ob es vermöge, leichtesten Flaum zu durchteilen? So auch das Wort, die gefahrvollste Waffe, deren sich Ali wohl bewußt war. Er erhob sich, stand in seiner jungen Mannesschönheit aufrecht vor dem Kissenthron, und die schweren Seiden seines Gewandes fielen an seiner schlanken Gestalt rauschend herab. »Herr und Meister habe ich dich genannt, Erhabener Padischah, weil ich seit meiner Knabenzeit es ersehnt habe, vor dir zu stehen, deiner würdig, Erhabener.«
Ali sah deutlich, wie sich die Schleier hinter dem Throne bewegten, und es gelang ihm nur schwer, sein Lächeln zu verbergen, aber das Lachen in seinem Herzen jauchzte auf, denn dieses war, was er erhofft hatte, und mehr. »Was will das besagen, was du mir wiederholst, mein Sohn? Rede klarer.« Ali verneigte sich, die Hände über den Gürtel verschränkt, sagte ernst und ruhig: »Erhabener, ich bin ein Dieb. Du bist ein Dieb, aber der größte von allen, und so bist du mein Herr und Meister, Erhabener, Ersehnter.«
Schweigen. Völliges Schweigen für drei Herzschläge und

dann das helle, unwiderstehliche junge Lachen einer Frauenstimme. Ali hatte es schwer, denn ihm war es immer mühsam gewesen, der Lachlust zu widerstehen, aber er wußte, hier galt es, ganz ernst zu bleiben, ja noch viel, viel ernster als jemals. So hielt er sein Gesicht in Falten, als sei es aus Leder gemacht, und schaute gradeaus, um niemandes Auge zu begegnen und dann vielleicht doch lachen zu müssen. Nach unendlich langer Zeit endlich klang die ruhige, ernste Stimme wieder auf und sagte: »Warum denn, mein Sohn, nennst du mich einen Dieb?« Ali verneigte sich, sagte feierlich: »Weil ich glaube, Erhabener, daß ein Herrscher immer der größte Dieb sein muß, er kann nicht anders. Ich aber bin noch ein kleiner Dieb, nur der, der den Dieb gestohlen hat und den dieser hier« – eine nebensächliche Bewegung zu dem Vezier hin – »rufen und suchen ließ.«
Ehe der Padischah auf diese Worte hin etwas sagen konnte, klang wieder die helle Stimme hinter dem Kissenthron auf und rief: »Dieser ein Dieb? Ich glaube es nicht! Diebe sind schmutzige Leute mit Haar im Gesicht wie bresthafte Bettler. Dieser aber ist ein schöner, ein junger und ein mutiger Mann, und er ist endlich etwas Neues in diesem Stall voll beschnittener Puter... Oh mein Vater, strafe ihn seiner Lüge halber nicht, denn er wollte auf diese Art nur vor uns gelangen. Lasse ihn leben!« War nun schon alle Ordnung zerstört und galt es nur noch, die Ehre der Diebe zu beweisen, so entschloß sich Ali, zu den Schleierfetzen hinter dem Thron zu sprechen, jedoch erst, nachdem er einen Blick auf den völlig zusammengebrochenen Vezier geworfen hatte.
»O du, die sich erdreistet, nahe dem Throne des großen Meisters deine krähende Stimme zu erheben, armes beklagenswertes Geschöpf, die du keine Tochter Allahs bist, höre mich sagen, daß ich in Wahrheit ein Dieb bin.

Nicht alle Diebe sind Elende, wie du sie nennst, du ehrfurchtslose Stimme, nicht alle Diebe zeigen sich deinem armen Verstehen sogleich an. Nennt mir eine Aufgabe, die dir beweist, daß ich in Wahrheit ein Dieb bin, und ich werde sie erfüllen.«

Ehe die Schleierfetzen hinter dem Kissenthron antworten konnten, sagte die ruhige Stimme des Padischah: »Vezier, sprich: riefst du einen Dieb auf? Erkläre es mir, schnell.« Der Vezier verneigte sich, sagte halblaut mit ängstlichen Seitenblicken auf Ali: »Ich tat es, Erhabener. Es war so, daß ein Dieb gehenkt wurde und seine Leiche bewacht, daß sie nicht bestattet werden könne. Doch wurde sie geraubt, wir wissen nicht wie. Die Aufrufe waren fruchtlos, das als Lockung ausgestreute Gold wurde auch genommen, und ich erließ neue Aufrufe, der Dieb solle sich furchtlos melden. Was du hier vor dir siehst, wurde nun Wirklichkeit.« Der Vezier, ein kleiner alter Mann, wurde noch kleiner und der Padischah noch ein weniges größer. Hinter dem Kissenthron aber erscholl ein hoher weiblicher Lockruf: »Er soll beweisen, daß er ein Dieb ist, er soll es beweisen!«

Da geschah das Seltsame, daß der Padischah diesem, der sich nicht nur als Dieb bezeichnete, sondern ihn selbst auch so genannt hatte, einen Blick zuwarf, der fast wie ein Blinzeln wirkte; zugleich rief er, nach rückwärts zu der hellen Stimme gewandt: »Warum sollte ich ihn nicht leben lassen, der mir die kostbare Gabe des Lachens bringt, törichte Tochter? Aber da du verlangst, er solle sein Können beweisen, so stelle ihm denn die Aufgabe.« Schweigend warteten sie, der Herrscher, der Vezier und der Dieb, bis die helle Stimme befahl: »Er soll aus dem Schatzturm die kleine grüne Krone holen, nach der mich so lange schon verlangt.« Der Padischah erschrak, sagte hastig: »Törichte du, wie kannst du so Unsinniges

erdenken! Der Schatzturm ist unerklimmbar, und niemand weiß, wo die kleine Krone zu finden wäre. Lasse die Torheit, ersinne etwas anderes.« Der Vezier mischte sich auch ein, sagte besorgt: »Niemand weiß, was sich im Schatzturm befindet, niemand betrat ihn seit Menschengedenken, und sein glattes schwarzes Gestein bietet keinen Halt für Hand oder Fuß. Das ist ein unsinniges Begehren, das vollbringt niemand.«
Ehe die helle Stimme sich wieder melden konnte, sagte Ali hastig, denn diese Sache mit dem Schatzturm begann ihn zu reizen: »Ist der Schatzturm jener niedere dicke Turm, der in der Sonne dunkel gleißt und den man links sieht, wenn man zum Serail einreitet?« Der Vezier neigte den Kopf, sagte leise: »Er ist es. Lasse ihn sein. Ich kann dich anders verwenden.« Ali lachte wieder, denn die Sorge des Veziers schien ihm darauf hinzudeuten, daß der Schatzturm längst ausgebeutet war, ob zu ersteigen oder nicht. »Wenn du mir erlaubst, Erhabener Herr und Meister, diese Probe meines Könnens abzulegen, so werde ich es tun, so jene, die mich herausgefordert hat, die hinter deinem Throne spricht, Herr, bereit ist, mir den Lohn zu geben, den ich von ihr verlangen werde.«
Der Padischah wandte sich nach rückwärts, fragte streng: »Du hast die Bedingung gehört. Stimmst du zu, Zahirah, meine Tochter?« Sogleich kam die entrüstete Antwort: »Wie kann ich denn zustimmen, da ich nicht weiß, was er verlangen wird? Das ist unbillig.« Der Padischah sagte halblaut zu Ali, gewissermaßen überredend: »Hat sie nicht recht, mein Sohn? Es wäre unbillig. Darum nenne zuvor dein Begehren.« Ali fühlte sich in der eigenen Schlinge gefangen, denn er wußte nicht, was er verlangen sollte, hatte nur die anmaßende Sicherheit hinter dem Throne demütigen wollen; es galt, blitzschnell zu

überlegen und Zeit zu gewinnen. So sagte er denn: »Wenn ich das grüne Krönchen bringe, werde ich mein Begehren nennen. Bringe ich es nicht, habe ich alles verwirkt, Ehre, Leben und also auch jede andere Gabe. Ist es so nicht mehr unbillig?« Der Padischah schnitt weiteres Gerede ab, machte eine abschließende Handbewegung, die offenbar der Tochter galt, entschied ruhig: »Es sei, wie du gesagt hast, mein Sohn. Und wir werden uns nun allesamt dorthin begeben, wo sich der Turm erhebt, um Zeugen zu sein dieses Geschehens. Bedarfst du vieler Zeit für deine Vorbereitungen?«
Auch jetzt galt es, schnell zu überlegen, und Ali gab zur Antwort: »Nur so lange, Herr, wie mein Pferd braucht, um mich dorthin zu bringen, wo ich mein Arbeitszeug verwahre, und zurück. Bis ihr euch alle im Hofe am Turm niederlaßt, werde ich auch dort sein. Erhabener Herr, ich bin dein treuer Diener und Sklave.« Sprach's, machte eine tiefe Verneigung und wandte sich auch nicht um, als die helle Stimme hinter ihm irgend etwas rief, was so ähnlich klang wie »grünes Krönchen«.
Als er den Vorhang hob, stoben die Diener auseinander, scharten sich leise lachend um ihn, beklopften und belobten ihn, konnten sich vor Freude kaum fassen. »Laßt mich, meine Freunde, es eilt sehr! Ich brauche noch etwas aus dem Bazar, ihr hörtet, worum es geht, ist es nicht so?« Sie bejahten und erboten sich, ihm zu besorgen, wessen er bedürfe, und dem stimmte Ali zu, sparte es doch Zeit. »Kommt, gehen wir zum Türhüter, er wird es gewißlich für mich erledigen lassen, kommt nur, denn es eilt! Und während wir zu ihm gehen, nennt mir seinen Namen, ich bitte euch.« Vielstimmiges Nennen des Namens Nazir Agha erfolgte, und da waren sie schon angelangt. »Ali, mein Sohn, du Freier, sei gegrüßt!« rief ihm der Agha von weitem zu. Ali kam nahe,

sagte eindringlich: »Mein Vater und Freund, ich bitte dich, hilf mir bei dem, was mir zu tun obliegt, willst du?« Nazir stimmte sofort zu. »Was es auch sei, ich tue es für dich, rede und befiehl.« Ali sagte bedächtig: »Besorge mir vierzehn Nägel von der Länge meines unteren Armes; stark müssen sie sein, spitz und reines Eisen; dazu einen starken Hammer. Das ist alles, aber es muß schnell gehen, denn ich gehe mir nur die Berufskleidung anlegen, während die anderen alle sich hinausbegeben, mir am Turm zuzuschauen. Diese Diener werden dir alles genau berichten. Wo ist mein Pferd? Ich eile und verlasse mich auf euch, meine Freunde.«

Wie es ihm gelang, träge gewordene Füße zum Laufen zu bringen, müde gewordene Hände zu schnellem Zugreifen, das erzählen alle Diener des Serails wieder und wieder. Schon saß er auf seinem unruhigen Pferde, und Nazir, der Türhüter, ließ seine Boten zu allen Schlossern laufen, versprach Lohn und schreckliche Strafen zugleich, brachte alles in Unruhe und Hast durcheinander. Dann kamen die Befehle des Veziers, Sitze in jenem Hof zu richten, von dem aus der Turm zu sehen war, und das ganze Serail befand sich in Aufruhr. Die Prinzessin Zahirah brachte ihre Sklavinnen noch mehr zur Verzweiflung als sonst, und die träge Ruhe, die sonst in Verbindung mit der Angst hier herrschte, war völlig verbannt, weil ein kecker, lachender Jüngling sich und sein Können gegen eine ganze müde Höflings-Gemeinschaft gestellt hatte.

Ali aber ritt in beschwingter Eile zum roten Hause des Bekir und rief nach der Sklavin, rief nach der Herrin, brachte auch hier alles durcheinander. »Mein dunkles Seidengewand für die Arbeit, schnell, schnell, ich berichte zugleich.« Er riß sich die Kleider vom Leibe und sprach hastig, erregt: »Es geht darum, daß ich den Schatzturm besteigen soll und ein Schmuckstück herausholen. Weil sie mir alle nicht glauben wollten, daß ich ein Dieb sei, muß ich es so beweisen. Die Tochter des Padischah, ein schamlos freches Geschöpf, forderte mich heraus. Wenn ich alles erreiche, wie ich glaube, werde ich verlangen, sie zu heiraten.«

Schweigen. Ali, bestrebt, sich die dunkle Seide über die Haut zu ziehen und sie glattzustreichen, achtete dieses Schweigens nicht sogleich, sah dann auf und bemerkte einen Haufen seidener Gewänder am Boden. Er stand wie erstarrt, stieß dann einen Ruf des Schreckens aus und hockte im nächsten Augenblicke neben dem Häufchen Leid. »Leila, meine Schöne, meine Seele und meine Freude, ich bitte dich, verstehe mich recht: wenn ich dieses Mädchen ehelichen, weil sie die Tochter des Padischah ist und ich sie brauche, wie eine Leitersprosse – verstehe doch! –, wie kannst du ihr dann die Ehre erweisen, um ihretwillen zu leiden? Du bist die, an die der Dieb glaubt, die den Dieb versteht, der der Dieb sein Leben in die Hand gibt. Kann ein Mann mehr tun und sein, oh Leila, meine Schöne?«

Sie hob ihr bleich gewordenes Gesicht, sah ihn an mit einem Blick, der tief in den seinen drang. Leise fragte sie: »Du bleibst mir, Ali?« Er sprang auf, lachte, sagte strahlend: »Du bist meines Lebens erste Frau und wirst – Inschallah – die letzte sein, die Eine. Denn du hast des Diebes Vertrauen. Alle anderen, so es sie gibt, sind Nichtigkeiten, Notwendigkeiten, nicht lebende Frauen. Komm, hilf mir den Mantel anlegen, so daß meine Kleidung nicht gesehen werden kann. Sei gegrüßt, du Blume meines Lebens, ich kehre als Sieger zurück und bade in deinem Vertrauen, meine Schöne!« Fort war er.

Im Hofe des Serails, nahe dem dicken, glatten, schwarzen Turm, hatte der ganze Hof Platz genommen, will sagen alles, was es an Männern gab, denn es versteht sich, daß die Frauen niemals teilnehmen können, woran immer es sei. Eine Ausnahme von jedem Gebot der Sitte und des Herkommens bildete auch dieses Mal wie immer die Prinzessin Zahirah. Sie hatte sich in einer Sänfte heraustragen lassen und kauerte nun an ihrem gewohnten Platz, hinter dem Padischah, doch hatte sie ihre Sitzpolster solcherart verschieben lassen, daß sie seitlich an ihrem Vater vorbei auf den Turm hin zu spähen vermochte.

Es war sehr heiß, und die Sonne glänzte auf der glatten Rundung des schwarzen Gesteins, daraus der Turm gebildet war. Klein, dick und behäbig saß er dort, sah böse und unangreifbar aus. Der unserem Volke innewohnende Geist des Glückspiels ließ sich auch jetzt erkennen, denn es wurden hohe Wetten abgeschlossen für und wider das Gelingen des Ersteigens. Geschlossen wie ein Mann wettete die gesamte Dienerschaft für Ali, so tat es auch der alte Vezier, aber die Höflinge setzten dagegen. Am erregtesten war der Oberste Türhüter. Er schickte immer wieder junge Diener aus, die spähen sollten, ob diejenigen, welche die Nägel holten, immer noch nicht kämen, und in ausgewählten Worten verfluchte er seine Stellung, die ihn am Platz festhielt, diejenigen, die ihm diese begehrte Stellung gegeben hatten, und am allerherzlichsten die Prinzessin Zahirah, die an der ganzen Sache schuld war, wie er inzwischen von den Dienern gehört hatte, die hinter dem Vorhang begeisterte Zuhörer gewesen waren.

Endlich, endlich kamen die Boten zurück und meldeten das Kommen der Nägelträger, und als diese dann schweißtriefend eintrafen, wußte Nazir nicht, sollte er sie belohnen oder auch verfluchen. Er wählte eine Verbindung beider Möglichkeiten und gab ihnen fluchend eine Belohnung. Kaum war das geschehen, kaum stand der auserwählte Diener am Eingang zum Hofe, als auch schon das Nahen Alis zu vernehmen war. Dieses Mal ließ er sein Pferd bis dicht an den Kiösk von Nazir sprengen. Er glitt herab, und sie standen und starrten ihn an, ganz hingenommen von der erstaunlichen Schönheit seines Anblicks. Denn wir lieben des Menschen Schönheit, die nur ein bleiches Abbild derer von Allah ist. Die junge Gestalt, dank der strengen Zucht des Lehrers von vollendetem Ebenmaß, glänzte in der dunklen Seidenhaut, wie es der Schatzturm tat, und der schwere Burnus aus schwarzer Seide wehte wie Schatten um die schlanken Glieder.

Ali sagte nichts, streckte nur die Hand aus, und die Nägel wurden ihm gereicht, wie auch der schwere Hammer. Einmal schwang er ihn prüfend, dann ging er ruhigen Schrittes durch den gewölbten Gang zum Hof des Schatzturmes. Schweigend erwarteten ihn die Männer, schweigend schritt er zum Sitz des Padischah, verneigte sich, ließ den schwarzen Seidenburnus von den Schultern fallen und vor dem Kissenthron liegen und schien das allgemeine scharfe Aufatmen nicht zu hören, das bei dem Anblick der Seidenhaut ausgestoßen wurde.

Vor dem Turm angelangt, reckte Ali sich ein wenig, maß die Entfernung, steckte dreizehn Nägel in seinen festen Gürtelbund und trieb mit sicherer Hand den vierzehnten in das dunkle Gestein. Dann verwahrte er den Hammergriff zu den Nägeln im Gürtelbund, griff nach dem eingeschlagenen Nagel, prüfte dessen Festigkeit, zog sich zusammen und schwang sich solcherart auf den Nagel, daß seine Füße Halt fanden. Atemlos schauten die Männer zu, und wieder ging ein heftiges Aufatmen durch sie alle. Ali stand auf dem Nagel, die Füße in den weichen Seidenschuhen fest um den Halt geschlossen, reckte sich hoch und schlug wieder einen Nagel ein. Auch hier geschah das gleiche, und weiter so, bis alle Nägel eingeschlagen waren. Nun stand Ali auf dem letzten und hatte die Finger auf dem Gesims eines kleinen Fensters, das in der Höhe des Turmes fast unmittelbar unter der Bekrönung gelegen war. Es hatte nur eine sehr geringe Öffnung, und Ali zögerte ein wenig, ehe er weiteres tat, stand und schaute prüfend das Gesims an, entfernte vorstehende Teile mit dem Hammer, warf diesen dann in die Öffnung hinein, schwang sich hoch und war im nächsten Augenblick verschwunden.

Die ihm von unten her zugeschaut hatten, Augen von der Sonne geblendet, Nacken schmerzhaft vom Hinaufschauen, schienen einen einzigen gemeinsamen Seufzer auszustoßen, und sogleich erhob sich ein Stimmengewirr, das zwar aus Ehrfurcht vor der Anwesenheit des Padischah gedämpft war, aber wie das Rauschen eines unterirdischen Flusses klang. Die Wetten wurden erhöht, und diejenigen, die gegen Ali gesetzt hatten, konnten nur noch hoffen, er werde nichts im Schatzturm finden, wodurch dann die Aufgabe nicht als gelöst zu betrachten war.

Das Erstaunlichste aber war, daß von der Prinzessin Zahirah kein Laut zu vernehmen war, und mehrmals wandte der Padischah sich nach rückwärts, mußte aber lächelnd feststellen, daß es ein regungsloseres und stilleres Häufchen Schleier als seine sonst so laute Tochter nicht geben konnte. »Maschallah Ali«, hauchte er vor sich hin und wartete gespannt weiter. Jetzt endlich, es wollte scheinen, nach wer weiß wie langer Zeit, ward eine Bewegung an dem kleinen Turmfenster erkennbar, und dann wurde ein schlankes Bein herausgestreckt, ein Fuß tastete nach Halt, und die dunkle Seidengestalt, rückwärts sich herauswindend, wurde wieder sichtbar.

Aber auf dem Kopf des Herabsteigenden blitzte und glitzerte es, und nun erhob sich ein Ruf, denn der jetzt langsam und sorgfältig, die Nägel wie Leitersprossen verwendend, herabstieg, trug in seinem schwarzen Lockenhaar das grüne Krönchen! Sicher war es Ali als die einfachste Art des Fortbringens erschienen, aber die Wirkung war die eines gelungenen Spaßes und zugleich auch einer Verspottung derer, die diesen Preis begehrt hatte, der lauten Zahirah. Verstohlenes, schnell unterdrücktes Lachen erhob sich von vielen Seiten, besonders aber von denen, die durch ihre Wetten reichlich verdient hatten.

Mit einem letzten Schwung sprang Ali zur Erde herab, kam, das Krönchen immer noch auf dem Kopf, zum Kissenthron des Padischah heran, verneigte sich, nahm das Krönchen ab, warf es mit geschicktem Schwung dorthin, wo das Häufchen Schleier zu erkennen war, sagte leichthin: »Hier ist die begehrte Krone; es befand sich sonst nichts in der Turmkammer, Erhabener Herr. Meinen Auftrag habe ich ausgeführt.« Nochmals verneigte er sich, hob seinen dunklen Seidenburnus vom Boden auf, legte ihn sich um, stand ruhig wartend dort. Der Padischah mußte das Lachen verbergen, drehte sich nach rückwärts, fragte halblaut: »Nun, meine Tochter, du sagst nichts? Hat er nicht getan, was du verlangtest? War es nicht wert, ihm zuzuschauen? Und bist du nun mit deinem begehrten Krönchen zufrieden?«

Im ganzen Land war es bekannt, wie schamlos, alle Sitte mißachtend Zahirah sich verhielt und wie der Padischah ihr alles hingehen ließ. Aber daß eine Frau vor allen Würdenträgern des Hofes laut redete, so daß alle es hörten, wenngleich sie nicht zu sehen war, das war doch so erstaunlich, daß auch die Kühnsten erstarrten. Denn jetzt erhob Zahirah ihre helle Stimme und gab Antwort

auf des Vaters Frage. Sie sagte: »Ich habe behauptet, er sei kein Dieb, und er hat bewiesen, daß er keiner ist. Hat er nicht vor unser aller Augen, mit deiner Erlaubnis, Erhabener Vater, diesen Turm erstiegen und herausgeholt, was drinnen verborgen war? Stahl er es? Nein, er holte es im Lichte der Sonne heraus. Ist er also ein Dieb oder nur einer, der einen Auftrag ausführte? Ich frage!«
Seltsam war nun, daß auf diese Worte hin sich sogleich ein heftiges Hin und Her an Äußerungen ergab und daß viele vermeinten, Zahirah habe vollkommen recht, andere aber sagten, sie zeige nur die gewohnte Art des weiblichen Widerspruches, genugsam ihnen allen verhaßt und bekannt. Der Padischah sah etwas ratlos aus, und der Vezier trat herzu und begann mit ihm zu flüstern. In all diese Verwirrung hinein erklang, einem Ruf gleich, hell und alles übertönend ein Lachen. Da ward ein Schweigen, und ängstlich suchte ein jeder zu ergründen, was diese neue Unmöglichkeit bedeute. Es war aber nicht schwer festzustellen, denn dort stand er, der Lacher, dieser unübertreffliche Kletterer, den nichts zu schrecken schien. Ali trat näher zum Sitz des Padischah, sagte lachend, dabei sorgfältig vermeidend, zu dem Schleierhaufen hinzublicken: »Die, welche gesprochen hat, ist nicht im Unrecht. All dieses war in der Tat kein Diebstahl, nur eine Schaustellung. Darum, da die Forderung noch nicht erfüllt war, erbitte ich mir eine neue Aufgabe. Befehlt ihr, zu sprechen, Erhabener.«
Der Padischah sah heiter aus, sagte leise zu Ali: »Du verstehst es, mein Sohn, aber bei ihr nützt alles nichts, glaube mir.« Dann wandte er sich rückwärts, sagte laut und streng: »Rede, meine Tochter, du hörtest, was dieser sagte. Wir warten.« Blitzschnell kam die Antwort: »Er bringe mir den Ring des Padischah von Tschin, und ich will glauben, daß er ein Dieb ist, dieser Freche.«

Sie hörten alle die Worte aus dem kecken Munde, und unter ihnen ging ein Fragen hin und her, was das wohl sei, der Ring des Padischah von Tschin? »Weißt du, was es damit auf sich hat, mein Sohn?« fragte der Herrscher. Ali lachte unbekümmert, sagte heiter: »Ich weiß es nicht, Erhabener, aber ich werde es herausfinden, und wenn ich mit dem Ring zurückkehre, werde ich mir die zu eigen machen, die ihn als erste berührt. Ich gehe ihn zu holen, diesen Ring. Bewahrt mir ein gutes Andenken, Erhabenster.« Wandte sich um und schritt davon. Diener liefen und holten sein Pferd, Ali aber begab sich zu dem Kiösk des Ober-Türhüters, beugte sich vor und sagte leise: »Denkt an mich, Babadjim, solange ich fort bin, denn ich kehre zurück, und laßt von der Gewohnheit, Euer Eigentum lose herumliegen zu lassen.« Damit reichte Ali Nazir ernsthaft die goldene Dose für den Tabak, die schwer war von Edelsteinen. Der Türhüter nahm sie, sagte lachend: »Du Unverbesserlicher, du Lachender, kehre zu uns zurück, wie du gingst, als einer, der die ungute Zeit verscheucht. Allah ismagladih.« Ali schwang sich in den Sattel und ritt davon, heiter und zufrieden, da er seinen Meister gesehen und gefunden hatte.

Im roten Hause des Bekir, das jetzt das seine war, berichtete er von allem Geschehen und kündete seinen Aufbruch nach Tschin für den kommenden Morgen an. Dann begab er sich zum Bazar, um dort Auskunft zu holen über die Reiseart nach Tschin. Das Kismet war ihm freundlich gesinnt, so daß er erfuhr, am Tage nach dem kommenden Tage werde eine Gesellschaft von Kaufleuten nach Tschin aufbrechen, mit denen er reisen könne. So hatte er Zeit, sein Pferd zu pflegen, seine Kleidung auszuwählen und vor allem Abschied zu nehmen von der ihm ergebenen Leila, die durch ihre

Ruhe und Zuversicht bewies, daß sie wert sei, eines großen Diebes Gefährtin zu heißen.

Im zweiten Morgendämmern zog Ali mit den Kaufleuten davon, froh, daß er die vom Taubenkorb her erworbenen Goldstücke noch nicht zu Edelsteinen für Leila verwandelt hatte, denn sie waren ihm bitter notwendig. Wie lange waren sie unterwegs, wie lange nicht? Kann es einer sagen und beschreiben, der sie nicht geleitete? Waren es vierzig Tage, waren es mehr, waren es weniger? Man zählt nicht, man schaut nur zu. Nur dieses weiß man, daß Ali unterwegs alles über diesen Padischah von Tschin und seinen Ring erfuhr und darum schon gleich nach seiner Ankunft sein Tun bestimmen konnte.

Und so erfuhr er dieses: Der Padischah von Tschin war so alt, wie seit Menschengedenken noch niemand geworden war, und dieses hohe Alter verdankte er einem Ring, den er einstmals einem mächtigen Ifrit geraubt hatte. Doch war er, je älter er wurde, immer kleiner und kleiner geworden, und zu dieser Zeit, in der wir miteinander sprechen, war er einem neugeborenen Kinde gleich an Verstand, Größe und Tun. So hatte man ihm denn eine goldene Wiege anfertigen lassen, und in ihr lag er, verbrachte seine Tage und Nächte und ward so verpflegt und gehalten. Als Ali verwundert fragte, warum denn das Volk von Tschin sich einen solchen Herrscher gefallen lasse, der nichts mehr sei als nur eine goldene Wiege, wurde ihm achselzuckend erwidert: »Warum nicht? So weiß man doch, wie alles zugeht, und die Veziere können einer den anderen beobachten und das Tun der Prüfung unterziehen. Kommt aber ein neuer anstelle des alten Padischah, so weiß keiner, was werden wird. Besser beim Alten bleiben, auch wenn es schon wieder in der Wiege liegt, als das neue Unbekannte hoch zu Roß.«

Ali dachte zwar nicht so, hörte aber alles widerspruchslos an und ersann sich inzwischen sein Tun. Kaum in Tschin angelangt, brachte er sein Pferd zu einem Stall in Pflege, ließ auch seine bessere Gewandung dort und begab sich als einfacher Diener gekleidet zum Serail, wo er dem Oberaufseher des Marstalls seine Dienste anbot. Da er die Prüfung im Reiten bestand und kraftvoll aussah, wurde er angenommen und befand sich solcherart im Inneren der Serailgebäude.

Er benötigte einige Tage, um genau Bescheid zu wissen, und dann wurde es ihm leicht, nachts durch die weiten Gänge des in Schweigen getauchten Serails dahinzuschleichen, eine Gestalt wie ein Schatten, deren Schritte unhörbar blieben. So gelangte er denn endlich auch bis in die Nähe eines Saales, durch dessen von Vorhängen verhüllte Eingänge Licht schimmerte. Ali schob lautlos die Vorhangfalten beiseite und erblickte nun ein seltsames Bild: Inmitten des weiten Raumes, vom farbig milden Glanze vieler hängender Lampen beleuchtet, stand eine goldene Wiege. Ihr zu beiden Seiten saßen auf niederen Hockern Mädchen, eines auf jeder Seite, die zogen mittels eines breiten Seidenbandes, das unter der Wiege hindurchführte, diese hin und her, sie so in steter Bewegung haltend. Die Mädchen sahen müde aus, was auch nicht verwunderlich schien bei dieser einschläfernden Beschäftigung.

Als dann aber Ali mit seinen scharfen Augen genauer hinblickte, bemerkte er, daß diese Mädchen kauten, doch nicht so wie man etwas zerkaut, das man zu essen gedenkt, vielmehr in der gleichmäßigen Art, wie Kühe bereits gegessene Nahrung nochmals kauen. Mit einem Worte, die Mädchen kauten Mastix, um nicht einzuschlafen. Es weiß ja ein jeder, daß das Harz des Mastixstrauches im Munde zu einer festen, zähen und doch weichen Masse wird und daß man es viele Tage lang kauen kann, es aufbewahren und dann wieder kauen. Auch ist hinlänglich bekannt, daß man unmöglich einschlafen kann, wenn man solcherart kaut. Warum nicht? Weil es nicht geht. Entweder man schläft oder man kaut, beides zugleich ist unmöglich. Dieses war es, was Ali überlegte, während er dort stand und die beiden Mädchen an der Wiege betrachtete. Ihm kam der sehr einfache Gedanke, daß, wenn es gelänge, die Mädchen am Kauen zu hindern, sie alsbald einschlafen würden und die Wiege dann unbewacht wäre. Es galt also nur ein Mittel zu finden, den Mädchen ihren Mastix aus dem Munde zu nehmen, das war alles. Noch schätzte der scharfe Blick die Länge und Breite der Wiege ab, und dann begab sich Ali ebenso unbemerkt, wie er gekommen war, zurück zum Marstall und zu seiner Schlafstelle.

Am Tage danach erbat er sich einige freie Stunden und verwandte diese, um im Bazar eine feste Kiste zu bestellen, welche genügen würde zur Aufnahme der Wiege; ferner kaufte er ein Maultier mit einem Packsattel, brachte es zu dem Manne, der sein Pferd in Obhut hatte, und ließ wissen, daß bald eine Kiste anlangen werde, die aufzubewahren sei. Dann galt es noch einen oder zwei Tage zu warten, bis alles genau durchdacht war, und am Abend des dritten Tages war es soweit: ein Knabe wartete mit Alis Pferd, dem Maultier, darauf die Kiste lag und zugleich Alis gesamte Habe, im Vorhof einer kleinen Herberge, daran bei einer schadhaften Mauer die Gärten des Serails grenzten.

In dieser Nacht kam Ali mit leisen Schritten zu einem der schönsten Pferde des Marstalls, das seiner besonderen Pflege anvertraut gewesen war. Unter beruhigenden Worten riß er dem edlen Rappen vier seiner langen Schwanzhaare aus, klopfte dem Tier abschiednehmend auf die Kruppe und ging mit den Haaren zum niederen Wassertrog. Mit spitzen angefeuchteten Fingern drehte er je zwei Haare zusammen, so daß sie steif und hart wurden, und schlich mit diesen zarten Geräten wieder zu dem großen Raum, darin die Wiege stand. Mit unendlicher Vorsicht arbeitete er sich vom Vorhang aus nah und näher an die Mädchen heran, und in dem Augenblick, als die eine ihren Mund kauend öffnete, schob er ihr die steif gedrehten Pferdehaare hinein; das Mastix blieb daran kleben, und Ali zog es langsam aus des Mädchens Mund fort. Todmüde klappte dieser Mund zu. Das eine Mädchen schlief sogleich ein. Ali schlich wieder hinter den Vorhang, unternahm dann das gleiche schwierige Werk bei dem zweiten Mädchen und sah auch sie in Schlaf verfallen.

Die Wiege stand. Ein leises Wimmern erklang daraus, und Ali ging näher, betrachtete neugierig das winzige Wesen, das darin lag und einmal ein Mann gewesen war. Er sah sogleich den großen blitzenden Ring an der klauenartigen Hand, murmelte einige leise Worte, um das Wimmern zu beruhigen, hob die Wiege aus ihrem Gestell, nahm sie auf die Schultern und schlich durch die stillen Gänge bis zum Stall, verließ ihn durch die Nebentür, war im Freien. Dort stieß er den verabredeten leisen Pfiff aus, und sogleich wurde der Knabe sichtbar, der das Pferd und das Maultier mit der Kiste herbeiführte. Sie hoben und schoben die Wiege in die Kiste, und jetzt ergab es sich, daß Ali einsah, er könne den Knaben nicht zurücklassen, denn der hätte Verrat, ja Einkerkerung und schmählichen Tod fürchten müssen. So entschloß er sich schnell, den Bettlerknaben mitzunehmen, und wußte diesem die bevorstehende Reise so verlockend darzustellen, daß der heimatlose kleine Osman, der von einigen täglich mühsam verdienten Almosen

lebte und nichts sein eigen nannte, als was er auf dem Leibe trug, begeistert und freudig zustimmte, diesen freigebigen Fremden zu begleiten. Er setzte sich oben auf die Kiste, erfuhr, es sei ein seltenes gefangenes Tier darin, und verließ freudig, neuen Abenteuern entgegenziehend, die Stadt seines einsamen Hungerns.
Ali kannte den Weg nunmehr und bedurfte keiner Führung, wollte auch sein seltsames Reisegepäck niemanden sehen lassen. Er versorgte selbst das arme wimmernde Etwas in der Kiste mit Speise und Trank und warnte Osman vor dem bösartigen Tiere. So gelangten sie ohne Abenteuer zum Ziele, denn ihre ärmliche Ausstattung bot den Wegelagerern keinen Anreiz. Als Ali die Kuppeln und Minarehs der ihm schon heimatlich erscheinenden Stadt aus dem Morgennebel auftauchen sah, schlug ihm das Herz vor freudiger Erwartung höher, und er tadelte sich sogleich selbst, als er bemerkte, daß sein erster Gedanke Leila und nicht dem Padischah galt. Hatte der Lehrer recht: bedeutete jede Frau eine Schwächung des Ehrgeizes im Beruf? Gleichviel, er würde am Abend bei ihr sein; jetzt galt es als erstes, sich seines Auftrages zu entledigen.
Als er durch das sich gerade öffnende Südtor einritt, seine kostbare Kiste mit Maultier und Osman hinter sich, bemerkte er, daß die Stadt festlich geschmückt war mit Teppichen, die von flachen Dächern herabhingen, und ähnlichem. Der Torwächter belehrte Ali, der Thronfolger des Nachbarlandes weile zu Besuch beim Padischah und man hege die Hoffnung, daß eine Heirat mit der Prinzessin Zahirah zustande komme, worauf dann die Grenzüberfälle zu Ende wären, Inschallah. Ali lächelte vor sich hin und dachte bei sich, er habe dabei auch noch etwas mitzureden. Aber er entschloß sich, doch zuerst Leila zu begrüßen, sich festlich herzurichten und dann

die Kiste feierlich zum Serail bringen zu lassen. So wie sein Herz im Takt des Trabens seines Pferdes immer schneller schlug, denn das wegmüde Tier witterte den Stall und Ali das Willkommen, so langten sie mit der Sonne zugleich beim roten Hause an. Ali glaubte, Osman werde lange klopfen müssen, aber schon vernahm er eine rufende Stimme, die jubelnd rief: »Öffne das Tor, der Herr kommt, der Herr!« Und kaum war Zeit, vom Pferde zu gleiten, da hing sie schon, aller Sitte zum Trotz, an seinem Halse. Die Sklavin verschloß schnell den Zugang, und Pferd wie Maultier, mitsamt der Kiste, daraus es wimmerte, standen wartend, wie auch der junge Osman. Der Knabe merkte nun erst richtig, daß die Tage des Entbehrens vorbei waren, denn die Sklavin nahm sich seiner an, und er pries das Kismet voller Dank und Glück, warnte aber die freundliche Sklavin vor dem bösen Tier in der Kiste, das immer wimmere.

Von eben diesem wimmernden Tier berichtete Ali zu gleicher Zeit, während er das Behagen des Bades genoß, und Leila hatte mit Lachen so viel zu tun, besonders als ihr die Sache mit den steifen Pferdehaaren erzählt wurde, daß es aus diesen und anderen Gründen nahezu Mittag wurde, ehe Ali sich zum Serail aufmachen konnte. Er hatte sich inzwischen mit dem Inhalt der Kiste beschäftigt, Nahrung und Beruhigung verabreicht, und ein Karren war bestellt worden, um sie fortzubringen. Osman wurde schnell trefflich gekleidet und geleitete die Kiste zu Fuß, während sein bewunderter Herr zu Pferde voranzog.

Als Ali sich dem Serail näherte, hätte er schwören mögen, man habe von seinem Kommen gewußt. Der Oberste Türhüter geriet in einen wahren Freudentaumel und verkündete nach allen Seiten hin, er habe ja gewußt, daß Ali noch rechtzeitig kommen werde – und habe er nicht recht gehabt? »Wo aber, oh meine Freude, ist der Ring, den du bringen sollst?« Ali fragte dagegen: »Wo befindet sich der Padischah? Und ist Zahirah bei ihm?« Der Türhüter lachte und mit ihm die Diener, die Ali erfreut umstanden. »Wie kannst du fragen? Wie immer hinter seinem Thron! Wie wird sie es treiben, wenn sie erst im Nachbarlande ist?« Ali lächelte, sagte leise: »Noch ist sie nicht dort. Und jetzt, meine Freunde, ich bitte euch, helft diese Kiste hereintragen, denn sie enthält den Ring, den ich bringen sollte.« Ausrufe des Erstaunens und hilfsbereite Hände, die die Kiste hoben und schoben bis zum Eingang des Saales, darin sich der Herrscher aufzuhalten pflegte. »Es wimmert darin ... was ist's?« fragte beunruhigt einer der Diener. »Oh nichts, nur ein seltenes Tier, das ich auch mitbrachte. Ich bitte euch, ruft einen der höheren Diener, daß er mein Kommen melde, und dann tragt mir das da hinein.«

Die Kiste war jetzt offen, und erschreckt fuhren die Diener zurück, als sie das arme kleine Wesen darin erblickten, das in der kostbaren goldenen Wiege lag. Indessen kam der höhere Diener herbei, begrüßte Ali mit einem heimlichen Lachen, wie sie es alle taten, und ging voran, den Vorhang zu heben. Er schritt vor zum Thronsitz, und sie hörten ihn laut und feierlich sagen: »Erhabener Gebieter, wie befohlen brachte Ali den begehrten Ring. Erlaube, daß er ihn überreiche.« Ali wartete, neben ihm die Diener, die die goldene Wiege hielten; sie hörten den Padischah sagen: »Hörst du es, meine Tochter, er kam zurück und bringt den Ring. Auf ihn ist Verlaß! Was wirst du nun tun, wenn er seinen wohlverdienten Lohn verlangt?« Die erregte Stimme der Zahirah gab Antwort: »Aber wie kann er denn den Ring bringen? Ich weiß doch gar nichts davon, hörte nur in einer Erzählung darüber!« Ernsthaft antwortete der Vater: »Hättest du dich eben vorgesehen! Ali macht das Unmögliche möglich. Laßt ihn eintreten.«

Gespannt beugte sich der Padischah vor, als nun Ali sichtbar wurde, schön und kostbar gekleidet wie immer, und hinter ihm die Diener, die schwer zu tragen schienen. Voll Freude und Ehrfurcht verneigte sich Ali, sagte ernsthaft: »Erhabener Herr und Meister, ich brachte, wie mir befohlen ward, den Ring des Padischah von Tschin.« Da klang die helle Stimme ärgerlich auf, rief: »Aber es gibt ihn doch gar nicht, diesen Ring! Wie kannst du behaupten, du habest ihn gebracht?« Ali verneigte sich noch höflicher als vorher, sagte noch ernster: »O du, hinter dem Throne, da ich sicher war, du würdest diese Worte sprechen, wenn ich käme, und bei jedem dir gezeigten Ring erklären, dieser sei nicht der von dir verlangte, so brachte ich den Padischah von Tschin selbst. Tretet zurück, meine Freunde, stellt vorher die Wiege hier vor den Thron, und du, Erhabener, wollest gebieten, daß die Prinzessin komme, sich zu überzeugen, hier sei der Ring. Befiehl, Herr!« Das wurde sehr ernst gesagt, und ebenso auch tat der Padischah wie ihm geheißen. »Komm hervor, meine Tochter, verhülle dich gut und komme, ich befehle es dir!«

Ali schaute gespannt hin auf das, was da kommen würde, wandte sich nicht höflich ab, wie es die dienenden Männer in gebotener Ehrfurcht vor der Frau taten. Er sah der Kommenden entgegen und mußte lächeln über die kleine Zierlichkeit, die, in ihre duftenden Schleier gehüllt, zögernd herbeikam. Sie sah zu Ali auf, sie sah zu der Wiege hin, sie wich zurück, fragte voll Scheu und Schrecken: »Was ist das? Oh, was ist es? Warum wimmert es?« Ali trat zur Wiege, nahm die klauenartige Hand des uralten kleinen Wesens, hielt sie hoch, und der herrliche, der unendlich kostbare Zauberring sprühte bunte

Lichter. »Es ist der Padischah von Tschin, und dieses ist der von dir verlangte Ring, Herrin. Nimm ihn, ich brachte ihn dir.« Der Herrscher mischte sich ein, beugte sich vor, sah in die Wiege, sagte milde, halb lachend: »Das hättest du aber nicht tun sollen, mein Sohn! Was wird nun werden mit diesem armen Geschöpf Allahs?« Ali hielt die klauenartige Hand noch immer hoch, sagte befehlend, er wußte selbst nicht, wie unwiderstehlich dieser Befehl klang: »Nimm den Ring, Herrin, nimm den Ring!« Zahirah kam näher, flüsterte: »Wie schön er ist! Wie er leuchtet und glänzt!« Und sie griff zu, zog ihn von der armen verdorrten Hand. Ein tiefer Seufzer erklang aus der goldenen Wiege, und im nächsten Augenblicke sahen die, die nahe standen, wie sich eine feine rieselnde Staubwolke auf den Boden der Wiege niedersenkte.

Die Prinzessin hielt den Ring noch einen Augenblick lang, starrte dann in die Wiege, stieß einen Schrei aus und ließ den Ring fallen. Da verdunkelte sich das weitoffene Bogenfenster, durch das man die Baumwipfel der Gärten sich wiegen sah, ein großer dunkler Vogel stieß durch den weiten Bogen herein, stürzte sich auf den Ring, packte ihn mit seinem scharf gebogenen Schnabel, erhob sich flügelschlagend, schwebte zum Bogenfenster hinaus, war verschwunden. Ali sah ihm nach, schaute in die Wiege und ihren Staub, sagte leise: »Ich wurde Werkzeug des Kismet, das diesen Armen befreite. El hamd üllülah. Und du, Prinzessin, die du als erste den Ring berührtest, du mußt mir nun eigen sein. Erhabener Herr, du hörtest die Abmachung, du wirst sie einhalten? Ich vertraue dir!« Zahirah hatte sich gefaßt, stand nun vor Ali, war ein zierlicher Schleierhaufen voll Zorn, ballte die kleinen Hände, rief: »Noch nicht, nein, noch nicht! Auch dieses Mal hast du nicht gestohlen, hast nur einen Toten hergebracht und einen Ring, der mir genommen wurde. Nein, noch nicht! Ehe du mir nicht vierzig Hasen bringst, die einer hinter dem anderen gehen, in langer Reihe hier hereinkommen, eher glaube ich nicht, daß du zu stehlen vermagst, du Betrüger!«

Ali wurde zum ersten Male bleich vor Zorn. Er schluckte ein- und zweimal, weil er die Ehrfurcht vor dem Herrscher nicht verletzen wollte, und sagte dann tonlos: »Weil du seine Tochter bist, die meines Herrn und Meisters, gehorche ich noch einmal, obgleich du dieses Mal meine Ehre trafst, denn Hasen stehlen ist keines ehrlichen Diebes Tun. Dennoch, ich gehe zu gehorchen, aber ich warne dich! Nicht du wirst Siegerin sein, und ich werde dich mir zu eigen nehmen, mögest du es wollen oder nicht. Erhabener Herr, ich gehe!« Ali wandte sich ab und schritt in Eile und hohem Zorn davon. Er achtete auf nichts und niemand, war draußen, ehe noch jemand das Wort an ihn richten konnte, und rief nicht nach seinem Pferde, nicht nach Osman, ging hastig mit langen Schritten weiter und immer weiter, denn er wollte seinen heftigen Zorn durch die schnelle Bewegung bezwingen. Erstaunt erkannte er dann, daß er bereits bis zum Südtor gelangt war, durch das er erst vor wenigen Stunden einritt, und plötzlich fühlte er sich zum Umfallen müde. Er ließ sich nieder an einer Stelle, wo ein wenig Gras und einige Kräuter wuchsen und blühendes Gebüsch Schatten gewährte für kleines Getier.

Als Ali dort saß und immer noch von Zorn bewegt vor sich hinschaute, da bemerkte er lebhafte Bewegung unter den Kräutern, dem Gras, den kleinen Blüten. Er beugte sich vor, um den Grund der Unruhe zu erkennen, und sah, daß sich zwei Schlangen im Kampf umschlungen hatten, doch was ihn in Erstaunen setzte, war, daß die eine tief dunkel war, die andere leuchtend weiß. Eine

Weile beobachtete Ali dieses Kämpfen der geschmeidigen Tiere, aber als er bemerkte, wie die schwarze Schlange im Begriff war, die weiße zu ersticken, nahm er einen Stecken, der ihm zur Hand lag, und schob die dunkle Schlange von ihrem Opfer fort, was gar nicht einmal so einfach war, weil sich die dunkle heftig wehrte. Aber es gelang doch, und Ali freute sich, weil ihm die weiße Schlange gefiel und er noch niemals eine solche gesehen hatte. Er betrachtete sie, wie sie sich aufrichtete, und fand sie ganz besonders schön, mußte auch lächeln, als sie sich zu ihm hinneigte und voll Anmut vor- und rückwärts bewegte. »Wolltest du mir danken, schöne Silberschlange, weil ich dir half?« sagte Ali lächelnd und wäre beinahe von dem Stein gefallen, auf dem er saß, als eine feine Stimme ihm Antwort gab.

»Du errätst es, oh mein Retter, ich wollte dir danken«, sagte die Stimme der weißen Schlange, zart wie das Streichen des Windes über Grashalme, »denn du hast dem Reich der weißen Perischlangen, deren Königin ich bin, einen großen Dienst geleistet. Sage nun, kann ich dir auch einen erweisen? Willst du Gold, Edelsteine? Ich weiß von vielen verborgenen Schätzen. Sprich, was begehrst du?« Da durchzuckte es Ali heiß, und er neigte sich zu der zierlichen Schlange herab, sagte leise: »Liebliche Peri-Königin, ich hätte den Wunsch nach vierzig Hasen, die ein Mädchen von mir verlangt hat; kannst du mir die Tiere verschaffen? Sie müßten aber auf meinen Befehl in einer graden Reihe gehen können, der eine hinter dem anderen. Ist dir das möglich?« Die Schlange wiegte sich ein wenig vor Ali hin und her, sagte dann: »Manche Torheit vernahm ich schon aus Menschenmund, aber noch niemals vom Verlangen eines Mädchens nach vierzig Hasen. Dennoch, hier sind sie, blicke hin!«

Sie wand sich einige Male auf dem Boden, und dann ward sich Ali mit Schrecken bewußt, daß er von allen Seiten von Hasen umgeben war, die in den seltsamsten Stellungen sich bewegten oder saßen. Er zog seine Gewänder eng um sich zusammen, denn das behagte ihm gar nicht, und sagte zu der Schlange, die wieder aufrecht vor ihm saß: »Ich danke dir sehr, oh Peri-Königin, aber du vergißt, daß ich sie bannen können muß, wie mache ich das?« Die feine, kleine Stimme antwortete: »Du mußt nur Tschapp sagen, dann kannst du sie bannen und reglos machen, versuche es!« Ali lachte, hatte allen Zorn vergessen, rief lebhaft in die herumhüpfenden Hasen hinein: »Tschapp!« und lachte dann noch mehr, denn die Stellungen, in denen sie erstarrten, waren unbeschreiblich komisch und absonderlich. Ali faßte sich, fragte die Schlange: »Wie aber kann ich sie wieder beweglich machen, damit sie in einer Reihe mit mir gehen?« »Du sagst dann: ›Scheker‹, und sie bewegen sich. Sage einmal das, einmal jenes, so gehen sie mit dir. Genügt es dir nun, oder hast du noch Fragen?« Ali überlegte ein wenig, fragte dann lächelnd: »Geht das nur mit Hasen oder auch mit Menschen?« Die Schlange sagte: »Mit allen Wesen, die warmes Blut haben, aber nur du allein hast diese Macht. Und jetzt nehme ich Abschied von dir, du törichtes Menschenwesen. Weil du aber nur solche Torheit verlangt hast und keine Schätze... sieh her!« Und die Schlange beugte tief ihren schmalen Kopf, bis daß er den Boden berührte, da lag vor Alis Füßen ein leuchtend weißer Stein, wie ein Tropfen Sonnenlicht im Grün der Gräser.

»Nimm«, sagte die feine, zarte Stimme der Peri-Königin, »es ist ein Stein, der Glück bringt, wenn Liebe ihn trägt. So in deinem Leben ein Weib ist, gib ihn ihr, er ist Treue und Freude. Dank.« Ali wollte etwas sagen, wollte

Leilas Namen nennen, da hörte er ein leises Rascheln, und als er sich suchend umsah, war sie verschwunden, die weiße, die liebliche Schlange.

»Hasen!« sagte Ali laut, »welche Torheit! Welche Törin auch diese kleine Zahirah! Aber gleich ist's, ich werde sie ehelichen, und sie wird schweigen lernen, die Laute, die Kecke! Ich aber werde meines Herrn und Meisters Freund sein, und meines Herzens Freude bleibt Leila!« Da niemand außer vierzig erstarrten Hasen es sehen konnte, führte Ali den leuchtenden Schlangenstein an die Lippen, murmelte hauchleise »Leila!« und verwahrte das Juwel im Gürtel. Dann machte er sich an die Arbeit mit den Hasen. Er nahm jeden einzelnen auf, setzte ihn hin, so daß eine Reihe gebildet wurde, sagte dann »Scheker!«, und kaum daß sie sich bewegten und wieder Stellungen einnahmen, die für die Reihenbildung günstig waren, hieß es: »Tschapp!« Dann machte sich Ali, innerlich wieder ganz mit seinem geheimen Lachen angefüllt, auf den Rückweg zum Serail, hinter sich die vierzig Hasen, die er mit Tschapp und Scheker des Weges führte.

Wer immer den seltsamen Zug sah, blieb stehen und lachte. Ali aber sah sich erstaunt um, denn als er das Serail vor wenigen Stunden so zornig verlassen hatte, waren die Straßen so festlich noch nicht geschmückt gewesen, wenn auch einige Teppiche von den Dächern hingen. Ali fragte ein altes Weib, das des Weges kam und sich mit zahnlosem Lachen an den Hasen erfreute, was diese plötzliche Festlichkeit zu bedeuten habe? Sie gab erstaunt zur Antwort, er müsse wohl von weither kommen, Gaukler mit Tieren, der er offensichtlich sei, daß er nicht wisse, es finde heute die Hochzeit der Prinzessin Zahirah mit dem Sohne des Nachbarfürsten statt. Ali seinerseits, ebenso verblüfft wie aufs neue geärgert, fragte die Alte, wieso denn heute am Dienstag eine

Hochzeit stattfinde, wo doch üblicherweise der Freitag für solche Feiern gewählt werde. Wieder verzog die Alte ihren zahnlosen Mund zum Hohnlachen, sagte schrill: »Dienstag? Was redest du, Gaukler? Weißt du nicht einmal, daß heute unser geheiligter Tag, der Freitag, ist?«

Noch hatte Ali nicht erkannt, daß die Zeit sich wandelt für den, der mit den Geistern Gemeinschaft hat, seien es Ifrit, Peri oder Djin, und wußte nicht, daß, was er für wenige Stunden gehalten hatte, als er das Spiel mit den Schlangen trieb, Tage gewesen waren. Aber er ärgerte sich über die Alte und ihren verächtlichen Hohn, und so gebrauchte er seine neu erworbene Macht und sagte mitten in ihr schaudererregendes Lachen hinein: »Tschapp!« Da stand sie reglos, mit aufgesperrtem, leerem Munde und konnte grade noch die Augen bewegen; die rollte sie auch erschreckt zu ihm hin, er aber lachte und ging seiner Wege. Köstlich war das, ein wirklich wundervoller Spaß! Und mehrmals noch erprobte er seine Kunst an denen, die ihn und seine Hasen verlachten, hinterließ so eine Spur erstarrter Wesen, die überall, wo sie standen, einen Menschenauflauf veranlaßten. Heimlich nahm sich Ali vor, zur Abendstunde des gleichen Weges zu gehen, um seine Opfer zu enttschappen, aber für jetzt freute es ihn, seinem Ärger auf diese Art Ausdruck gegeben zu haben.

Und nun kam er zum Serail, seine vierzig Hasen sauber ausgerichtet hinter ihm. Kaum näherte er sich dem Kiösk des Obertürhüters, als auch schon ein Freudenruf daraus erscholl. »Sagte ich es nicht, daß Ali wiederkommt? Wußte ich es nicht voraus, daß er immer wiederkehrt? Und was wird nun, Ali, mein Sohn, da du wieder hier bist? Und alle die Hasen! Oh seht nur, er kam mit den Hasen, wie sie es verlangte, seht nur!« Die Diener sammelten sich lachend um ihren Freund Ali, der aber brachte nicht einmal ein Lächeln zustande, sagte ernst und leise: »Laßt es sein, meine Freunde; ich will jetzt nur, daß man laut in den Gängen ruft: ›Ali und die Hasen sind gekommen, Ali und die Hasen.‹ Bitte, tut es für mich — und, was ich fragen wollte: ist es so, daß die Hochzeit heute gefeiert wird? Ja? Dann ist also Zahirah im Frauengemach?« Auf diese Frage hin ergoß sich eine Flut von Mitteilungen über Ali, und alle besagten, daß es wahrhaft eine Schande sei, aber sie sitze immer noch hinter dem Throne und schlage auch weiterhin aller Sitte und Würde in das Gesicht. »Gut so, das wollte ich nur wissen. Geht nun und ruft, wie ich euch zu tun bat. Kommt, meine Hasen, kommt! Tschapp... scheker... tschapp... scheker! Ja, so ist es recht.«

Von staunenden Blicken geleitet, folgte die lange Reihe der Hasen dem voranschreitenden Ali. Bevor sie zum Saale kamen, hörte Ali schon von weitem das Rufen und das fragende Antworten, und als er die Falten des schweren Vorhangs hob, vernahm er die Stimme des Padischah, die lachend sagte: »Nun hast du es, meine Tochter! Da ist er, und er bringt die Hasen!« Und die Antwort, ängstlich und leise: »Aber es ist doch unmöglich!« — »Weißt du nicht, daß ich dir vor Tagen sagte, Ali sei nichts unmöglich? Auf dein Haupt komme es, Törichte!« Unter diesen Worten trat Ali ein, hielt den Vorhang hoch, bis alle Hasen nach ihm eingetreten waren, und während sie an ihm vorbei sich weiterbewegten, klang immer wieder sein halblautes Tschapp... scheker... tschapp... scheker. So kamen sie herbei, und der Padischah lachte, daß es ihn schüttelte. »Wie befohlen brachte ich die vierzig Hasen, in einer Reihe nach mir gehend, Erhabener Herr. Und ich komme nun, mir meinen Lohn zu holen, auch bin ich nicht gesonnen, eine

weitere Probe meines Könnens abzulegen. Was sagt dazu mein Herr und Meister?«
Der Padischah beugte sich vor, sprach nun ganz ernsthaft und sehr eindringlich. »Du bist im Recht, mein Sohn Ali, und ich hätte dir nichts zu verweigern. Da du mich aber deinen Herrn und Meister nennst, so spreche ich eine Bitte aus. Es ist diese: Seit Jahren haben wir an der Grenze zum Nachbarlande Streitigkeiten, und unser Warenaustausch leidet sehr darunter. Nun gäbe sich durch die Heirat meiner Tochter mit dem Sohne des Sultans die Möglichkeit der Beruhigung und für mein Land viel Gewinn. Willst du, mein Sohn, um einiger törichter Frauenworte willen mir dieses alles zerstören? Willst du mir nicht wohl, sage?« Ali verneigte sich tief, legte die Hände gekreuzt an die Schultern, sagte leise: »Ich bin dir zu Diensten, Herr« und wartete, was geschehen würde. Was er voraussah, trat auch ein. Der Padischah stand auf, küßte Ali auf beide Wangen, rief freudig aus: »Ich danke dir, mein Sohn Ali, und ich bitte dich, wähle, welches Amt immer dir an meinem Hofe behagt, denn ich will dich in meiner Nähe behalten, der du mir das Lachen immer wieder schenkst, jetzt sogar vierzig Mal!«, und er wies auf die regungslos in einer Reihe stehenden Hasen. Wieder hatte Ali blitzschnell zu überlegen, denn sein Plan war bereits fertig und harrte nur noch der Ausführung. »Herr, wenn du mir gnädig sein willst, so lasse mich Oberster deiner Palastwache sein.«
Der Padischah rief sogleich nach draußen, man solle ihm den Vezier schicken, und alles ging dann sehr schnell. Feierlich wurde Alis neues Amt verkündet und ihm erklärt, er könne nun unbeschränkt im Serail befehlen. Er weigerte sich, die prächtige Kleidung anzulegen, die seinem Amte zugehörte, verließ den Padischah mit tiefer Verneigung. Dann gab er Anweisung, ihm einen Raum

zu zeigen, wo er seine Hasen unterbringen könne, und verlangte, der begehrte Raum solle unmittelbar über der Brautkammer gelegen sein. Keiner der Diener des Serail staunte mehr über irgend etwas, was Ali tat, und so auch nicht über diese Forderung oder den folgenden Befehl des neuen Würdenträgers. »Kommt zu zweit her und macht mir ein Loch hier in den Boden. Es soll ein Trinkloch werden für meine Hasen. Nicht so, daß man es von unten sieht, aber gut tief. Sorgt, daß es nicht überall bekannt wird, meine Freunde, und laßt meine Hasen zufrieden. Ich kehre zum Abend hierher zurück, indessen laßt Futter für meine vierzig Tiere holen und einen Krug Wasser herstellen. Gehabt euch wohl.«

Auf keine Fragen gab er mehr Antwort, winkte seinem besonderen Freunde, dem Obertürhüter, nur zu und ging den Weg der Sehnsucht, zu Leila. Er fand diese Gefährtin seiner verschlungenen Wege nicht erregt, nicht voll Sorgen, nur voll Begierde zu erfahren, was sich weiter begeben habe, und konnte mit ihr lachen, so daß vom Ärger nichts mehr blieb. »Du wirst einige Tage auf mich warten müssen, Leila, meine Schöne, aber dann werde ich dich immer in meiner Nähe haben. Wenn es so kommt, wie ich es haben will, dann werde ich im Serail leben. Kommst du zu mir, Leila? Oder wird es dir wie ein Gefängnis erscheinen, dort mit vielen Dienerinnen im Harem eingeschlossen zu sein?« Sie lehnte sich an ihn, sie sagte halblaut: »Ali, mein Gebieter und mein Freund, wäre es nicht auch für dich eine Befreiung, so ich hier deiner harrte und du als ein Freier zu mir kommen könntest? Gib mir, wenn du höher steigst, so du es willst, mehr Diener, lasse den Grund erweitern, oder was du sonst planst — aber lasse dir den Platz nicht rauben, an dem du frei bist und wo ein Freund deiner wartet, dir ganz ergeben und vertraut.«

Alis schnelle Zunge, Alis leichter Witz, sie waren verstummt. Er saß und sah schweigend diese Frau an, die ihm etwas bot, was mancher Mann, möge er so viele Frauen oder Lieben haben wie er wolle, sein Lebelang ersehnt: den Freund, bei dem er frei sein kann und dessen Seele in einem schönen Frauenleibe wohnt. Tief bewegt legte er die Stirn in ihre Hände, murmelte: »Es sei, wie du gesagt hast. Mein Vertrauen ist dein, meine Freude und Freiheit auch. Alles andere ist des Diebes lachendes Spiel, die Wahrheit aber bist du, meine Seele.« Leise ließ er den Edelstein der Perikönigin in Leilas Hände gleiten. Und so hatte Ali, der große Dieb, in aller Wirrnis seines Lebens die Zuflucht, die des Mannes wahre Stärke ist, die, bei der sein Lachen verstanden wird.

Gegen Abend dann kehrte Ali in das Serail zurück, befreite unterwegs die getschappten Leute und brachte heimlich einen starken Hammer und einen Meißel mit, die er mit in den Raum nahm, der genau über dem Brautgemach lag. Er erklärte, er wolle nicht mehr gestört werden, sei er doch ermüdet und wünsche inmitten seiner Hasen zu ruhen. Die Diener mußten jetzt dem hohen Würdenträger gegenüber ernst bleiben, aber heimlich lachten sie doch miteinander und waren voll Erwartung, was nun mit Ali und seinen Hasen weiter geschehen würde. Er selbst aber hatte zu tun, denn das Loch im Fußboden, dieses angebliche Hasentrinkloch, mußte solcherart erweitert werden, daß es einen Blick in den unteren Raum gestattete, wenn auch noch so gering und fein. Es mußte sehr leise und sorgfältig gearbeitet werden, damit nicht etwaige Spuren im darunter gelegenen Prunkgemach das Geschehen verrieten. Ali wußte, daß ihm noch Zeit verblieb, denn erst nach dem Azan wurde die Braut in das Gemach geleitet, das bis dahin niemand betrat. Rechtzeitig hatte er die Arbeit

vollendet und wartete nun auf das Weitere, am Boden liegend und das Auge an die schmale Öffnung gepreßt.
Jetzt kamen sie. Jetzt setzten die Dienerinnen die Braut auf das prächtige Bett, warfen einen leichten Schleier über sie, den der Bräutigam zu entfernen haben würde, zogen sich zurück und begannen beim Kommen des Neuvermählten ihre gurgelnden Freudentöne auszustoßen. Ali sah sich den Jüngling prüfend an, fand ihn weder schön noch häßlich aussehend, so wie eben viele, und wartete, bis die Frauen hinter ihm die Vorhänge geschlossen hatten und er sich zu dem Brautlager hinbegab, auf dem das verschleierte Spitzenhäufchen hockte. Jetzt stand der Bräutigam davor, breitete die Arme aus, neigte sich ein weniges und sagte halblaut: »Oh meine Ersehnte, deren Antlitz ich nun begnadet genug sein werde zu erblicken, zeige dich mir...« Die Braut hob, wie es üblich ist, ein wenig den Schleier, der Bräutigam beugte sich noch ein weniges vor, und in diesem Augenblick sagte Ali von oben her laut und deutlich: »Tschapp!« Noch eine kleine Weile betrachtete er das so geschaffene Bild, lachte vor sich hin und schlief dann tief und friedlich ein.
Er wußte, daß erneutes Freudenrufen der Frauen ihn am Morgen wecken würde, wenn sie das Brautgemach betraten, um dem jungen Ehemann im Brautbecher den wohlverdienten Stärkungstrank zu bringen. Bis dahin war viel Zeit, und zwischen den Hasen ruhte es sich wie im Freien. Schweigen senkte sich auf das Serail bis zum Morgan-Azan. Dann war es damit vorbei. Dann erwachte zuerst Ali von den erwarteten gurgelnden Freudenschreien, setzte sich auf, sah auf die schlafenden Hasen, die er auch vorsorglich getschappt hatte, und spähte durch sein Bodenloch hinab. Da standen und saßen die zwei, reglos wie am Abend vorher, ein köst-

liches Bild für Ali. Und nun zerriß ein schriller Schrei den Frieden, denn die älteste Dienerin war mit dem Brautbecher eingetreten, hatte ihn aber sogleich wieder fallen lassen und rannte schreiend davon. Ali schaute und wartete, fand das Schauspiel sehr unterhaltend. Mehr Dienerinnen füllten den Raum, kamen näher, betasteten den reglosen Bräutigam, begannen sich ihrerseits gut und heiter zu unterhalten.

Dann wurde es stiller, denn es war nach einem Hekim geschickt worden, einem Heilkünstler von hohen Graden. Der sah sich die zwei Reglosen an, schüttelte den Kopf, zuckte die Schultern, ging. Es kam nun ein Imam, sah die zwei an, begann einige Worte aus dem Koran zu sprechen, schüttelte den Kopf, zuckte die Schultern, ging. Jetzt aber kam der, auf den Ali schon die ganze Zeit wartete, der Padischah. Er stand und sah die zwei an, ging um den Bräutigam herum, wie man eine seltenes Kunstwerk von allen Seiten betrachtet, verbarg sein Lachen hinter der Hand und sagte: »Das kann nur Ali sein! Dieses tat Ali! Man hole den Obersten der Palastwache.« Ali stand auf, richtete seine Kleidung, sagte leise lachend: »Du kluger Herr und Meister!« und wartete auf das Kommen der Diener.

Tiefernst verneigte er sich dann im Brautgemach vor dem Padischah, der sogleich alle neugierigen Dienerinnen fortschickte und ruhig fragte: »Ist das dein Werk, Ali?« »Es ist es, Herr«, sagte Ali. Beide sahen sich an, und in beider Augen stand das Lachen. Ali sah zu Boden, fragte leise: »Gefällt dir das Bild, mein Herr und Meister?« Der Padischah antwortete nicht. Möglich, daß er es nicht vermochte, denn es ist schwer, zugleich zu sprechen und zu lachen. »Kannst du etwas dafür tun?« »Du meinst dagegen, Herr? Ich kann es. Doch ehe ich es tue, wollen wir uns verständigen, Herr. Wenn ich diese befreie, so wird es gut sein, den Jüngling zu befragen, ob er weiterhin die Ehe führen – oder sagen wir, schließen will. Wenn nicht, so muß doch die Ehe deiner Tochter, Herr, deren Brautgemach ein Fremder, ich, betrat, wiederhergestellt werden. Ist es nicht so?« Der Padischah nickte nur. Ali fuhr fort: »Wenn dem so ist, wird es gut sein, wenn der Imam, der vorhin hier war, wieder gerufen wird. Dann erst vermag ich etwas zu tun.«

Der Padischah ging nahe zu Ali, packte ihn am Kragen des Gewandes, schüttelte ihn ein wenig. »Oh, du Betrüger, Dieb, Zauberer, du, der das Lachen brachte... was tue ich mit dir, du Elender?« Ali neigte seine Stirn auf die Schulter des Padischah, murmelte leise: »Herr?« »Man hole den Imam!« rief laut der Padischah, streifte die Wange Alis mit der Hand: »Du hast rauhe Haut, mein Sohn, gehe dann ins Bad, wenn dieses hier erledigt ist.« Eine Handbewegung wies auf das unveränderte Bild. Da kam schon der Imam. »Ehrwürdiger«, sagte der Herrscher, »wir wollen versuchen, dieses, was du vor dir siehst, zu wandeln, und du mußt Zeuge sein für Lösung und Bindung. Ali, beginne.« Ob der Padischah nun große Zauberkünste erwartete, ist ungewiß, aber seine Verblüffung war groß, als nur ein leise gesprochenes Wort den Bann löste.

Der Bräutigam ließ die Arme sinken und richtete sich auf. Er rührte sich schaukelnd und streckend, um steif gewordene Glieder wieder beweglich zu machen. Dann warf er einen haßerfüllten Blick auf das Häufchen Spitzen, das wimmernd zurücksank, sah wütend um sich und schrie zum Bett hingewandt: »Dein Antlitz ist mir wie dein Rücken! Und niemals mehr will ich in diesem Lande weilen... Eure Grenzen werden das büßen!« Er stürzte hinaus und ward nicht mehr gesehen. Er hatte die uralte Scheidungsformel ausgesprochen, und es gab keine Ehe mehr. Der Padischah wandte sich an den Imam, bat höflich: »Wolle, ich bitte dich, Ehrwürdiger, die Ehe schließen zwischen dieser meiner Tochter Zahirah und dem Obersten der Palastwache, Ali. Wir warten.« Der Imam beeilte sich, die vorgeschriebenen Worte zu sprechen, Ali gab die Antworten, vom Bett her erklang weiterhin nur das Klagen. Die Ehe war geschlossen. »Begrüße als erster, Ehrwürdiger, meinen Sohn Ali, der von jetzt ab mein Heer befehligt.« Der Imam verneigte sich schweigend und verließ voll Erstaunen den Raum.

Der Padischah sagte lachend: »Jetzt also, mein Sohn, hast du, was du wolltest, ein Weib, das immer redet, redet, und immer recht hat. Warum hast du dir dein Leben so verderben wollen, dein schönes, dein freies? Ich verstehe dich nicht.« Er wandte sich zum Bett hin, berührte seine Tochter an der Schulter, sagte freundlich: »Zahirah, mein Kind, dieser hier, Ali, ist nun dein Gemahl, gehorsame ihm, wie es sich gebührt.« Zahirah richtete sich auf, sah zornentbrannt Ali an und begann mit aller Kraft ihrer hellen Stimme zu schelten, zu schimpfen, zu schmähen. Ali stand still da, hatte die Arme untergeschlagen, sah in das erregte Gesicht, sagte plötzlich mitten in das Gerede hinein freundlich beruhigend: »Tschapp, tschapp!« Das erregte schrille Geschrei verstummte sofort, reglos saß das kleine zierliche Wesen da.

Laut lachte der Padischah, schlug sich auf die Schenkel, konnte sich kaum fassen. »Maschallah, mein Sohn, Ali, Yah Maschallah! So kannst du es wagen, so wirst du es zwingen! Und jetzt bin ich auch wegen der Grenze beruhigt, denn wisse, ich machte dich nur zum Obersten des Heeres, um dich zu strafen und dir die Grenzkämpfe zu überlassen. Aber sage, kannst du so auch das Heer bannen?« Ali mußte lachen, meinte, das sei wohl möglich und er müsse erst noch Versuche anstellen. »Welch ein Leben wird das werden, nun du bei mir bist, mein Sohn, und dieses Kind zum Schweigen bringen kannst! Eine Weile sehe ich noch zu, dann mußt du mich ersetzen und mit deinem Zauberwort alles leiten. Es gehorcht nur dir, ist es so?« Ali nickte, ging zum Bett, beugte sich nieder, sagte leise: »Höre mich an, Zahirah: ich wecke dich jetzt, wenn du aber wieder schiltst, wirst du wieder gebannt. Gib acht...Scheker!« Nun aber darf nicht vergessen werden, daß Scheker Zucker heißt, und Zahirah glaubte, er rede sie kosend so an, bewegte sich, begann zu schelten, wurde sogleich wieder getschappt. Ali verließ sie, der Padischah mit ihm, sie begaben sich beide zum Bade, und des Lachens zwischen ihnen war kein Ende. – –

Mehr und mehr wandelte sich von da alles. Im Serail zuerst, dann in der Stadt und endlich im Lande. Da waren nicht zu vergessen die Bazarfreunde aus den ersten Tagen, die nicht genug des Lobes zu sagen wußten über den Dieb, der den Dieb gestohlen hatte und der nun bald Herrscher sein würde. Da waren aber auch die Diener des Serail, die zwar ehrfurchtsvoll blieben und doch heiter sein konnten. Und unter ihnen allen hoffte Ali nun bald seinen Lehrer zu haben, der ihm Vezier werden sollte. So zog er nach seinem Heimatort aus, ihn zu holen. Auf dem Wege wurden er und seine Begleiter von Wegelagerern überfallen, die sehr wild taten. Die Begleiter wollten sie mit Waffengewalt vertreiben, doch Ali beugte sich vom Pferd und rief in ihren erregten Haufen hinein: »Tschapp!« Da standen sie reglos, wie sie grade eben waren. Seinen Leuten befahl Ali: »Nehmt sie vorsichtig, denn sie sind jetzt wie Holzstücke, stellt sie an der Straße entlang auf: sie mögen zur Warnung dienen.«

So geschah es, und während Ali weiterzog zu seinem Heimatorte hin, überdachte er mit hoher Freude, daß es von nun sinnlos sein würde, Kriege zu führen. Denn wozu? Eine laute und starke Tschappung genügte vollkommen, und er war schon jetzt davon überzeugt, daß das Nachbarland diese hier sichtbar gewordene Lehre verstehen würde. In diese Gedanken war er so versunken, daß er fast erschrak, als ein Unterführer zu ihm heranritt, halblaut sagte: »Herr, vergib, aber von unsren Leuten sind auch welche bei den Reglosen. Sollen sie so bleiben?« Ali lachte auf, ritt zurück, sagte zu jedem einzelnen seiner Leute »Scheker« und entschuldigte sich vielmals bei ihnen.

So kam es, daß dieser Haufen Bewaffneter, der die Gefolgschaft eines großen Herrn war, in Alis Heimatdorf voll Heiterkeit einzog und die Einwohner, die schon gebangt hatten, es seien wieder die gefürchteten Steuereinnehmer, nicht recht wußten, was sie davon halten sollten. Der dortige Meisterdieb aber, Alis Lehrer, der das so selten zu hörende Lachen vernahm, kam eilig vor sein Haus, murmelte vor sich hin: »Ali?« Denn wer anders als er konnte es sein, wenn Lachen zu vernehmen war? Da hielt der ganze Zug schon vor ihm, und Ali, der prächtige Befehlshaber, glitt vom Pferde, war bei ihm, umschlang ihn und legte die Stirn auf seine Schulter: »Chyrssys Baschi Effendim, mein verehrter Lehrer, ich komme, dich zu holen. Du mußt mit mir kommen, mußt mein Vezier werden, und wir werden zusammen lachen können, denn endlich einmal wird ein Vezieriat in den Händen des richtigen Mannes liegen!«

Nun, es versteht sich, daß über diese Fragen noch viel zu sagen war. Wozu auch die Eile? Zeit ist nichts, wenn sie nicht durch Verflechtungen mit Wünschen zu einer Macht wird. So blieb Ali eine Weile dort, entschlossen, nicht

ohne den Lehrer zu seiner Hauptstadt zurückzukehren: »Verstehst du, mein Lehrer, der Padischah, der mein Vater wurde, will auch ein wenig Freiheit genießen, er, der so lange ein Sklave seines Reiches und auch seiner Tochter war. Da ich ihm nun eine Last abnahm und ihm die andere abnehmen werde, ist er ungeduldig. Du komme mit mir zurück, denn ich versprach, erst dann das Land zu beherrschen, wenn ich meinen Vezier hätte. Mit dir und dem ›Tschapp‹ werden wir Frieden haben und Ruhe. Gefängnisse wird es nicht mehr geben, Galgen wird keiner kennen, denn ich werde die Übeltäter tschappen für länger oder kürzer, und das wird genügen. Ist nicht der Ausblick auf das Kommende des Lachens wert, mein Lehrer?«
Doch der Meisterdieb blieb ganz ernst, sagte gedankenvoll: »Zwei Dinge gibt es, die mir zu denken geben.« Besorgt fragte Ali: »Und welche sind es? Kann ich nichts dazu tun?« Halb ernst, halb lachend sagte der Lehrer: »Mein Sohn Ali, das eine kann gewandelt werden: du mußt eine Gilde schaffen, die der Abstauber. Verstehst du, diese Getschappten können nicht im Lande herumstehen, ohne gesäubert und von der Plage der Kleintiere befreit zu werden. Denkst du nicht auch so?« »Aman«, sagte Ali, »du hast mir Angst gemacht, du sahst so ernsthaft aus, wie zu der Zeit, als ich noch dein Schüler war und ich mich ungeschickt zeigte. Gut also, die Gilde der Abstauber wird gleich nach meiner Rückkehr gegründet. Das andere aber, was ist's?« Ganz traurig sah der Lehrer aus, sagte leise: »Der Ekmek-Kadaïf.« Verständnislos starrte Ali ihn an. »Der Kadaïf? Aber von ihm kannst du doch so viel haben, wie du nur willst!« Doch der Lehrer schüttelte betrübt den Kopf. »Du verstehst das nicht mit dem Kadaïf, hast es niemals verstanden. Er schmeckte mir nur so gut, war mir nur deshalb begehrenswert, weil

ich ihn gestohlen habe! Was ist mir der Kadaïf, wenn ich ihn leicht in beliebiger Menge haben kann? Oh, mein Sohn Ali, wieviel raubst du mir damit, daß du mir die Köstlichkeit gestohlenen Genusses nimmst!«

Das also war die große Trauer, die der Meisterdieb in seinem Herzen mitnahm auf dem Wege zur Hauptstadt. Im Herzen Alis aber lebte auch eine Trauer, die einzige seines frohen Lebens: die um seine Mutter. Er hatte es nicht über sich gebracht, sie aufzusuchen, wollte ihr den Anblick des Sohnes eines krummen Djin nicht aufzwingen und hinterließ ihr nur das weniger Kostbare, die regelmäßige Zuweisung einer Geldsumme.

Je näher er aber der Hauptstadt und damit dem kleinen roten Hause kam, desto leichter wurde ihm das Herz, und vor dem Tore trennte er sich von seiner Begleitung, übergab den Lehrer der Obhut des Unterführers und sprengte eilends davon. Am roten Hause angelangt, klopfte er im bekannten Abstand der Töne, wie er es das erste Mal getan hatte, hörte allsogleich Rufen, Unruhe, eilende Schritte, und dann wurde die Tür aufgerissen, Schleier umwehten ihn, eine Hand zog ihn herein, und eine Stimme flüsterte atemlos jene Dinge, die nicht der Mund, nein, das Herz spricht und die nur das andere Herz versteht. Gesegnet sind die, die solche Zwiesprache kennen, doch sind sie so selten wie Schnee auf unsren Rosen.

Zeit verging, und es erwies sich, daß die Entfernung vom Serail zum kleinen roten Hause doch zu groß war; das ward ersichtlich, als Leila ihr erstes Kind Ali entgegenhielt, auf daß er sage, wem es gleiche. Wissen Väter so etwas? Niemals. Mütter aber, sie wissen vieles. Und diese wußte auch, daß Ali recht habe, als er sagte, wieviel Raum ungenutzt im Serail sei, besonders dann, wenn der kleine Sohn laufen lerne. »Bedenke doch, die vielen weiten Gänge.« Ja, diese weiten Gänge im Serail, durch die einstmals die Angst geschlichen war, die Gier nach Macht, das Begehren nach Geld — wie waren sie gewandelt! Still waren sie zwar geblieben, als Zahirah noch im Serail herrschte, sie, die keinem Kinde das Leben gab und sich fürchtete vor den Hasen, die urplötzlich aus irgendeinem Winkel hervorschossen. Und wie unheimlich war ihr der Mann, der sie immer wieder zum Schweigen verurteilte mit dem gräßlichen Wort! So wurde sie müde, träge und dick. »Ich verstehe dich nicht, o Zahirah, wolltest du nicht selbst die Hasen haben?« sagte oftmals ihr Gemahl, und wieder hatte er das verhaßte Lächeln im Gesicht. Oh, schöne Zeit, da sie hinter dem Throne saß, wie weit lag das zurück! Und warum sie alle so viel lachten hier im Serail? Früher gab es doch auch nichts zum Lachen, woher denn jetzt? So dachte Zahirah erbittert, wollte nichts hören, nichts wissen, nichts tun, versank mehr und mehr in das Nichts ihres armen sinnlosen Seins.

Leila aber wurde Alis zweite Gemahlin, wie es das Recht gestattet, und herrschte reich an lachender Liebe über die Kinder, die das Serail leben machten. Wenn sie durch die weiten Gänge liefen, ihrem Vater entgegen, sobald sie die Rufe der Wache bei seiner Rückkehr vernommen hatten, so warfen sie sich in seine Arme mit dem vielstimmigen Ruf: »Chryssyslyk, Pederimis«, was bedeutet: Stehlerei, o unser Vater! und dann wurde ihnen von den immer noch geschickten Fingern des großen Diebes Ali allerlei vorgespielt, besonders aber das, was Nazir den Türhüter immer so erheitert hatte, dieses Abpflücken versteckter Dinge von der Gewandung, als ob es trockene Blätter wären. Die Freundschaft Nazirs hatte sich auch auf die Kinder der Leila und des Ali übertragen, und sie hielten sich häufiger bei ihm in dem kleinen Kiösk auf, als ihnen eigentlich gestattet war. Nazir klärte sie dann besonders gerne auf über die Bedeutung des Schildzeichens, das sich ihr Vater hatte fertigen lassen. »Seht ihr«, sagte er dann, stolz über sein Wissen, »das ist ein Hase, wie wir deren so viele hier im Serail und den Gärten haben, aber dieser hier ist einer der ersten vierzig; und das hier ist die weiße Schlange, die Perikönigin, die der Herrin Leila den großen Edelstein sandte, den sie am Finger trägt. Und die Schlange spielt mit dem Hasen, seht ihr, wie sie sich um ihn geringelt hat? Gold und Grün, so sind die Farben unsres Herrn Ali, der uns das Lachen brachte!« So sprach Nazir Agha, und ähnlich sprachen viele.

Sollte man nun vielleicht denken, daß diese lachende Verehrung des Stehlens im ganzen Lande die Diebe großgezogen hätte, so täuscht man sich. Ali, der sich niemals anders nannte als den Chyrssys Baschi, hatte ja in Wahrheit nichts gestohlen als den toten Dieb und einige Goldstücke der Lockung, damals von dem Ausrufer. Was er wirklich stahl, das war der saure Ernst, das war die harte Eigenliebe, das waren Betrug und Hinterlist. Und mit seiner einzigen Strafe des Tschappens stahl er auch dem Richteramte die Härte. Lohnte es in all dieser freien Heiterkeit sich mit Stehlerei zu belasten, die dann nur das lästige Getschapptsein einbrachte? Djanoum, besser man geht daran vorbei, wie es der lachende Ali tat. Nein, zu jener Zeit in jenem Lande machte sich das Stehlen nicht bezahlt, so es um des Gewinnes willen betrieben wurde, allein nur der Erheiterung konnte es noch dienen, und ihr zuliebe wurde manchmal von der Gewandung trockenes Laub gepflückt.

So lachten sie alle mit, die unter der Sonne unseres Landes ihrer Tage froh wurden. Alle? Nein, nicht alle. Denn die einzigen, die mit Ali nicht zufrieden waren, das waren die Ehemänner, die zungenfertige Weiber besaßen. Immer wieder schickten sie Botschafter zu Ali, er möge doch auf seinen Reisen, die dem Enttschappen derjenigen dienten, deren Strafe abgelaufen war, zu ihnen kommen und ihre Weiber zum Schweigen bringen mit seinem Zauberwort. Doch er tat es nicht, niemals. Nicht ein einziges Mal tat er es! Den Abgesandten pflegte er zu bedeuten, soviel müsse doch ein Mann zu allermindest verstehen, seine Frau auch ohne Zaubermittel zum Schweigen zu bringen.

Hatte er recht, oder hatte er nur gut lachen, der Chyrssys Baschi Ali? Noch heute haben ihm die Ehemänner nicht vergeben, daß er ihnen kein »Tschapp« zurückließ, um ihre Leiden zu lindern!

Der Cedernbaum

Drei Männer trafen sich in einer Schutzhütte auf der Paßhöhe, dorthin verschlagen und festgehalten durch einen heftigen Schneesturm. Der eine war ein Seidenhändler, der zweite handelte mit Edelsteinen und Geschmeiden, der dritte aber hatte keine Bündel bei sich, trug nur im Gurt ein Ledergehäuse, in welchem sich verschiedenartige Messer befanden, denn er war ein Holzschnitzer und seiner Kunst halber weit und breit bekannt.

Dort saßen nun die drei recht mißgestimmt, denn der erzwungene Aufenthalt kam ihnen sehr ungelegen. Während die zwei Händler aber nur mürrisch rauchten, sah sich der Bildschnitzer in der Hütte um, entdeckte auch einen kleinen Vorrat an Holz und ging daran, ein Feuer zu bauen; die schmale fensterartige Öffnung mochte als Abzug für den Rauch dienen, und als er die Holzverschalung aufriß, fiel ein breiter Lichtstreifen auf einen Winkel der Schutzhütte. Die beiden Händler entzündeten das Feuer, der Bildschnitzer aber begab sich in jenen Winkel und betrachtete sinnend das hohe und starke Stück Holz, das dort lehnte. Ihn packte die Leidenschaft des Künstlers, die bei ihm stets wieder unterdrückte, eine menschliche Gestalt zu bilden. Gewiß, der Koran verbietet die Nachbildung dessen, was Allahs Ebenbild ist, doch wenn man auch ein guter Moslim war ... einmal, nur einmal, und hier in dieser Bergeinöde, gebunden durch diesen wilden Sturm, neben den zwei Männern, die wohl nur an ihre Gelder dachten und die er gewiß nicht wiedersehen würde: hier durfte doch die große Sehnsucht gestillt werden? Allah, der alles versteht und verzeiht, würde, wenn er durch diese Schneemassen hindurch überhaupt herunterzublicken vermochte, sicher so tun, als sehe er nichts.

Nachdem der Bildschnitzer sich solcherart beruhigt hatte, begann er sogleich seine Messer aus dem Gurt zu holen und an dem schönen und ebenmäßigen Stück Holz herumzuschnitzen. Er hatte beim ersten Anblick des Holzes schon die Gestalt erblickt, die sich darin verbarg, wie das so Art des wahren Künstlers und seiner Schau ist. So oblag ihm nichts mehr, als die Frau, die sich im Holz versteckte, herauszuholen und zu befreien, und daran machte er sich unverzüglich.

Die beiden Händler nahmen indessen den Kampf mit dem Feuer und dem Rauch auf und kümmerten sich zunächst nicht um des Bildschnitzers Tun und Lassen. Als jedoch eine hochsprühende Flamme ihnen verriet, was sich da entwickelte, erhoben sie sich vom Boden und kamen langsam näher. Der Bildschnitzer, ganz in seine Arbeit vertieft, achtete ihrer nicht, holte nur immer schneller und kühner die im Holz verborgene Frau aus ihrem Kerker heraus. Da sagte der Seidenhändler vor sich hin: »Es wird ein Weib, Allah verzeihe uns ... ich will herbeiholen, was sich für ein Weib geziemt.« Er ging zu seinen Bündeln, die nahe dem Eingang am Boden lagen, und begann sie zu öffnen und die Musterstücke kostbarer Seidenstoffe hervorzuholen. Der Händler mit Edelsteinen sah dem Bildschnitzer noch eine Weile zu, murmelte dann: »Allah Kerim, wirklich ein Weib!« Ging abseits und begann die unter seiner Kleidung verborgenen Juwelen herzuholen.

Ihrer beider nicht achtend, ja, sie nicht hörend oder von ihnen wissend, arbeitete der Bildschnitzer an dem, was ihm höchste Erfüllung bedeutete. Die beiden Händler wurden endlich des Zuschauens müde und legten sich in ihre Pelze gehüllt zum Schlafen nieder; doch flüsterte der Seidenhändler dem anderen zu: »Füllen wir das Feuer abwechselnd auf, so daß er das Weib fertigzustellen vermag, willst du?« Der Juwelenhändler nickte zustimmend und fand, daß er auch auf diese Art besser vor Diebstahl gesichert sei.

Der Bildschnitzer aber wußte von nichts als von seinem Werk; weder Müdigkeit noch Kälte, noch Hunger, noch Durst spürte er, war nur in einem Fieber des Schaffens, in einem Rausch der Schöpferkraft. Und als der Morgen graute, hatte er sein Werk vollendet. Er legte die Messer fort, beugte sich tief vor dem Bildwerk, indem er die Arme kreuzte und die Hände flach auf die Schultern legte, und sagte leise, andächtig: »Schönste der Frauen, die du mein eigen bist, mehr als es jemals eine Frau war, oh sei gesegnet, daß du unter meinen Händen wurdest und nun mein bist, ganz allein nur mein!« Mit diesen Worten sank er erschöpft zu Boden und wußte für eine kurze Weile nichts mehr von sich. Aber die zwei Händler waren nun aufmerksam geworden, erhoben sich, gingen vorsichtig hin zu dem Bildwerk, ohne den am Boden liegenden Künstler zu stören.

Der Seidenhändler holte wieder die prächtigen Seidenstücke herbei und sagte halblaut: »Die Frau ist schön, und sie ist mein! Denn wer ein Weib bekleidet, dem gehört sie. Sieh her und stimme mir zu!« Dabei legte er die Seiden um die Gestalt, und sie stand dort, mit dem geheimen Lächeln, das ihr Schöpfer ihr gab, auf den eifrigen Händler herabschauend. Der Juwelenhändler aber schob den anderen beiseite, holte die Geschmeide

hervor, die er die Nacht über gehütet hatte, und begann sie um Brust und Hals der hölzernen Frau zu hängen. »Wer«, sagte er dabei, »ist es, dem eine Frau gehört, wenn nicht jenem, der sie mit Juwelen schmückt? Keine Schönheit gibt es, die unter Juwelen nicht leuchtender würde. Sie ist mein!«
Und so redeten diese Männer gegeneinander, wurden so laut, daß der Bildschnitzer aus seiner Erschöpfung erwachte und sich zwischen sie stellte, schützend sein Geschöpf verbergend. »Mein ist sie, nur mein! Wem anders als dem, der sie schuf, könnte sie gehören, ihr Toren?« Als er das gesagt hatte, gab es einen heftigen Windstoß, der die Hütte erschütterte und die Tür mit Gewalt aufriß. Die drei Männer wichen erschreckt zur Seite, denn die hölzerne Frau begann sich zu bewegen, und es war, als bahne ihr der Wind den Weg. Sie schritt langsam, so als werde sie gezogen und geschoben, auf die Tür zu, kam hinaus in den schneeweißen Morgen der Berghöhe, und wieder war es, als bahne ihr der Wind einen Pfad im Schnee. Völlig gebannt durch dieses Geschehen, ohne Denken oder Wollen, folgten die drei Männer dem Weg der hölzernen Frau, gleich ihr hingehend zu dem großen, dem wunderbar starken Cedernbaum, der hier auf den Höhen der Berge Wache hielt über die Weite und Stille.
Die Gestalt der Frau war nun bei dem schönen, starken Baume angelangt, hob die Arme und legte die Hände flach an den Stamm, durch welche Bewegung alles von ihr abfiel, was die zwei Männer an sie gehängt hatten. Der Stamm öffnete sich, und die hölzerne Frau setzte einen Fuß in die entstandene Öffnung hinein, doch im Eintreten wandte sie den Kopf und lächelte zu dem hin, der sie bildend geschaffen. Der Bildschnitzer wußte es nicht, daß er verlangend die Arme ausstreckte, schon

aber war sie verschwunden, der Stamm hatte sich hinter ihr geschlossen, und der gewaltige Baum stand reglos, zeitfern und erhaben dort.

»Zu seinem Ursprung kehrt jed' Ding zurück«, sagte der Bildschnitzer leise, wandte sich ab, holte seinen Mantel aus der Hütte und seine verstreuten Messer und schritt ohne Gruß, ohne sich umzuschauen über die Paßhöhe ins Tal hinunter.

Einmal im Leben volle Erfüllung gekannt zu haben: ist es dem Künstler nicht alle Erkenntnis wert? Allah Kerim . . .

Der schöne Fischer und der fliegende Fisch

Dort, wo der große Fluß zum Meere hinabströmt, lebte ein Fischer. Jung war er wie der Morgen und schön wie der Mond am vierzigsten. Fischte er, so kamen die Fische herbei und standen um sein Fangnetz herum, ihn anzuschauen, willig, sich dann fangen zu lassen, von seiner Schönheit wehrlos gemacht.

So geschah es sogar den Fischen. Aber das Mädchen, das er liebte und begehrte, hatte nur Spott, Hohn und Abwehr für ihn. »Ein schöner Mann? Was schert das mich? Laßt Weiber schön sein, Männer aber seien voll Kraft!« sagte sie lachend und ging kalt an ihm vorüber. Er aber liebte sie weiter, einsam durch sie, traurig durch sie, obgleich er hätte an Frauen haben können so viele, wie Sterne am Himmel stehen in mondlosen Nächten. Er verlor den Schlaf durch diese Liebe, kehrte nicht mehr zu seiner Ruhestätte zurück, blieb vielmehr in seiner Barke auch des Nachts. Er lag dort und starrte in den Himmel hinauf, ein Nichts vor Sehnsucht, ein Jammer in Menschengestalt.

Da bewegte sich eines Nachts die Welle; ein Schwirren entstand, und mit einem taumelnden Sprung hob sich ein fliegender Fisch hoch, fiel nieder neben dem Träumer, lag dort leuchtend im Sternenlicht, rötlich und golden schimmernd. Der Fischer erschrak zuerst, dann aber wunderte er sich nicht einmal, den Fisch reden zu hören, diesen, den er so hell glänzen sah wie einen gefallenen Stern. Der Fisch aber sagte: »O Fischer, der du manchen von uns verschontest, höre meinen Rat und wisse, daß ich ein Herrscher bin unter den Fischen im Reich der fliegenden Perifische. Seufze nicht der begehrten Frau nach, denn sie mißachtet dich. Gehe und werde ein Streiter, ein Held, und sie wird dir anhangen wie der Honig der Biene. Ziehe fort und sei ohne Sorge, wir helfen dir, wie du oft uns geholfen hast. Zum Zeichen aber, daß du zustimmst, hebe mich hoch, daß ich meine Schwingen regen kann, und mit der Morgenfrühe wirst du sehen, was du sehen wirst.« Der schöne Fischer tat, was der Perifisch verlangte, sah noch den leuchtenden Streif seines Fluges und schlief dann zum ersten Male seit langen Zeiten fest und traumlos ein.

Als er erwachte, bemerkte er, daß die Strömung seine Barke weit hinausgetrieben hatte in das offene Meer, und dicht über sich spürte er einen Schatten in all der hellen Sonnenfülle. Was sah er? Den Bug eines Schiffes über sich und kühne Gesichter, die sich über die Reling beugten und ihn lachend betrachteten. »He, du schöner Schläfer, was willst du uns? Bist du ein Mann, ein Mensch oder ein Peri, der uns zum guten Zeichen grüßt?« So riefen sie ihm zu.

An diesem Worte von der Peri erkannte der Fischer, daß ihm hier ein Zeichen von dem Perifisch gegeben werde, und er begriff, was ihm zu tun bestimmt war, zumal er am Bug das goldleuchtende Abbild eines fliegenden Fisches erkannte. »Wollt ihr mich zum Gefährten haben?« rief er hinauf, »mögt ihr nun Räuber sein oder anders geartete Krieger, ich ziehe mit euch, so ihr mich mitnehmt!« Sie warfen ihm ein Seil zu und nahmen ihn an Bord. So ward er Gefährte dieser verwegenen Streiter, die sich die Beute suchten, wo sie sie fanden, und überall

bekannt waren als »Die vom fliegenden Fisch«. Geschah es auch oftmals, daß sie nur raubten, so waren sie doch auch dafür berühmt, daß sie sich bemühten, getanes Unrecht wiedergutzumachen und den Unterdrückten gegen die Gewaltherren zu helfen.
Der schöne Fischer kämpfte viele Jahre gemeinsam mit ihnen, und wie es so Krieg und Kampf mit sich bringen: mit Schönheit haben sie nichts zu schaffen. So schwand auch seine gerühmte Schönheit, verlor er doch auch ein Bein und hinkte mühsam mit einem Holzstumpf daher, was aber an Bord des Schiffes nicht allzuviel Beschwerden bereitete. Doch eines Nachts, nach vielen Jahren dieses Kampflebens, tobte ein furchtbarer Sturm, und das gute Schiff »Der fliegende Fisch« flog nicht mehr; es zerschellte an einem Riff unter Wasser, und fast alle Männer wurden die Beute des Meeres. Allein der Fischer, durch einen stürzenden Mast betäubt, trieb auf einer Welle dahin, und als er aus seiner Ohnmacht erwachte, da lag er am Ufer, an der weiten Mündung jenes Bergflusses, an dem er damals sein Gewerbe des Fischens betrieben hatte. Erkannte er auch gleich die vertraute Gegend, so ward ihm doch sehr bitter zu Sinne, nun er sich an das gewesene Leid erinnerte, und er lachte hart auf, als er sich darauf besann, er habe damals »der schöne Fischer« geheißen. Jetzt hieß er Yussuf, das Einbein. Aus war alles, alles aus.
Aber Durst hatte er, schrecklichen Durst von dem vielen Salzwasser, das er hatte schlucken müssen. Er erhob sich mühsam, denn alle Glieder schmerzten ihn, und er wunderte sich, daß er im Kampf mit den Wellen den Stelzfuß nicht verloren hatte. Wie er sich umblickte, fiel es ihm ein, daß sich nicht weit von hier eine Quelle befinden müsse, an der er seinen Durst löschen könnte; so machte er sich dahin auf. Er fand sie auch, die Quelle, umgeben von Grün, frisch murmelnd, und hastig beugte

er sich nieder, um aus ihr zu trinken. Da aber erstarrte seine schöpfende Hand, denn er blickte nicht in bewegtes Wasser, sondern in einen feststehenden Spiegel, und aus diesem sah ihm nicht sein eigenes bärtiges Antlitz entgegen, sondern das wunderschöne eigenwillige Gesicht des Mädchens, das er so heiß und sehnsuchtsvoll geliebt hatte. Er blieb und schaute, schaute reglos und gebannt in das hold lächelnde Frauengesicht und vergaß seinen Durst, vergaß alles, was gewesen war, über diesem versunkenen Schauen, ward wieder zum liebestollen Jüngling von einst. Seine Hand, die das Wasser hatte schöpfen wollen, näherte sich dem lieblichen Spiegelbilde, und als er es berührte, ließ es sich herausnehmen aus dem Quell, ward zu einem sanft gerundeten harten, festen Spiegel und ruhte in seiner Handfläche, als sei es dafür geschaffen worden.

Yussuf, das Einbein, nahm den Spiegel, ihn weich und fest umschließend, und begann flußaufwärts zu wandern. Des Weges achtete er nicht; sein Blick haftete an dem Spiegelbild in seiner Handfläche, und er spürte nicht den Schmerz an seinem Beinstumpf beim Steigen, wanderte, wanderte, ganz versunken im Anschaun. Endlich dann riß ihn der stete Durst aus seinem Sinnen, und wieder hörte er das Rieseln einer Quelle, eilte zu ihr, sich endlich Genüge zu trinken. Doch ach, auch hier erstarrte das Wasser, und ein neuer Spiegel blickte ihm entgegen. Lächelnd blickte ihn das holde Mädchenbild wieder an, wenn auch ein weniges gealtert dem ersten Bild gegenüber. Da hatte er nun in beiden Händen einen Spiegel, und er schaute ratlos von einem zum andern, sann, überlegte, beugte sich endlich nieder und berührte, zitternd vor Scheu und Liebe, das erste Bild mit bebenden Lippen. Im gleichen Augenblicke löste sich der Spiegel, ward rinnendes Wasser, und Yussuf vermochte seinen Durst zu löschen an diesem Wasser, das seines ersehnten Mädchens süßer Mund war.

Ein Lachen quoll in ihm auf, und er fühlte sich wie verjüngt von diesem Wundertrunke, eilte hinauf, den Flußlauf entlang, von dem er wußte, er führte ihn zu seinem Heimatdorf, und spürte nichts mehr von Müdigkeit.

Als er die nächste Quelle rieseln hörte, war es schon Nacht geworden, und er sprang herzu, gespannt, ob das Wunder sich auch hier wiederhole. Wirklich, so war es! Zwischen Sternen, die sich als Kranz um das Mädchenbild legten, lächelte sie ihm zu, ernster geworden, reifer, aber noch schön, schön wie immer! Und er trank von dem Spiegelbild in seiner Linken sich Genüge seines jahrelangen Durstes, nahm das neue Bild mit sich und wanderte durch die Nacht weiter zum Dorfe, keine Müdigkeit spürend, kein Ermatten. So langte er um die Mittagsstunde in seinem Heimatort an, zu der Zeit, in welcher die verderbliche Macht der Sonne es allen verbietet, sich im Freien aufzuhalten, wenn alle Häuser verschlossen sind, alle Fenster verhüllt, brütendes Schweigen über allem liegt. Allein war Yussuf, das Einbein, in dieser Mittagsstille, und er begab sich hin zu jener Stelle am Flußufer, von der ihn einstmals seine Barke hinabgetrieben hatte bis zum Meer, so wieder den Zusammenhang suchend mit seiner Jugend und dem Anbeginn seines Lebens.

Doch da verhielt er den Schritt, denn an eben jener Stelle saß ein Weib. Sie war tief in ihre Schleier gehüllt, und sie saß regungslos, blickte scheinbar über das Wasser hinaus, so als erwarte sie jemanden, ja, sie schien ein Bild des Wartens selbst zu sein.

Obgleich es sich, wie ein jeder weiß, für einen Mann nicht ziemt, Neugier zu zeigen oder ein Weib zu betrachten, lag etwas in der Haltung dieses Weibes, das Yussuf packte und nicht losließ. Er schlich, so leise er es mit dem Stelzfuß vermochte, herbei und ließ sich unmittelbar hinter der Sitzenden im weichen Ufersande nieder. Da vernahm er, als er sich vorbeugte, wie sie leise vor sich hin sprach, und was sie sagte, klang nur gedämpft unter ihrem Schleier hervor an sein Ohr. Dann schien sein Herzschlag auszusetzen, als er ihre Worte verstand, denn es waren diese: »Wo weilst du, den ich einstmals verschmähte in meiner Verblendung, du Schöner, du Getreuer, du Einziger, o Fischer meiner Seele du? Wohin trieb dich meines Herzens Härte, die Blindheit meiner Augen, die Taubheit meiner Ohren, o Fischer meiner Seele, du Schöner? Wann kehrst du mir zurück, daß ich es dir sagen kann, wie ein Weib dein ward, das einstmals dich nicht sah, noch von dir wußte, wann, o wann?«

Sie schwieg, und nun begann Yussuf zu sprechen, denn er zweifelte nicht mehr, wer das sei, die also geheim zu ihm redete. »Schon kehrte er heim, nach dem du fragst, Schönste du. Schon ist er hier. Schon wartet er, daß er sich dir zu Füßen legen kann, gleich einem Teppich für dein Schreiten. Blicke dich um, Schönste, und dein Fragen ist nicht mehr.«

Langsam, ganz langsam wandte sie sich um. Langsam, ganz langsam schlug sie ihren Schleier zurück. Sie starrten sich für eines Herzschlags Dauer an, und was sie zuerst sahen, war dieses: er sah ein verblühtes, müdes Weib, dessen Blick erloschen war, dessen Lippen verblichen; sie sah einen harten bärtigen Mann, dessen Haut wie Leder war, dessen Auge hell wie ein Blitz; und sie kannten sich nicht.

Dann aber, nach einem Atemholen, hob Yussuf die Hand, darin sich von der letzten Quelle her das Spiegelbild der Geliebten befand, und richtete den Blick darauf, leuchtend, fragend — hob mehr noch die Hand und näherte sie dem Antlitz des Weibes, legte sanft das Spiegelbild an ihre Wange. Im gleichen Augenblick löste es sich auf, rann in tropfender Feuchte an ihrer Haut entlang, ward Wasser, wie es gewesen war. Doch, wo es sie berührt hatte, hinterließ es Jugend und Schönheit, hinterließ es den Spiegel ihres Seins von einst, und Yussuf schaute hingerissen in des ersehnten Mädchens wunderbares Jugendantlitz.

Sie aber, durch den Tropfenfall des Quells vor ihren Augen geblendet, sah den schönen Fischer, den sie so lange ersehnt hatte, sah ihn, wie sie ihn einst gesehen, wie sie ihn seitdem im Herzen erschaute.

Als sie sich so anblickten, Jugend und Schönheit wiederfindend eines im anderen, da sprang aus dem breiten Flußbett etwas blitzend und schimmernd auf, sprang hoch und verschwand gleich wieder, so als sei ein Strahl der Sonne rötlich golden hochgesprungen. Es war ein fliegender Fisch.

Das Kristallserail

Sie war die Peri der Rosen, er das Schwert des Islam. Über ihrer Liebe war das Kristallserail entstanden, sie schützend vor dem hellen Auge des Tages, vor dem stillen Blick der Nacht. Wenn seine Schwerthand gebraucht wurde, so schwebte der Schatten eines riesigen Vogels über das Kristall dahin, und er zog, gehorsam dem Befehl, davon. Ihre Sehnsuchtshände strichen am Kristall entlang und machten es rosig leuchten, so daß es ihm schon von weit her Weg und Ziel wies.

Einmal aber geschah es, daß er ein schmählich geraubtes Weib zu befreien hatte, und von Mitleid mit ihrer Verlassenheit bewegt, strich er ihr liebkosend und beruhigend über das Haar.

Als er nach vollbrachter Aufgabe zurückkehrte, glaubte er seinen Augen nicht zu trauen, das Kristallserail matt und grau liegen zu sehen, so daß er kaum hinfand. Das Tor stand offen, und kein Leben zeigte sich. Durch weite verlassene Räume schritt er, gelangte dann zum größten Saale, der die Mitte des Serails einnahm. Da sah er auf dem Marmorboden eine Rose liegen, eine halb verwelkte müde, matte Blume. Er bückte sich, hob sie zart und behutsam hoch und spürte sogleich ihren Duft, der jenem glich, den die Haut der geliebten Peri ausströmte. Da wußte er, was dieses alles bedeutete, drückte die Rose an die Lippen, flüsterte: »Oh

Geliebte, nur mitleidsvoll das Haar berührt ... ach lebe du wieder, lebe!«
Er riß seinen kleinen Dolch aus der Scheide und stach sich tief, tief in die Seite. In die Wunde legte er die Rose, hielt sie dort fest, hauchte: »Blühe, blühe!« Und als ihm die Sinne vergingen, war ihm, er werde hinabgezogen mit großer Kraft, so wie sein Blut auch hinabströmte — wohin? Es war aber so, daß die Marmorplatten des Fußbodens zur Seite wichen, und in die sichtbar werdende Erde drangen des Jünglings Füße tief ein, wurden zu Wurzeln, betaut vom Blut seines Herzens. Ein schöner, starker, junger Rosenstrauch wurde er, und in Wolken löste sich das Kristallserail auf. Am Rosenstrauch aber wuchs in strahlender Lieblichkeit eine einzige, eine unvergängliche Rose und duftete, duftete mit aller Süße der Liebe in die Nacht hinaus. Die Nachtigallen flogen von überall herbei, nisteten im Rosenstrauch, umsangen die Rose.
Und der Dichter der Rosen, der Nachtigallen, der Liebe und des Weines, Hafis, der reich ist am Wissen des Schönen, er machte den Rosenstrauch mit der immer blühenden Rose zu dem seinen. Unter ihm, so sagte Hafis, wolle er dereinst ruhen und so werde er niemals verstummen. Ist er es denn? Keinen, der liebt, ob Mann, ob Weib, gibt es auch heute, der nicht zum Rosenstrauch des Hafis zöge und den Nachtigallen lauschte um der Liebe willen. Und Hafis' Worte klingen heute wie immer dort:
»Wenn du vorbeischreitest an meinem Grabe, Geliebte, so wird mein Staub aufstehen, dir die Füße zu küssen, die flügelgleichen, und du wirst meine Liebe singen hören, singen ...«
Und so singen die Nachtigallen des Hafis den Liebenden aller Zeiten, und die sie hören, sehen den Kristallpalast der Sehnsucht rosig leuchten ... so Weg wie Ziel.

Der Gemahl der Nacht

Da war ein Mädchen von großer Schönheit, Tochter eines armen Mannes. Ein kleines Häuschen hatten sie, und ihre Armut war so groß, daß der Vater nicht einmal Geld genug hatte, um die Holzgitter, die Mouscharabieh, an den Fenstern des Raumes, den seine Tochter bewohnte, auszubessern. So waren die Öffnungen größer, als sonst solche Gitter sie besitzen, und durch eine dieser Öffnungen konnte ein gegenüber wohnender reicher Bey das Mädchen erspähen. Er verliebte sich sogleich heftig in ihre strahlende Schönheit und verlor keine Zeit, seine Mutter zu beauftragen, das Mädchen von ihren Eltern ihm zum Weibe zu fordern. »Gehe hinüber, Mutter«, sagte er, »bringe diese Ohrgehänge als Brautgeschenk und mache es so aus, daß die Hochzeit bald stattfinde.« Die Mutter war entsetzt über die Wahl des Sohnes und sagte mahnend: »Mein Sohn, du solltest so etwas nicht tun! Die Reichen sollen zusammenbleiben und die Armen auch. Da ist die Tochter des reichen Fehim Bey, die, mein Sohn, wäre das Weib für dich.« Der Bey wurde sehr ungehalten und sagte in strengem Tone: »Tue, was ich dir sage, Mutter, und halte dich und mich nicht mit solch nutzlosen Reden auf.«

Was sollte die Mutter tun? Hat sie doch die Pflicht, dem Sohne zu gehorchen, wenn ihr Ehemann verstarb. So ging die reiche Frau über die Straße und erbat von der

Ehefrau des Armen die Tochter zur Frau ihres Sohnes, gab auch das Brautgeschenk, wie ihr aufgetragen, ab. Welche Freude im Hause des armen Mannes! Wie eifrig lief die Mutter die schmale Stiege hinauf in ihrer Tochter Zimmer, begann aufgeregt zu reden vom reichen Bey, von der herrlichen Zukunft, die der Tochter winke, und ließ die blitzenden Edelsteine der Ohrgehänge vor des Mädchens Augen hin und her tanzen. »Für mich sind sie? Diese wunderbaren Ohrgehänge sind für mich? Oh Mutter, gib sie mir, gib sie mir schnell!«

Nichts hatte sie gehört vom Bey, von der Heirat, von der Zukunft ... nichts, gar nichts! Sie nahm nur das Blitzen der Edelsteine wahr und das unglaubliche Wunder, daß sie ihr gehören sollten. »Sind die Löcher in meinen Ohren noch offen, Mutter? Hilf mir doch diese Herrlichkeit anlegen ... es tut nichts, wenn es auch zuerst schmerzt. O Mutter, sieh nur, sie reichen mir fast bis zur Schulter ... ach, wie bin ich so glücklich! Ist mir doch, als habest du ein Stück ganz blankes Kupfer, Mutter, darin könnte ich mich vielleicht sehen ... willst du es mir bringen? Oder nein, warte, ich komme mit dir es suchen!« Und eilig trippelte sie die steile Stiege hinunter, fand jenes Stück Kupfer und tat von nun nichts anderes mehr, als sich zu spiegeln, die Ohrgehänge blitzen zu lassen, sich von rechts nach links und wieder anders herum zu drehen und von Morgen bis Abend mit den Ohrgehängen zu spielen.

Keiner ihrer Gedanken ging zum Geber der blitzenden Dinger hin, und niemals sagte sie sich, daß ein Mann nur schenke, wenn er für die Gabe etwas zu erhalten hoffe. Zeit verging, und die Mutter des Bey hatte noch nicht den Tag für die Hochzeit festgesetzt, wohl aber schaffte sie täglich an dem, was ihr am Herzen lag; sie war eine kluge und viel erfahrene Frau, die wußte, daß von einem

Manne fast alles zu erreichen ist, wenn man ihm eine einzige Forderung immer und immer unermüdlich wiederholt. So sagte sie nicht einmal am Tage, nein, so oft sie ihres Sohnes ansichtig wurde: »Mein Sohn, du tust nicht gut, das arme Mädchen von gegenüber zu ehelichen. Die Reichen sollen zusammenbleiben und die Armen auch. Da ist die Tochter des reichen Fehim Bey. Die, mein Sohn, wäre das Weib für dich.«
Und es kam ein Tag, da vermochte der Bey die wortgleiche Wiederholung im stets gleichen Ton nicht mehr zu ertragen. Er hielt sich die Ohren zu und schrie verzweifelt: »Mutter, hast du mich dafür geboren, mich in den Irrsinn zu treiben?! So lasse es denn sein, wie du es erdacht hast . . . hole mir diese Fehim-Tochter oder irgendeine andere, nur, um der Barmherzigkeit Allahs willen, sage nicht immer die gleichen Worte . . . ich beschwöre dich!« Glücklich und zufrieden stimmte die Mutter zu und wollte eben den Raum verlassen, als der Sohn sie zurückrief und wie nebensächlich sagte: »Wenn du drüben die Heirat absagst, Mutter, so vergiß nicht, die Ohrgehänge zurückzuholen.« War er doch reich und somit geiziger und kleinlicher Gesinnung.
So kam es, daß dem schönen Mädchen die Ohrgehänge fortgenommen wurden. Welch ein Schmerz war das! Nicht ein Gedanke ging auch jetzt zu dem Bey, zum Verlust der glänzenden Zukunft . . . nein, nur um die Ohrgehänge, um dieses schöne blitzende Spielzeug, darum weinte das Mädchen. Als der Vater um Sonnenuntergang vom Bazar heimkam, hörte er schon beim Eintritt das Schluchzen des Mädchens, und er fragte voll Sorge und Bangen, was dem Kinde sei? Er liebte seine Tochter über alles und ertrug es nicht, daß ihr irgend etwas Kummer bereite. Seine Frau berichtete ihm betrübt und eilig, was geschehen war, und wie die Tochter nicht an

den Bey dachte, so geschah es dem Vater auch ... ihm war nur darum zu tun, sein Kind zu trösten. So kam er in ihre Kammer, nahm sie in den Arm und sagte irgend etwas, das sie trösten könnte.

»Weine nicht, mein geliebtes Kind, weine nicht, denn du wirst dein schönes Spielzeug nur eine Nacht lang entbehren. Wenn ich in der Frühe wieder in die Werkstatt im Bazar gehe, treffe ich einen Mann und der gibt mir für dich viel, viel schönere Ohrgehänge, als diese waren, die ein Elender dir nicht gönnte. So sei nun zufrieden, schlafe ein und träume von den herrlichen Dingen, die dich mit dem morgigen Tage erwarten.« Das Mädchen schmiegte sich an den Vater, lächelte getröstet, glaubte ihm jedes Wort und schlief ermüdet vom Weinen allsogleich ein. Seiner Frau, die ihn befragte, wie er denn das Kind so schnell habe beruhigen können, sagte der Mann: »Ich weiß es selbst nicht, was ich ihr erzählt habe, aber sie glaubt mir, daß sie morgen schönere Schmuckstücke erhält als die, die sie besaß.« Die Frau machte ihm einige leichte Vorwürfe, daß es Unrecht sei, das Kind so zu belügen, er aber zuckte nur die Schultern und murmelte: »Allah bilir«. Und mit diesem »Gott weiß es« gab er es auf, noch weiter über seine eigenen Worte nachzudenken. Wie oft aber geschieht doch dergleichen! Wie oft sagt ein Mensch Dinge, die aus ihm gesprochen werden von einer Macht, die er nicht kennt und die seine Zunge, seinen Atem benutzt, um das mitzuteilen, was sie bekanntgeben will! Weiß das nicht auch der, der Märchen erzählt und sich geheim verwundert über das, was seine Lippen sprechen? Maschallah ... wir sind von Wundern umgeben und wissen es nicht!

Am nächsten Morgen also begab sich der Mann wie stets zum Bazar. Er hatte in der großen Umfassungsmauer nahe dem Nordeingang eine kleine Werkstatt und Verkauf-

stelle der Kupferarbeit, die er herstellte. Alle geringsten Verkäufer und Handwerker des Bazars hatten ihre Werkstätten dort im Norden, wohin auch die armen Käufer kamen. Diese Nordmauer war deshalb besonders dick, weil die heftigen Stürme von dieser Seite her wehten, und in die Mauerdicke waren die Werkstätten so eingebaut, daß sie wie eine kleine Höhle im Gestein schienen; sie hatten keine Fenster, nur eine schwere Holztür, die mittels eines großen Schlosses verschließbar war, und allein durch diese Tür drang das matte Tageslicht in das Gewölbe. Der Mann nun, dieser Kupfer-Schlager, kam daher, ein wenig bekümmert, weil er am Abend sein Kind würde enttäuschen müssen, und schloß gedankenvoll und umständlich die schwere Tür aus Cedernholz mit seinem großen Schlüssel auf. Doch als er nun wie immer in seine Werkstatt eintreten wollte, kam ihm aus dem dämmerigen Gewölbe ein Mann entgegen, ein hochgewachsener Derwisch in der dunklen Gewandung seines frommen Ordens. Er schritt auf den Handwerker zu, der immer weiter zurückwich, und hielt ihm in jeder seiner Hände etwas Blitzendes entgegen. »Nimm dieses«, sagte er, »und bringe es deiner Tochter . . .« Aber der Handwerker rührte sich nicht, stammelte nur erschreckt: »Herr . . . Herr . . . wie konntest du in meiner Werkstatt sein? Wie war das möglich, Herr? Am Abend warst du nicht darin, und heute war alles fest verschlossen . . . wie konnte es geschehen, Herr?« Der Derwisch sagte ruhig und befehlend: »Rede nicht so viel, frage nicht so viel, nimm dieses . . . es sind die Ohrgehänge für deine Tochter. Nimm sie . . . so nimm sie!«
Erschreckt von dem Befehlston der ruhigen Stimme, griff der Mann zu, hielt die blitzenden Dinge, als seien sie zehrendes Feuer, wollte noch weiterfragen, schwieg aber, als er die Worte vernahm: »Gib die Ohrgehänge dei-

ner Tochter, wie du ihr versprachst, und sage ihr, heute nach dem Azan komme ich und werde ihr Gemahl.«
Als der Derwisch das gesagt hatte, war urplötzlich von ihm nichts mehr zu sehen. Dort, wo er gestanden hatte, war leere Luft. Der Handwerker, bis ins Tiefste seiner Seele erschreckt und entsetzt, verwahrte die Ohrgehänge achtlos in seinem Gürtel, schloß eiligst die Werkstatt wieder zu und lief in nahezu unziemlicher Eile zurück zu seinem Weibe. Die Frau starrte ihn erschreckt an, als er so unerwartet vor ihr stand, geschah es doch sonst niemals, daß der fleißige Mann vor dem späten Abend heimkam. »Aman, bhodjam, was ist geschehen? Erkranktest du, da du so bleich und angstvoll erscheinst?« Statt der Antwort nahm der Mann die Juwelen aus seinem Gurt, legte sie vor die Frau hin und sagte scheu: »Ich bekam sie von einem Derwisch, aber ich bin gewiß, er war ein Djin, denn er drang durch verschlossene Tore in meine Werkstatt ein. Dieses, sagte er, sei für unsere Tochter und er komme nach dem Azan, ihr Gemahl zu werden. Frau, sage mir, was sollen wir nur tun?«
Die Frau hielt, während er so sprach, die Juwelen in der Hand und drehte die Ohrgehänge hin und her. Nach Art der Frauen, die das Faßbare sehen und nicht, was vielleicht dahinter sich verbirgt, sagte sie mit Verachtung in der Stimme: »Mein Eheherr, du sprichst Torheit. Deiner Tochter, so erfuhr ich von ihr, versprachst du heute schönere Ohrgehänge zu bringen, als die von dem elenden Bey waren. Nun hast du sie, denn sie sind in Wahrheit wunderbar schön, und nun redest du von Djinnen und solcher Torheit! Nur ein Mann kann so töricht sein. Ich gehe jetzt und bringe dieses schöne Spielzeug unserer Tochter, und was sich nach dem Abendgebetruf begibt, das werden wir zur Zeit des Abends erleben. Du aber, so rate ich dir, gehe zurück zum Bazar und fertige jene

Kupferschale, die morgen geholt wird. Allah ismagladih.«
Und mit diesem Gottbefohlen begab sie sich hinauf zu ihrer Tochter und sagte in ruhigster Selbstverständlichkeit: »Mein Kind, wie dir dein Vater versprach, hat er dir Ohrgehänge gebracht, die weitaus schöner sind als die verlorenen ... sieh her und freue dich!« Die Frau erlabte sich an der Tochter Freudenausbrüchen und sagte ihr nichts davon, daß — o Torheit! — sich ihr ein Gemahl nach dem Azan nahen würde. Wozu dergleichen wiederholen? Es war des Atems nicht wert, den das Aussprechen der Worte verlangte!

So saß das schöne Mädchen den ganzen Tag lang dort und spielte mit den herrlichen Ohrgehängen, die ihr dieses Mal wirklich bis auf die Schultern reichten. Immer wieder putzte sie das spiegelnde Kupferstück blank und betrachtete sich und den glänzenden Schmuck. Sie wußte auch nicht, daß ihr Vater nochmals zu ungewohnter Stunde aus dem Bazar heimgekehrt war und daß dieses Mal auch die Mutter tief beunruhigt seinem Bericht lauschte. Der Mann hatte einen Beutel voll von Metallstücken mitgebracht, breitete sie vor der Frau aus und sagte leise: »Du hast mich vorhin verlacht, Weib, als ich dir von Djinnen sprach. Was sagst du jetzt? Sieh her ... alles dieses war Kupfer, und nun ist es Gold. Es sind meine Stücke, die für meine Arbeit bestimmt waren, und um sie mir unbrauchbar zu machen, befand sich jener Derwisch in meiner Werkstatt. Denn was soll ich damit tun? Ich bin kein Goldschmied. Was soll ich damit tun?«

Die Frau schwieg eine Weile, und wie sie es vorhin mit den Ohrgehängen getan hatte, so drehte sie jetzt die feinen Goldplatten hin und her. Dann sagte sie endlich: »Verkaufen. Können wir es nicht wahrhaft gut brauchen? Da ist das Dach, da sind die Mouscharabieh, da ist so vieles schadhaft. Verkaufen, Mann!« Der Handwerker schüttelte bekümmert den Kopf, sagte bedrückt: »Das geht nicht, Weib. Ich würde des Diebstahls geziehen werden, denn niemals kann ich sagen, woher mir dieses Gold kam. Nein, wir sind verloren, denn ich habe nun auch kein Kupfer mehr, um die Schale zu fertigen ... es ist aus, ganz aus!« Und der Mann, zum ersten Male in seinem Leben der Arbeit und der Armut ganz entmutigt, barg den Kopf in den Armen und wiegte sich klagend hin und her. Die Frau rückte am Boden nahe zu ihm hin und gab ihm Trost und die Kraft, die allein Frauen dem zu geben vermögen, mit dem sie den grauen Alltag und den strahlenden Festtag teilen. So saßen diese zwei und erwarteten voll Bangen um ihr Kind den Ruf des Abendgebets. Sie vergaßen Essen und Trinken über dieses Warten, wie ihr Kind es tat um der blitzenden Steine willen, und schraken zusammen, als die Stimme des Imams ertönte, die Gläubigen zum Gebet rufend, die Güte und Barmherzigkeit des einzigen Gottes preisend, dessen Prophet Mohamed ist.

Kaum waren die letzten schwingenden Worte des Azan verklungen, als die hohe Gestalt des Derwischs in der niederen Tür stand. Sie hatten ihn nicht kommen hören ... da stand er. Er sagte ruhig und ernst: »Salaam aleik.« Und ohne zu bedenken, antwortete der Kupferschmied: »Aleikum salaam«. Aber die Frau, dieses Grußes, der besagte: »Friede mit dir«, »Und mit dir Frieden«, nicht eingedenk, da der Mann dort stand, der einen geschädigt hatte, der ihres Lebens Freund und Gefährte war, sagte heftig, sich vor ihn stellend: »Du hast uns arm gemacht, wer du auch seist und woher auch deine Macht stamme. Du hast uns arm gemacht und kommst und wünscht hier Frieden? Wie deucht dich das? Ist es gerecht?« Der Derwisch schlug den dunklen Schleier zurück, der von seiner hohen Filzkappe herabhing, und die Frau sah in zwei un-

ergründlich tiefe wunderbar friedvolle Augen. Der Derwisch fragte erstaunt: »Ich habe euch arm gemacht? Ließ ich nicht als Spur meines Eindringens in das Gewölbe im Bazar Gold zurück, reines Gold? Wie denn arm gemacht?« Langsam kam jetzt der Mann näher, verneigte sich tief vor der hohen Gestalt und sagte leise: »Du magst es nicht verstehen, Herr, und die Wandlung ist dir wohl als ein Geschenk erschienen... aber es ist dieses: Kupfer ist meine Arbeit, nur Kupfer. Ich bin kein Goldschmied, und ich kann dein Gold nicht verkaufen. Sieh, Herr, ich habe einiges davon hier, ich bitte dich, nimm es zurück. Wir sind arm, wenn wir nur Gold und kein Kupfer haben! Herr, du nahmst mir meine Arbeit . . . verstehst du jetzt, Herr?«
Der Derwisch stand und sah den Mann an, blickte auf die Frau, die in der Erregung vergaß sich zu verschleiern, schaute, als sähe er etwas Wunderbares. Leise und voller Ehrfurcht sagte er: »Ich danke dir, mein Freund. Du gabst mir mehr als alle Kostbarkeiten der Welt, da du mich lehrtest, daß Gold arm machen kann. Sorge dich nicht. Wenn du morgen zur Arbeit gehst, wird alles wieder Kupfer sein. Vergib mir auch, ich bitte dich, denn ich wußte nicht, daß ich es mit Menschen zu tun habe, die mehr sind als alle, die mir noch begegneten. Und habt keinen Gram und Kummer mehr, was auch geschehe, denn alle Sorgen sind für euch Vergangenheit. Jetzt aber gehe ich zu Eurer Tochter. Laßt nur, ich kenne den Weg . . . Allah ismagladih.« Und ging die schmale Treppe hinauf. Sie standen regungslos, unfähig sich zu rühren und lauschten. Dann erklang ein leichter Aufschrei, und danach Stille, tiefe vollkommene Stille. Die Frau wandte sich zu ihrem Mann, sagte leise: »Ein Djin? Dieser ein Djin? O du armer Tor! Gesegnet ist unser Haus.«

Droben aber das Mädchen war aufgesprungen und hatte voll Schreck gerufen, als die hohe Gestalt urplötzlich in ihrem kleinen Gemach stand. Der Derwisch hob die Hand, lächelte sehr ernst ein wenig, und ihr Schreck war gestillt. Dann sprach er. Er sprach Worte, die ihr Welt und Leben wandelten, die sie alles vergessen ließen, was vorher gewesen war. Er sagte: »Du Traum auf meiner Stirne, du Kleinod in meinem Herzen, du Durst auf meinen Lippen, komm, daß ich dich beschütze!«
Die tiefe ruhige Stimme verbannte alle Angst; die wundervollen Worte ließen das Herz erbeben; die ausgebreiteten Arme, davon die weiten dunklen Ärmel wie Flügel herabhingen, waren Zuflucht. Mit einem kleinen Laut, wie ihn ein junger Vogel flatternd ausstößt, eilte das schöne Mädchen in diese ausgebreiteten Arme. Die dunklen Derwisch-Ärmel schlossen sich um sie. Die Welt versank, das Leben hielt den Atem an, und glückselig wurde das Mädchen des Mannes Weib.
Von da an war ihr alles gewandelt. Den Tag gab es nicht mehr, galt er doch nur dem traumgleichen sehnsuchtsvollen Erwarten des Abends. Glitzernden Schmuck gab es nicht mehr, nichts als nur das Lauschen auf den Ruf zum Abend-Azan. Klangen dann die letzten Worte, tönte das langgezogene »Allah... huh... Allah... hih...«, dann erwachte das Mädchen zum Leben, und dann stand der Derwisch wieder dort, obgleich ihn niemand kommen hörte. Die dunklen Derwisch-Ärmel, diese weichen Flügel des Entschwebens zum Glück, breiteten sich aus, und die tiefe Stimme sprach die wundergleichen Worte. Wenn aber der Morgen-Azan gerufen wurde, war der Mann fort, wie ein Traum, wie ein Schatten. Und halbes Vergessen senkte sich auf des Mädchens Lider.
All dieses aber war Kismet, war unentrinnbar, so schien es den Eltern. Was war zu tun gegen ein solches Ge-

schehen? Man ergab sich in das Unvermeidliche und wartete in Geduld, was weiter geschehen würde, zumal auch für den Kupferschmied das Gewerbe blühte und die Aufträge sich häuften. Kein lästiges Gold verirrte sich mehr in seine Werkstatt, und es ging ihm so gut wie noch nie, konnte er sich doch auch immer wieder davon überzeugen, daß sein Kind blühte unter der Flut des Glücks gleich einer Blume unter der Fülle des Lichtes und dem Tau. So war im Hause des Armen alles friedevoll und gut ... nicht so in dem des Reichen, denn der Bey verging nahezu vor Eifersucht. Seine Mutter hatte Vorsorge getragen, daß er rechtzeitig davon erfuhr, wie allabendlich ein Derwisch das Haus des Handwerkers beträte, um es erst im Morgengrauen zu verlassen, denn sie konnte ihre Freude kaum verbergen an dieser Entwicklung. Doch war sie nicht auf den Ausbruch wilder Leidenschaft gefaßt, der ihr wie ein Schimum entgegenbrauste. Der Bey schrie wutverzerrt: »Solche Schande soll unserem Viertel widerfahren und wir uns nicht dagegen wehren? Ach diese Elende! So schön zu sein und so verdorben bis ins Herz! Doch warte, du sollst es noch bereuen, du Verlorene, ich werde dich beim Kadi verklagen, und wir werden sehen, was dir geschieht ... Elende, Ehrvergessene, Verworfene!« und schluchzte die letzten Worte hervor, den Kopf in den Armen verbergend, sich wiegend vor Schmerz und Wut. Erschreckt sah und hörte ihm die Mutter zu, ging dann leise fort, denn es war unziemlich mit anzusehen und zu hören, wie ein Mann die gebotene Fassung verlor.

Wenige Tage danach sagte das Mädchen halblaut und beschämt zu dem Derwisch: »Herr, mein Vater ließ mich wissen, daß eine Klage gegen mich läuft beim Kadi und daß ich gezwungen sein werde, morgen vor ihm zu erscheinen. Die Anschuldigungen wollte der Vater mir nicht nennen, sagte aber, sie seien schmachvoll. Bin ich nun der Schande preisgegeben, Herr?« Der Derwisch lachte leise, sagte heiter: »Du preisgegeben? Weißt du nicht, daß du beschützt bist? Warte ein wenig, laß mich nachdenken.« Sie schwieg und sah vertrauend zu ihm auf. Was auch konnte ihr geschehen, wenn er sie beschützte?

Der Derwisch nahm aus seinem Gürtel das Schreibgerät, das schmal wie eines Schwertes Scheide darin steckte; ein jeder weiß, wie solch Schreibgerät beschaffen ist, gefertigt je nach des Besitzers Stand und Mitteln aus Messing, Silber oder Gold, flach und breit, darin das Schreibrohr und das Pergament sich befinden, zusammen mit dem scharfen Messer, das Papier zu schneiden; gleich einer Krönung an einem Ende dann das Behältnis für den Tintensaft, eingesogen von Seidenfäden. Der Derwisch schnitt einen kleinen Streifen des Papiers ab, schrieb einige Worte darauf, es haltend mit der Linken, faltete das winzige Stück zu einem Streifen zusammen, reichte ihn dem Mädchen, sagte: »Wenn du morgen zum Kadi gebracht wirst, so reiche dieses aus dem Vorhang der Sänfte heraus dem Diener am Eingang, und nichts wird dir geschehen.«

Das Mädchen sah ihn erstaunt an, fragte: »Herr, wovon sprichst du? Eine Sänfte und der Vorhang an ihrem Fenster? Wie käme denn ich dazu, o Herr?« Der Derwisch lachte wieder sein leises, sein unwiderstehlich frohes Lachen, nahm die vor ihm stehende zierliche Lieblichkeit in die Arme, wiegte sie wie ein Kind hin und her. »Ich vergaß, vergib mir, du Schönste der Schönen, dir zu sagen, daß dich eine Sänfte abholen wird und dich zum Kadi tragen . . . bist du zufrieden? Auch eine Dienerin wird dich geleiten, du Kleinod!« Sie sah ihn beunruhigt an, fragte zweifelnd: »Wie kann das denn sein, o Herr? Du, ein Derwisch, besitzlos und arm wie wir, du willst eine Sänfte senden mit einer Dienerin? Oh, mir fällt ein, auch jene Ohrgehänge waren von dir. Wie kann das alles sein, Herr?« Deutliche Angst klang in der jungen Stimme, aber der Derwisch konnte nur wieder lachen und leise mahnen: »Niemals fragen, mein Kleinod, nur glauben, nie fragen! Vermagst du es dennoch nicht, wie ich hoffte, so sage es mir ... kannst du nicht glauben?« Sie sah eine ganze Weile lang schweigend zu ihm auf, der sie vielfach überragte, blickte tief in seine dunklen Augen, bis ein Leuchten auf ihrem schönen Gesicht entstand und sie hauchleise sagte: »Ich kann es, Herr! Ich werde niemals mehr fragen, dir in allem glauben und tun, was du befiehlst.« Der Mann beugte sich herab, küßte sie auf die Stirn und sagte kaum vernehmbar: »Allah Kerim ... und wie er barmherzig ist, so bist du wahr und rein, gleich deinem Vater, der das Gold mißachtet. Wer bin ich, der diese Gnade verdiente? Allahu Akbar!«

Am nächsten Morgen erschien dann, wie angekündigt, eine Dienerin, die wortlos das Mädchen in einen Mantel und langen Schleier hüllte, ebenso wortlos es hinunter geleitete, wo eine Sänfte stand; die beiden Träger sahen ehrfurchtsvoll zur Seite, wie es sich gebührt, wenn Frauen kommen, und dann setzte sich die Sänfte in Bewegung. Kurz danach stand sie still, und das Mädchen hob, wie ihr anbefohlen worden war, ein weniges den Vorhang an der Seite ihres Fensters, sah den Türhüter herbeikommen, sich der Tür der Sänfte nähern, um sie zu öffnen, wobei er grob und laut rief: »Komm heraus, du Elende, die sich erkühnt, in einer Sänfte zu erscheinen ... Schamlose, komm!« Doch die Träger standen vor der Tür, wiesen schweigend zum Fenster hin, unter dessen Vorhang eine Hand einen fein zusammengefalteten Zettel heraushielt.

Der Türhüter rief in seiner groben Art wiederum einige Schimpfworte, doch einer der Träger flüsterte ihm etwas ins Ohr, worauf der Gröbling verstummte, mit scheuen Fingern den Zettel in Empfang nahm und sich eilends entfernte. Die Träger, die Dienerin, das Mädchen, sie alle warteten schweigend; es dauerte nicht lange, da kam ein kleiner fetter Mann dahergewatschelt, verneigte sich tief vor der geschlossenen Sänfte, murmelte kaum vernehmbar: »Wer du auch seist, o Herrin, niemals gab es gegen dich eine Anklage, niemals! Lege auch für deinen armen Diener ein Wort ein, und ziehe deines Weges in Frieden, o Herrin.« Der kleine Mann trat zurück, die Dienerin sprach zum ersten Male und flüsterte: »Es war der Kadi, o Herrin.«

Die Sänfte wurde gehoben und brachte das schöne Mädchen, das zum ersten Male in ihrem jungen Leben »Herrin« genannt worden war, zurück in das ärmliche Holzhäuschen der Eltern. Aber sie hatte geschworen zu glauben und so fragte sie nichts, als der Derwisch wieder bei ihr war, berichtete auch nichts. Es schien, als betrachte er sie einige Male forschend, doch wurde sein Ausdruck immer befreiter und freudiger, je länger ihr Schweigen anhielt. Unmittelbar bevor er sie verließ aber sagte sie scheu: »Ich hätte eine Bitte an dich, Herr. Wann immer etwas ist, das ein wenig Mut verlangt oder den allerstärksten Glauben, willst du dann die wunderbaren Worte sagen, die ersten, die du zu mir sprachst? Höre ich sie, gibt es nichts, das mir schwer würde, was immer es auch sei.«

Der Derwisch neigte sich tief zu ihr, und seine Augen glänzten wie Sterne in der Sommernacht. Leise, so leise wie der Windhauch, der die Rose streift, sprach er in ihr wartendes Antlitz hinein: »Du Traum auf meiner Stirne, du Kleinod in meinem Herzen, du Durst auf meinen

Lippen, komm, daß ich dich beschütze . . . « Sie neigte sich sehr tief und küßte ihm die Hände. Er verließ sie.
Der Bey drüben in dem großen Hause war wieder voll des wildesten Zornes. »So gibt es keine Gerechtigkeit mehr bei uns?« schrie er und rannte vor seiner Mutter hin und her in dem weiten Gemach, wo sie geruhsam saß. »Eine Verlorene, eine Schändliche läßt man ungestraft wieder heimkehren? Oh, Mutter, ich beschwöre dich, du, die Frauen versteht und weiß, wie sie fühlen und denken, sage mir, was gibt es, das eine Frau am tiefsten trifft und demütigt? Erdachtest du es, so werden wir es an dieser Schlechten dort drüben zur Tat werden lassen. Sprich, Mutter!«
Die kluge Frau überlegte nicht lange, zumal sie immer noch nicht am Ziel ihrer Wünsche angelangt war. Sie sagte: »Mein Sohn, da du mich fragst: nichts trifft eine Frau tiefer, beugt sie schwerer nieder, als wenn sie eine andere an dem Ehrenplatz sieht, der ihr zugedacht war, und zudem dieser anderen dann noch Ehrfurcht erweisen muß.« Das alles wurde ganz ruhig gesprochen, und darum machte es Eindruck auf den zornigen Mann. Er blieb vor der Mutter stehen, sagte gedankenvoll, wie suchend und fragend: »Du meinst, so ich es richtig verstehe, den Ehrenplatz des Brautthrones und das Verneigen vor der Braut . . . ist es so?« Die Mutter neigte bejahend den Kopf, sagte ernst: »So ist es, mein Sohn. Wenn diese sich vor deiner Braut verneigen müßte, das wäre grausame Bitternis für sie.«
Ein spähender Blick flog zu dem Sohn hin, doch dieser hatte den Haken schon geschluckt. »Ein guter Gedanke, Mutter! So richte denn die Hochzeit mit dieser Fehim-Tochter, die du mir aussuchtest, und lasse in Kürze alles bereit sein. Vor allem aber vergiß nicht diese Elende von drüben einzuladen. Nur das vergiß nicht und achte gut

auf, ob sie sich gebührend verhält!« Die Mutter lächelte verstohlen, sagte das übliche »Du befiehlst, mein Sohn!« und dachte sich dabei das gleiche, was unzählige Frauen denken, wenn sie diese altehrwürdigen Worte sprechen, nämlich: »du befiehlst, wie du glaubst, und in Wahrheit tust du nur, was ich will«. Es ist dies der geheime Ausgleich.

Wenige Tage später sagte das Mädchen: »Herr, man hat mich für morgen eingeladen zur Hochzeit des Bey im Hause gegenüber. Befiehlst du, daß ich gehe?« Der Derwisch sah seine schöne Geliebte gedankenvoll an, fragte leise: »Ist es der gleiche Bey, der dich ehemals zum Weibe begehrte?« Das Mädchen nickte nur. »Das ist gut«, sagte er, »und du sollst gehen. Ich sende dir dieselbe Dienerin wie damals und Kleider mit ihr. Schön sollst du sein, strahlen sollst du dort, du Kleinod in meinem Herzen, wie du mir strahlst und mich Tag und Nacht durchglühst . . . «

Dann zog er aus seinem breiten Gurt ein Tesbieh hervor, eine jener Ketten, deren Kugeln man durch die Finger gleiten läßt, wenn man sich der Betrachtung ergibt und an das Gebet denkt. Sie bestehen aus Holz, aus Bernstein oder Edelsteinen, je nach des Besitzers Vermögen, doch hat, wie man weiß, jeder Moslim einen solchen Rosenkranz. Dieses Tesbieh aber bestand aus großen schimmernden Perlen. »Nimm es, mein Kleinod«, sagte der Derwisch, »und bringe es drüben der Braut. Wenn du vor der Braut stehst, dann zerreiße die Schnur, die die Perlen hält, sage einige Worte guter Wünsche und gehe deiner Wege. Du verstehst mich?« Sie lächelte. »Ich verstehe dich, Herr, und gehorche.« Leise sagte er, wie seine Stimme immer leise war: »Traum meiner Tage, lebewohl.«

Und wie er gesagt hatte, kam die schweigsame Dienerin am nächsten Tage zur Mittagsstunde, brachte noch zwei weitere Sklavinnen mit, die große Körbe trugen, und Diener dazu, welche einen Teppich schleppten. Das Mädchen, ganz durchdrungen von Glück und dem Gehorsam der glaubenden Liebe, stand und ließ sich schmücken und kleiden, als sei sie ein Opferbaum, achtete auch allen Schmucks nicht, sie, die einstmals ihre Tage damit verbrachte, mit einem Ohrgehänge zu tändeln. Dann wurde ihr ein Schleier übergeworfen, der sie ganz einhüllte und von unzähligen kleinen Splittern der Edelsteine glänzte und glitzerte wie Spinnweb im Tau bei Mondeslicht.

Als sie die schmale Stiege hinabgegangen war, sah sie, daß die Diener von ihrer bescheidenen niederen Haustür, über die Straße fort, bis hin zum hohen Tore des reichen Hauses einen langen weichen Teppich gebreitet hatten, auf dessen Grund unzählige kunstvoll gebildete Blumen zu blühen schienen. Für eines Herzschlags Länge zauderte sie, das schöne Gebilde zu betreten; da flüsterte neben ihr die Stimme der schweigsamen Dienerin: »Es wurde befohlen, daß dein Fuß nicht den Staub der Straße berühre, o Herrin...« Ein heißes Rot huschte über das schöne Antlitz des Mädchens, und es war ihr, als höre sie eine tiefe leise Stimme sagen: »Komm, daß ich dich beschütze...« Mit dieser Stimme in Ohr und Herz schritt sie auf das Haus des Feindes zu und wußte nicht einmal, daß ihr tiefe Demütigung zugedacht worden war.

Von den drei Dienerinnen gefolgt, betrat sie das Gemach, in dem die Braut, jene Fehim-Tochter, auf ihrem kostbaren Brautthron saß, umhüllt von Pracht und glitzernd von Juwelen. Der hohe Raum war angefüllt mit Frauen, die alle der Braut ihre Ehrfurcht erwiesen hatten und ihr Geschenke gebracht. Das schöne Mädchen schritt durch sie hindurch, als sähe sie niemand und nichts, wie es auch wirklich war. Die Frauen aber wichen zur Seite, betroffen von so viel Jugend, Schönheit und Pracht, und schauten schweigend ihrem Schreiten zu. Sie trat vor den Brautthron, und wie ihr befohlen worden, zog sie das Tesbieh aus Perlen unter ihrem Schleier hervor, stand vor der Braut und sagte: »Herrin, deine Tage mögen voll Ehre und Freude sein bis in weite Ferne, wie es dir der heutige Tag ist, und jedes Leid zerreiße vor dir, wie ich diese Seidenschnur zerreiße.« Damit zerriß sie die Perlenschnur, und die Perlen rollten nach allen Seiten auseinander. Die Frauen stürzten sich darauf wie Hühner auf die Futterkörner, und das Mädchen wandte sich ab, den Raum zu verlassen. Niemand hielt sie zurück. Sie langte in ihrer stillen Kammer wieder an und schmiegte sich in die Enge ein wie in das Glück. Hier klang seine Stimme, hier war er bei ihr, auch wenn er sie verlassen hatte. Alle Pracht, die von den Dienerinnen wieder fortgenommen wurde, galt ihr nichts, nur seine Nähe, seine Liebkosungen, seine Stimme.

An diesem Abend achtete der Bey nicht des ihm angetrauten Weibes, nur dessen, was ihm vom Kommen und Gehen des schönen Mädchens berichtet wurde, deren Pracht und Herrlichkeit und den von ihr verstreuten Perlen. Er hielt deren einige in der Hand, schaute sie prüfend an und erklärte: »Sie sind die schönsten, die ich jemals sah! Eine von ihnen würde zum Kauf eines Pferdes genügen, wie es auch der Padischah nicht edler besitzt. Ah, diese Schändliche! Ist sie das Eigentum eines Räubers und Schänders geworden, eines Derwisch auch, der ohne Weib und Reichtum leben sollte? Ah, die Schlechte! Nun aber ist meine Geduld erschöpft, und ich werde sie verklagen, wo es noch Gerechtigkeit geben sollte . . . beim Padischah!«

Tage vergingen, und wieder eines Abends sagte das Mädchen scheu und voll Bangen: »Herr, nun ist es um mich geschehen! Man hat mich beim Padischah verklagt und vieler Schändlichkeiten beschuldigt. Jetzt, Herr, so ist es doch, bin ich verloren?« Aber wieder klang das leise Lachen als Antwort, und die tiefe Stimme sagte mahnend: »Weißt du nicht mehr, daß du beschützt bist? Holde Törin, du bist niemals verloren! Achte auf: ich schicke dir wieder Dienerinnen und Diener, die dich zum Serail bringen. Du sei ohne Sorge, du glaube mir auch jetzt.« Sie bat leise: »Die Worte, Herr, die wunderbaren Worte . . . « Er sagte sie, und seine Stimme war nicht ganz so ruhig wie bisher immer. Dann verließ er sie, doch wandte er sich im Hinausgehen noch einmal um, und sein Blick schweifte durch den kleinen Raum, der so viel Glück umschlossen hatte... schweifte abschiednehmend umher. Dann war er fort.

Am Morgen kam wieder die schweigsame Dienerin und mit ihr kamen die zwei Sklavinnen. Das Mädchen wurde gekleidet wie eine Sultana. Weiße Seide stand um sie gleich einer Schutzwehr und leuchtete von kunstvoller Goldstickerei. Ehe der glitzernde Schleier sie umhüllte, war eine Rosenranke aus Rubinen in ihre dunklen Haare gelegt worden und strahlte durch das zarte Gewebe hindurch. Wieder lag ein Teppich vor der niederen Tür des Häuschens, wieder stand eine Sänfte bereit, doch dieses Mal war sie von edelster Machart, weiß mit Goldverzierungen. Das Mädchen aber, ganz eingesponnen in ihren Traum von Glück und Seltsamkeit, achtete nicht darauf, wie zahlreich die Begleitung ihres Zuges war, wie Läufer Warnungen riefen, wie Reiter neben der Sänfte daherzogen. Sie sagte sich die wunderbaren Worte in ihrem Herzen vor, damit keine Angst in ihr aufkäme. Und dann wurde die Sänfte niedergesetzt, die Hand einer Frau öffnete die schmale Tür, und die erste Dienerin des Serails verneigte sich tief. »Sei die Stunde gesegnet, da

dein Fuß, Herrin, den Boden des Harems betritt, und sei
jeder Schritt dir Freude und Heil! Komm, Herrin, folge
mir, ich bitte dich.«
Sie gingen weite Gänge entlang, darin nichts zu hören
war als das Rauschen des schweren Seidengewandes, und
gelangten an Vorhänge, die eine Säulenhalle umgaben.
»Sieh, Herrin«, flüsterte die Dienerin, »die Säulengänge
dieses größten Saales sind alle mit kostbaren Stoffen verhängt.
Es geschah aus Ehrfurcht vor dir, Herrin, damit kein
Blick dich treffe. Tritt nun ein und gehe dorthin in die
Mitte. Hinter jenem Vorhang weit hinten befindet sich der
Padischah, dort an der Seite, auch verdeckt, der elende
Ankläger. Du stehe hier, Herrin, und sei ohne Scheu.«
Die Dienerin ging. Das Mädchen stand allein in dem
hohen großen Saale, und ihre weißen Seidenfalten berührten
den lichten Marmorboden, daß ihr war, als
stünde sie in klarem Wasser, so leuchtete alles rings und
auch sie selbst. Dann klang von dort her, wo sich der
rückwärtige Vorhang befand, eine laute, starke Stimme,
der es anzuhören war, daß sie Befehle zu erteilen wußte.
Die kalte Stimme sagte: »Rede, Bey, wir hören«. Und
nun wurden hinter dem Vorhang in der rückwärtigen
Säulenreihe die Worte des Bey hörbar; Haß und Zorn
gaben ihm Kraft, und eine Flut von Schmähungen ergoß
sich aus seinem Munde, steigend mit jeder Silbe. Dem
Mädchen war es, als ströme diese Flut wie etwas Beschmutzendes
um sie herum, und sie zog die weißen
Seidenfalten fest an sich, daß nichts von den Anklagen
sie berühre. Eine Weile so, dann klang wieder die befehlende
Stimme: »Genug jetzt. Wir haben alles vernommen.
Bringt ihn fort.« Unruhe entstand hinter dem
Vorhang, Waffen klirrten, dann ward es still.
Unsichtbare Hände hoben den Vorhang, hinter dem hervor
die befehlende Stimme geklungen hatte, und heraus schritt

der Padischah in all seiner Pracht. Seine seidenen edelsteingeschmückten Schuhe machten seinen Schritt geräuschlos, nur die schwere Seide seiner Gewänder rauschte weich. Er kam auf das Mädchen zu, streckte die Hände aus und sagte mit der leisen Stimme des Derwisch, aus tiefster Bewegung, kaum vernehmbar dem Ohr, wenn auch im Herzen verstanden, sagte: «Du Traum auf meiner Stirne, du Kleinod in meinem Herzen, du Durst auf meinen Lippen, komm, daß ich dich beschütze ... » Und die edelsteinbeschwerten langen Ärmel des Padischah schlossen sich um sie, wie es die dunklen des Derwisch getan hatten.

Um diese zwei aber blühte hinfort das wunderbare Märchen des Glücks, hinter dessen Schleier kein Menschenauge schauen und forschen darf. El hamd üllülah ...

Der Schweigende

Der Sohn einer Mutter, deren Ehemann schon lange tot war, lebte mit ihr im großen reichen Hause, das in einem ausgedehnten Gartengrundstück stand, weit entfernt von den Menschen. Der Garten war von großer Schönheit, enthielt kleine Teiche, Wasserfälle, breite Bäche und nahe einer Quelle, die all diese Feuchte speiste, eine Wasserfläche, die nahezu ein See war. Da niemand je von der verwitweten Frau zu Gast gebeten wurde und der Sohn keine Gefährten hatte, kannte auch keiner Garten oder Haus, und es gingen allerlei Sagen über Pracht, Seltsamkeit und Schönheit beider.

Als kleines Kind war der Sohn der vereinsamten Mutter ganzes Glück gewesen, und ihr Leid um den Tod des Gefährten schuf große Stille und Verlassenheit um sie beide. Der Knabe war ein stilles Kind, dessen liebste Beschäftigung die mit Buch und Schrift war, und der Mollah, der ihn unterrichtete, war fast sein einziger Freund, wollte man einige gutgesinnte Sklaven nicht als solche ansehen. Es schien, die Mutter, versunken in ihr eigenes Leid, bedachte nicht, was das junge Leben neben ihr verlangte, und so wurde das Schweigen um den Knaben immer größer, seine Versunkenheit in Schrift und Buch immer tiefer. Wo Reichtum ist, kann Stille und Schweigen herrschen, zumal nicht einmal ein Schritt der Sklaven zu vernehmen war auf den weichen Teppichen, die die

Marmorböden bedeckten. So saß der Knabe bei seinen Schriften, und die Mutter bedachte nicht, daß einmal das Mannestum sich in ihm regen mußte, der langsam zum Jüngling heranreifte. Es ist wahr, der Jüngling hätte nur einen Wunsch auszusprechen brauchen, und die Dienerschaft hätte ihn mit Mädchen umgeben, so viele wie ihm gefielen. Aber auf einen solchen Gedanken kam er nicht einmal in seinen Träumen, da die Schriften der Großen ihm alles bedeuteten.

Die einzige Wandlung, die sich in dem zum jungen Mann Heranreifenden vollzog, war, daß er begann, die Nächte in den weiten Schattenbereichen des großen Gartens zu verbringen. Und der einzige Befehl, den die Diener sich erinnerten jemals von ihm erhalten zu haben, war der, man solle ihn niemals in den Nächten im Garten stören noch ihm nachgehen, noch irgend sich seiner erinnern. Dieser Befehl, der ängstlich befolgt wurde, weil das gesamte Hausgesinde den stillen, gütigen Jüngling liebte und bemitleidete, wurde auch deshalb nicht vergessen, weil die Worte, die ihn zum Ausdruck brachten, die letzten waren, die irgend jemand von den Lippen des Jünglings zu hören bekam.

Er erkrankte nicht, er versank nicht in Schwermut, er hörte nur auf zu sprechen. Sein Leibsklave war der erste, der sich erschreckt dieser Wandlung bewußt wurde; mit allen Mitteln einer Anhänglichkeit, die schon aus der frühesten Knabenzeit des Jünglings stammte, versuchte Fuad, seinen jungen Herrn zu überreden, ihm das Rätsel seines plötzlichen Verstummens zu erklären. Aber der Jüngling lächelte, schüttelte den Kopf und schwieg.

Die Mutter, die sich endlich einmal um den Sohn beunruhigt zeigte, wurde auf die gleiche Art abgewiesen, und nur der alte Mollah, zu dem der Jüngling eine warme Zuneigung hegte, erhielt ein Zettelchen gereicht, darauf zu lesen stand: »Befrage mich nicht, Ehrwürdiger, denn ein Gelübde bindet mich.«

Ein Gelübde aber ist heilig, und niemand darf ihm nachforschen, will er sich nicht der Ehrfurchtslosigkeit schuldig machen. So zeigte sich der Mollah befriedigt, wenn er auch Kummer empfand, als der Jüngling nach kurzem auch auf seine Dienste verzichtete. Im Hause war viel davon die Rede, daß der junge Gebieter sich jetzt immer des Nachts innerhalb der Gartenweiten aufhielt und dann den größten Teil des Tages schlief, kaum etwas zu sich nahm und, wenn er sich in seinen Räumen befand, auf den Bodenpolstern saß und schrieb. Die älteste Dienerin Akuleh, die des Jünglings Amme gewesen war und sich auch der Herrin gegenüber etwas herausnehmen durfte, sagte ohne Scheu: »Herrin, es gibt nur zwei Dinge, die unsrem jungen Gebieter helfen können, und du mußt eines davon anwenden: entweder du mußt einen großen Hekim rufen, daß er den Grund der Wandlung unsres Herrn herausfinde, oder du mußt ihn verheiraten.« Aus ihrer Teilnahmslosigkeit aufgeschüttelt, wenn auch nicht in solchem Maße, wie es die treue Dienerin erhoffte, fragte die Herrin, müde und langsam wie immer sprechend: »Wer sollte wohl einen Jüngling heiraten wollen, der niemals spricht? Mir ist der Hekim lieber. Bestelle den besten und berühmtesten, den es gibt.«

Das wurde getan, und die alte Amme unternahm es auch, ihrem geliebten Jüngling mitzuteilen, daß der Arzt käme, ihn zu überprüfen. Der Jüngling lächelte, strich ihr liebevoll über die verrunzelte Wange, zuckte die Achseln und schien sich nicht zu wehren. Als der gelehrte Arzt dann kam, überreichte ihm der Jüngling einen mit schönster Höflichkeitsschrift gezierten Zettel, darauf zu lesen stand: »Gelehrter Herr, bemüht Euch nicht um mich, denn ich bin vollkommen gesund, habe nur ein Gelübde geleistet, für einige Zeit nicht zu sprechen. Habet die Gnade, mich mir selbst zu überlassen.« Der Arzt verbeugte sich ehrfurchtsvoll und ging seiner Wege, den Beutel voll Gold.

»Bleibt also nur das Mittel der Heirat«, sagte die alte Amme und zählte der teilnahmslosen Herrin verschiedene Namen von Müttern auf, deren Töchter wert wären, des jungen Gebieters Gemahlin zu werden. So wurde eine Ehevermittlerin geholt, der es, wie bekannt, vorbehalten bleibt, die Verbindung herzustellen zwischen den Ehereifen, und diese geschäftstüchtige Frau, beglückt, daß sie für die mit großem Reichtum Bedachten arbeiten durfte, zählte eine Reihe von Mädchen auf, die aus den verschiedensten Gründen für die Ehre geeignet seien, in dieses Haus hineinzuheiraten. Die Herrin saß da, rauchte eine ihrer kleinen Opiumzigaretten nach der anderen und schien nichts zu hören. Plötzlich aber horchte sie auf, wurde aufmerksam und fragte: »Dieser Schükri Bey, von dessen Frau und Töchtern du sprichst, ist es der, welcher einmal am Sereskerat war?« Die Vermittlerin stimmte eifrig zu. »Er ist es, Herrin!« »Gut, gut so. Erinnerst du dich, Akuleh, daß er ein Freund des Herrn war? Auch kannte ich seinen Harem. Wenn ich mich recht besinne, so hatte er drei Töchter; ist es so, Akuleh?« Die alte Amme stimmte lebhaft zu, und jetzt war unversehens alles in Ordnung. Die Herrin gab Befehle, es wurde ihr versichert, sie werde sogleich bedient werden, und wenn alles stimme, könne die Hochzeit schon in vier Tagen stattfinden.

Da es üblich ist, daß diese Dinge unter den Frauen erledigt werden, so fiel es auch nur aus übergroßer Zuneigung der alten Akuleh ein, dem Jüngling mitzuteilen, was über ihn beschlossen sei. Er nahm auch dieses ebenso hin, wie er die Anmeldung des Hekim angenommen hatte, streichelte wiederum die runzelige Wange, zuckte die Achseln und lächelte, wonach er sich in seine Schriften vertiefte. Als sein Leibsklave am Tage danach fragte, ob Befehle zu geben seien wegen der Hochzeitstafel, erfuhr Fuad eine energische Abwehr, die sich durch so ausdrucksvolle Gebärden äußerte, daß ein Mißverstehen nicht möglich war. Und auf diese Weise kam das seltsame Geschehen zustande, daß zwar ein Imam die Worte sprach, die eine Verehelichung bedeuten, daß aber niemand diese Worte hörte. Weder der junge Gebieter noch seine Braut befanden sich in den Räumen, zwischen denen der Imam seine Worte sprach, und nur dieser freundliche Mann allein war davon überzeugt, daß hier eine Eheschließung stattgefunden habe. Der Jüngling, wie immer um diese Dämmerstunde, hatte sich in die Gärten begeben, die Braut, die schöne, stolze, hochmütige Nuriah, saß in dem ihr bereiteten prächtigen Raume und wartete auf den Ehemann, der niemals kam.

Nuriah hatte sich zu dieser Heirat nur deshalb überreden lassen, weil ihr Wunderdinge von dem Reichtum des jungen Mannes erzählt worden waren und man ihr zugleich versicherte, sie werde eine sehr leicht zu behandelnde Schwiegermutter bekommen. Alles das mochte ja nun gut und recht sein, dachte die schöne Nuriah, aber solche Behandlung, wie hier allein und vergessen auf dem Prachtbett zu sitzen, vorher keinen Brautthron, später keine Geschenke – nichts, gar nichts, wie es sich gehörte –, nein, das ließ sie sich nicht gefallen! Froh, ihre eigene Sklavin mitgebracht zu haben, ließ sie sich von dieser, die sich im Nebenraum befand, ihre Kleider bringen, und mit der ersten Morgenfrühe gingen zwei tief verhüllte Frauen leise davon, voll Entrüstung ein Haus verlassend, wo die stolze Tochter Schükris so mißachtet worden war.

Es muß, um der Wahrheit ihr Recht zu geben, berichtet werden, daß im Hause alles lachte über dieses erstaunliche

Geschehen, alles außer Akuleh. Diese Getreue beruhigte sich nicht bei dem Mißerfolg, begab sich vielmehr zwei Tage darauf in das Haus des Schükri und hörte sich dort von der erzürnten Mutter der Nuriah mit demütig gesenktem Haupte alles an, was an Bestrafung für solche Behandlung eines Juwels gleich der Nuriah eigentlich verhängt werden müßte. Als die erzürnte Frau dann aus Erschöpfung aufhörte zu schelten, sagte Akuleh leise aber deutlich: »Vergib deiner Dienerin, Herrin, aber mir will scheinen, der Fehler lag daran, daß man diese so schöne Nuriah auswählte für unser stilles Haus. Sah ich nicht noch eine andere Tochter bei dir, und wäre diese vielleicht etwas weniger schön?«

Wiederum um die Wahrheit zu ehren, muß hier gesagt werden, daß Akuleh ebenso wie alle Sklavinnen des Hauses voll Schrecken das hochmütige Wesen der Nuriah bemerkt hatten und daß die alte Akuleh sich von einem weniger schönen Mädchen Besseres für die Zukunft ihres Lieblings wie des ganzen Hauses erhoffte. Nachdem sie nun auf diese Äußerung hin wiederum viel darüber zu hören bekam, daß in diesem Hause nur und ausschließlich schöne Töchter vorhanden seien, flüsterte endlich eine neben ihr sitzende Dienerin Akuleh kaum hörbar zu: »Frage nach Kerimeh.« Die Alte ließ der Hausherrin noch eine Weile Zeit für ihre neuerliche Entrüstung und erhaschte darauf wiederum eine Atempause. Mit ihrer leisen, aber immer deutlich hörbaren Stimme sagte sie, dabei zu Boden blickend: »Und wie ist es mit Kerimeh, Herrin?«

Eisiges Schweigen entstand, so daß Akuleh erstaunt aufsah; dann erklang ein schrilles Lachen, das aus dem Munde der schönen Nuriah kam und alle Lieblichkeit der Züge vernichtete. »Kerimeh? Das ist ein trefflicher Gedanke! Ihr will ich es gönnen, sie soll es erleben, daß

sich niemand um sie kümmert! Ja, Mutter, lasse Kerimeh rufen; ist dein Schwesterkind uns nicht lange genug eine Last gewesen? Ruft sie, schnell, ruft sie, ihr faules Volk!«
Einen tiefen Seufzer der Dankbarkeit tat Akuleh und sagte dem Kismet Dank, daß diese böse und harte Nuriah nicht mehr in ihrem Hause weilte. Dann schaute sie gespannt auf den Vorhang, der Kerimeh freigeben mußte, und als es geschah, hielt sie den Atem an und wiederholte den Dank an das Kismet. Nicht daß das junge Geschöpf, das eintrat, etwa so wunderbar schön gewesen wäre, um bei ihrem Anblick zu verstummen, aber das schmale liebliche Antlitz trug einen so rührenden Ausdruck, daß der Wunsch erweckt wurde, die ganze zierliche Gestalt zu umfangen und vor Ungemach zu schützen. Sie warf im Eintreten einen angstvollen Seitenblick auf Nuriah, ging dann zu deren Mutter, verneigte sich tief und murmelte mit leiser Stimme: »Du hast befohlen, Herrin?«
Ehe die ältere Frau jedoch etwas erwidern konnte, rief schon wieder Nuriah, laut, hart und schrill lachend: »Du hast nun das große Kismet zu erwarten, Kerimeh, und zugleich wirst du uns endlich aus den Augen kommen, meinen Schwestern und mir, du, die uns immer verhaßt war! Du wirst an meiner Stelle die Frau jenes stummen Bey sein, dem ich scheinbar vermählt wurde, den ich aber niemals sah und darum verließ, unberührt, wie ich sein Haus betrat. Gehe nun du und lasse dich behandeln wie eine lästige Sklavin ... das sei dein Los, und möge es dir reichlich bemessen werden!«
Kerimeh hatte bei diesen Worten ihren Schleier, der nur als Schmuck herabhing, vorgezogen und sich damit Augen und Ohren verhüllt. Sie stand in der Mitte des weiten Haremraumes, in dem die Frauen der Familie und die zahlreichen Dienerinnen am Boden saßen, mit einer großen Stickerei beschäftigt. Nuriah allein hatte sich er-

hoben und war nach ihrem Ausbruch schnell davongegangen. Die Frauen sahen kurz hoch, schauten auch wohl auf Kerimeh, doch schienen ihnen diese Auftritte so gewohnt zu sein, daß sie sich weiter darum nicht kümmerten. Anders Akuleh. Sie hatte sich erhoben, und mit ihr stand jene Dienerin auf, die ihr vorher den Namen Kerimeh zugeflüstert hatte; beide gingen zusammen dorthin, wo das Mädchen Kerimeh wie preisgegeben und einsam stand, und Akuleh legte den Arm um sie, zugleich den eigenen Schleier um sie schlagend.

»Herrin«, sagte sie ernst und fast feierlich, »ich sehe, daß dieses Mädchen hier keine Heimat hat; wolle mir gestatten, sie mit mir zu nehmen, wie sie ist, wartet doch unserer Sänften eine draußen. Ob sie nun zustimmt, die Gemahlin meines Herrn zu werden, oder nicht, das stehe danach in ihrem Belieben, nur gib sie mir mit, ich bitte dich, Herrin!« Kerimeh hatte einen Blick in die Augen der ihr fremden alten Frau getan und sich dann in deren Arm geschmiegt, wobei ihr ein tiefer Seufzer der Müdigkeit entfuhr. Ehe noch die Hausherrin Akuleh antworten konnte, erhob sich eine andere schöne junge Frau und sagte gelangweilt: »Frau Mutter, Ihr würdet uns allen eine Wohltat erweisen, wenn Ihr erlaubtet, daß diese unser Haus verläßt, hätten wir doch dann endlich Frieden vor dem Geschrei Nuriahs. Tut es, Frau Mutter, und die Ruhe der Wälder wird sich über uns alle senken.« Kerimeh hob den Kopf, sah sich erwartungsvoll um, und Akuleh spürte das Zittern des jungen Körpers in ihrem Arm. Dann sagte die Hausherrin müde und auch gelangweilt: »So sei es; nehmt sie mit und sagt eurer Herrin mein ehrfurchtsvolles Gedenken. Gehe, Kerimeh ... Allah ismagladih.«

Akuleh wandte sich wortlos zum Eingang des großen Raumes, das zitternde Mädchen fest umschließend. Die

Dienerinnen, die sie auf dem Wege zum Haremshof sahen, wo die Sänfte und deren Träger warteten, wichen scheu zur Seite und taten so, als bemerkten sie das Außergewöhnliche nicht, das sich hier begab. Als sich die Geborgenheit im Inneren der Sänfte um das verängstigte Mädchen schloß, schwand auch alle mühsam bewahrte Fassung dahin, und sie flüsterte bange: »Um aller guten Geister willen, ich beschwöre dich, wohin bringst du mich, und was steht mir bevor?« Akuleh sagte beruhigend und voller Mitleid: »Fürchte dich nicht, kleine Herrin, es steht dir nichts Böses bevor. Ich habe einen, den ich mehr liebe als ein eigenes Kind, trank er doch an meiner Brust; er ist ein guter, sanfter Knabe, aber irgendein Zauber hat sich über ihn gesenkt, so daß er nun schon viele Monde lang kein Wort mehr spricht. Es war mein Gedanke, ihn durch eine Heirat vom bösen Zauber zu heilen, doch hat sich diese Nuriah Hanoum als wenig gut erwiesen; auch gehört sie mit ihrer lauten Art nicht in unser stilles Haus. Du aber, kleine Herrin, die du still und sanft bist und Leid erfuhrst, du wirst ihm helfen können, dessen bin ich sicher.«

Kerimeh hörte zu, eng an die Alte geschmiegt, wie ein Kind, dem man eine seltsame Geschichte erzählt. Dann fragte sie immer noch angstvoll und leise: »Aber des Jünglings Mutter und die Frauen, die noch im Hause sind, was werden sie zu mir sagen, zu mir, die ich immer der Eindringling bin?« Akuleh lachte ihr gutes tiefes Lachen. »Des Herrn Mutter tut keinem etwas, lebt ihrer Erinnerung und weiß nicht, ob es Tag ist oder Nacht, und andere Frauen, außer den Sklavinnen, sind keine im Hause. Sei darum ohne Sorge, kleine Herrin . . . und hier sind wir zudem schon angelangt. Steige mit Vorsicht aus, und sei dein Fuß gesegnet, der diese Schwelle überschreitet.« Kerimeh sah die Alte an, die ihrem jungen gehetzten Leben zum ersten Male einen Segensspruch gab, und niemals vergaß sie es, daß Akuleh die erste war, die sie liebend geleitet hatte.

Ein Gemach wurde ihr dann angewiesen, und Akuleh brachte Erfrischungen herbei, breitete Daunendecken auf einem Lager aus und beredete das junge verängstigte Wesen, sich erst einmal auszuruhen. »Du lasse alle Sorgen fahren, kleine Herrin, und wisse, daß du willkommen bist, geborgen und behütet. Genieße der Ruhe eine kleine Weile; wir lassen indessen deine Gewänder holen, und der Imam wird auch bald da sein. Dann bist du des jungen Gebieters Weib und Herrin des Hauses. Was soll dir noch geschehen? Er aber, glaube mir, ist sanft und gut. So ruhe jetzt.«

Nach langem Entbehren hatte Akuleh wieder ein Kind, für das sie sorgen konnte, und Kerimeh fühlte sich nach banger Pein endlich beruhigt. Wie ein böser Traum wichen die Monde schon jetzt zurück, die sie im Hause der Mutter von Nuriah verbracht hatte, nachdem ihr Vater und Mutter gestorben waren. Warum die Töchter jenes Hauses sich so haßerfüllt zu ihr gebärdet hatten, begriff sie auch jetzt noch nicht, und es war niemand da, der ihr hätte sagen können, daß ihr sanftes Wesen es war zusammen mit ihrer lieblichen Schönheit, was jene stolzen Mädchen reizte. Aber fort damit, jetzt galt es, sich in das neue Leben zu finden!

Als nach wenigen Stunden Akuleh leise das Gemach betrat, fand sie ihren Schützling fest schlafend, und sie stand lange da, das liebliche junge Kind zu betrachten, das so im Schlummer von wahrhaft ergreifender Hilflosigkeit war. Sie schlich unhörbar davon, und es gelang ihr, die Mutter des Jünglings zu überreden, sich das Mädchen, das auch ihre Tochter werden sollte, zu betrachten. Schwerfällig und langsam kam die müde Frau

herbei, stand dann und sah auf die schlafende Jugend herab. Sie nickte und murmelte: »Ein liebliches Kind... mein Sohn ist gesegnet«, legte leicht die Hand auf den dunklen Kopf mit seinem schlafgezausten Lockenhaar und schlich in ihre selbstgeschaffene Einsamkeit zurück. Dann wurde Kerimeh vorsichtig geweckt. Kaweh wurde gebracht, die Dienerinnen standen herum, bereit, sie zu schmücken, denn ihre Gewänder waren gebracht worden, und der Imam hatte sein Kommen angesagt. Aber Kerimeh wies alles von sich, sagte leise und zögernd: »Tut mir nichts an vor alles diesem, ich bitte euch! Da ist ein blauer Schleier, er hüllt die ganze Gestalt ein, sucht ihn heraus; er war meiner Mutter zu eigen; ihn will ich tragen, doch geschmückt will ich nicht werden.«
Dann kam der Imam und erfuhr von der Herrin des Hauses, daß die zwei Tage vorher geschlossene Ehe nicht gelte, da das Mädchen unberührt zur Mutter zurückkehrte und auch nicht anwesend gewesen sei, als der Imam die Worte des Korans sprach. »Doch jetzt ist eine da, die meine Tochter werden wird«, sagte die Herrin, »ich werde neben ihr stehen, wenn du sprichst, Ehrwürdiger, und Sorge tragen, daß mein Sohn dich hört, wenn auch ein böser Geniëh ihn der Sprache beraubte und er dir nicht antworten wird. Gewährst du, daß ich es an seiner Statt tue?« Der Imam stimmte zu, wollte sich nur von der Anwesenheit des Jünglings überzeugen. Er sah ihn bei seinen Schriften sitzen und eifrig vergleichen und schreiben. »Ich werde dich jetzt mit einem Mädchen trauen, das nebenan steht, mein Sohn; ist es dir angenehm, daß deine Mutter für dich Antwort gibt?« Über des Jünglings Züge huschte es wie Erstaunen, denn er glaubte sich zu erinnern, daß Akuleh ihm schon früher etwas von einer Heirat gesagt hatte, aber dann zuckte er, wie oftmals, lächelnd die Achseln und neigte den Kopf als Zu-

stimmung; er dachte, er habe sich vermutlich in dieser Nebensächlichkeit geirrt, und war es zufrieden, wenn man ihn nur gewähren ließ.

So stand denn die Herrin des Hauses im Nebenzimmer zusammen mit Kerimeh und Akuleh, die sich ausbedungen hatte, da sein zu dürfen bei einer Handlung, die ihres Lieblings Glück begründete, wie sie überzeugt war, und der Imam stellte seine Fragen. Die junge Stimme antwortete klar und ruhig für sich selbst, die ältere für den Jüngling, der lauschend den Kopf hob, als er die klare Stimme der Kerimeh zum ersten Male vernahm. Der Imam fand es angesichts der seltsamen Umstände dieses Geschehens für angemessen, dem Jüngling zu sagen: »Bedenke, mein Sohn, du bist nun verehelicht. Zwar kannst du die Ehe lösen, wenn du die alten Worte der Trennung sprichst, und ich vermag dazu nichts zu tun. Hast du mich verstanden, mein Sohn?«

Der Jüngling hatte sich erhoben, um dem Imam Ehrfurcht zu erweisen, und grüßte ihn nun geziemend, wobei er den Kopf neigte. Noch einen Blick der Ratlosigkeit warf der Imam auf diesen so plötzlich stumm gewordenen klugen jungen Mann, dann verließ er ihn mit einem gemurmelten guten Wunsche, und der Jüngling setzte sich wieder nieder, um seine Schreibarbeit weiterzuführen.

Als er, ganz vertieft in einige schwierige Vergleiche zwischen alten Niederschriften, nach seinem Schreibrohr griff, um eine Anmerkung zu machen, traf er auf weiche Finger, die ihm das Schreibrohr reichten. Er erschrak furchtbar, wandte sich um und stieß einen unbeherrschten Laut des Erstaunens aus, denn er sah neben sich eine verhüllte Gestalt hocken, die von Kopf bis Fuß in einen blauen Schleier eingehüllt war. Sein ganzes Gesicht war eine einzige Frage, und auf diese stumme Frage antwortete dieselbe klare Stimme, die vorhin dem Imam erwidert hatte. »Vergib mein Eindringen, o mein Gebieter, aber ich bin dein Eheweib, wenn du es so gestattest. Wolle mir glauben, daß ich dich niemals stören werde, nur sagte mir Akuleh, daß du dich mit Schriften beschäftigst, und ich liebe Schriften so sehr. So wagte ich es, zu kommen und dir meine Dienste anzubieten, wenn etwas vorzutragen ist oder dergleichen. Weisest du mich aber hinaus, gehe ich sogleich, ich will nicht lästig fallen, nur entbehrte ich Schriften so lange, verstehst du, Herr.«

Diese Worte, ruhig und ohne besondere Betonung gesprochen von einer Frau, nein, einem ganz jungen Wesen, verwunderten den Jüngling so sehr, daß er sich bemühte, ihr sein fragendes Erstaunen zu zeigen. Ist es doch schon eine große Seltenheit, daß ein Mann zu schreiben und zu lesen versteht, bei einer Frau aber vollkommen unerhört. So versuchte der Jüngling, dem Mädchen klar zu machen, sie möge die Wahrheit ihrer Worte beweisen und ihm etwas vorlesen. Er reichte ihr eine alte Schrift, wies darauf, machte einige Zeichen, die zwar sehr unbeholfen waren, die Kerimeh aber sogleich verstand. Und sie las.

Es war eine uralte Abhandlung über das, was von einem Dichter verlangt wird, im Gegensatz zu dem, was von einem Deuter der heiligen Schriften zu erwarten ist. Die junge eifrige Stimme las die etwas verworrenen Worte langsam und deutlich vor, wobei Kerimeh, ohne sich dessen bewußt zu sein, den hinderlichen Schleier zurückgeschlagen hatte. Der Jüngling saß reglos, sah sie an, als erlebe er ein Wunder, hörte zu und nahm den Klang der Stimme in sich auf. Im Nebenzimmer, hinter dem Vorhang, der es abschloß, standen zwei Frauen und wußten nicht, daß sie sich fest umschlungen hielten in freudigster Erregung: Akuleh und die Mutter des Jünglings. Sie begriffen kaum, was sich da ereignete, denn als sie den Vorhang hoben, damit die eben angetraute junge Frau zu

ihrem Gatten gelange, hatten sie nichts auch nur annähernd Ähnliches erwartet.
Jetzt stockte die klare Stimme, und das kam daher, daß der Jüngling eine Hand auf die alte Schrift legte und wieder mit tausend Fragen im Blick auf das Mädchen schaute. »Du meinst, Herr, wieso ich zu lesen vermag?« Er nickte eifrig, beugte sich gespannt vor. »Mein Bruder, Herr, der auch verstarb und den ich sehr liebte, denn er war mein Zwilling, hatte sich geweigert zu lernen, wenn ich es nicht mit ihm täte. So lernten wir zusammen, bis wir beide vierzehn Jahre alt waren. Dann zog er mit dem Vater fort, und beide kehrten nicht zurück, die See verschlang sie. Gleich danach starb meine Mutter, und ich war zwei Jahre lang bei ihrer Schwester. Dort durfte ich nicht lesen, sie sagten, es mache häßlich, und das tut es doch nicht, nein, Herr?« Und jetzt geschah das, was weder die Mutter noch die Amme jemals für möglich gehalten hätten: ein zweifaches heiteres junges Lachen erscholl hinter dem Vorhang.
Die beiden Frauen lauschten wie erstarrt, dann fielen sie sich in die Arme und weinten sich alle Angst und Sorge vom Herzen, wonach sie die zwei jungen Menschen sich selbst überließen. Dort sagte jetzt Kerimeh leise: »Warum nur, Herr, bemühst du dich, mir etwas durch Gebärden verständlich zu machen? Willst du es mir nicht aufschreiben?« Der Jüngling schlug sich an die Stirn, schüttelte den Kopf, lachte leise auf und begann zu schreiben. Kerimeh schaute ihm dabei über die Schulter und flüsterte die Worte, die er schrieb, vor sich hin, bei welcher gemeinsamen Beschäftigung ihn der junge Atem umwehte, als fächle ein leichter Wind ihm Würzkräuter-Duft zu. »Ich habe niemanden gehabt, mit dem ich Schrift austauschen konnte, denn hier im Hause kann keiner lesen oder schreiben, so war es oft mühsam. Sage, du

bist wirklich meine Frau?« An seinem Ohr hauchte es: »Soweit ein Imam mich dazu machen konnte, bin ich es.« Er wandte den Kopf, lächelte und schrieb: »Ich verstehe. Und wie ist dein Name, daß ich ihn in mir wiederhole?« Wieder das weiche Hauchen: »Kerimeh heiße ich.« Er schrieb: »Wie gut bist du benannt, da du die Barmherzigkeit heißt! Einem Verstummten leihst du Sprache, einem Einsamen gewährst du Gemeinschaft. Lasse mich, sei deinem Namen gemäß barmherzig, dir der verlorene Bruder sein ... willst du es mir gewähren?«
Mit diesen Worten hatte der Jüngling mehr getan, als er jemals verstehen würde: er hatte Kerimeh Sicherheit, Ruhe, ja eine Heimat gegeben. Sie stieß einen Laut aus, der wie ein ganz leiser Jubelruf klang, und sagte bittend: »Wie gerne will ich das gewähren! Wenn du aber mein Bruder bist, dann darf ich dich auch nennen mit seinem Namen, darf ich das?« Der Jüngling nickte, sah sie erwartungsvoll an. »Dann also Osman – oh, wie sanft es mir über die Zunge gleitet, wie wohl es tut, den geliebten Namen wieder sagen zu dürfen! Osman ... Osman ... Osman!«
Die Silben glitten weich und liebeerfüllt von den jungen Lippen, und der, dem sie galten, hörte wie verzaubert zu. Er sah sie an, die wie aus dem Nichts zu ihm gekommen war, aus dem Schweigen um ihn erstanden, und er prägte sich ihre Züge ein, so als studiere er eine schöne verschlungene Goldschrift. Die Stirn war hoch, umwallt von dunklen Locken; die Augen waren von einem tiefen Grau, das manchmal ins Schwarze spielte; schmale Wangen, elfenbeinfarben matt getönt, eine feine kleine Nase und ein weich geschwungener matt rosenfarbener Mund. Dieser Kopf wurde stolz getragen auf einem schlanken Hals, und die Schultern hielten sich frei und sicher.
»Was schaust du, Osman? War ich schamlos, daß ich den

Schleier zurückschlug? Es liest sich nicht gut mit ihm, vergib.« Sie hob die Hand zum Schleier, aber die seine faßte danach, und er schüttelte verneinend den Kopf. Schnell schrieb er: »Lasse das, Kerimeh; ich will meine Schwester sehen, zumal sie meine Imam-Frau ist!« Und wieder lachten sie beide zusammen.
Über all diesem hatte keines darauf geachtet, daß der Tag schon zu sinken begann, so spät er das auch um die Zeit der Rosen tut. Plötzlich aber erstarrte die Haltung des Jünglings, und sein Lachen brach kurz ab; er hob lauschend den Kopf. Aus dem weiten Garten, zu dem die hohen Bogentüren des Gemaches geöffnet standen, erklang ein Vogelruf ... oder war es keines Vogels Ruf? Lang gezogen, wie klagend, voll von einem Flehen, das unwiderstehlich war. Der Jüngling hob die Hand, wies nach außen, und ehe sie begriff, was geschah, hatte er sich erhoben, als werde er gezogen, sich zu der hohen Bogentür gewandt, und ohne sich umzuschauen, war er in dem tiefer werdenden Schatten des Gartens verschwunden.
Kerimeh saß dort und starrte ratlos auf die dunkle Öffnung der Bogentür. Was war das? War es der böse Zauber, von dem Akuleh in der Sänfte gesprochen hatte? Verlor sie so ihren Bruder, kaum daß sie ihn wiedergewonnen hatte? Sie stieß einen kleinen Klagelaut aus und sagte vor sich hin: »Aman ... Aman ... näh japalim? Ach, was soll ich tun?« Aber eine wachte, jene, deren Name Akuleh war und die freundlich spaßend die anderen Diener »Akileh« nannten, was die Klugheit bedeutet. Sie hatte sich nahe dem Vorhang zum Nebenraum am Boden niedergelassen, war aber schon aufgestanden, als sie jenen Vogelruf vernahm, der immer beim Abendsinken die Lockung bedeutete, der der Jüngling folgte. Nun wußte die treue Alte ihn für die Dauer der Nacht abwesend in

den weiten Gärten, wohin ihm niemand folgen durfte, und so schlich sie vorsichtig hin zu dem Mädchen, das sie selbst heute herbeigeholt hatte, um als Löserin bösen Zaubers zu wirken. Wie ratlos würde die Kleine sein, wie erschreckt und hilflos, sie, die noch vor kurzem zum ersten Male seit Monden den geliebten Jüngling zum Lachen gebracht hatte!
»Erschrick nicht, kleine Herrin, es ist nur Akuleh, die kommt, um dich abzuholen zur Nachtruhe; willst du mit mir gehen? Ich habe alles bereitet für dich.« Kerimeh sah die Alte ratlos an. »Wie kann ich denn zur Ruhe gehen, da er mich verließ und ohne ein Wort fortging! Was geschieht hier, oh Akuleh?« Die Alte hockte sich neben Kerimeh nieder, umfing sie sanft und sagte: »Das ist es eben, woher sein Schweigen rührt, mußt du wissen, kleine Herrin; seitdem jeden Abend der Lockruf erklingt, verbringt er die Nächte in den weiten Gärten, kehrt beim Morgengrauen zurück und schläft bis spät in den Tag hinein. Er ißt kaum, trinkt durstig das kühle Wasser und spricht kein einziges Wort, weiß auch, so scheint es, von nichts, das um ihn herum vorgeht. Darum, kleine Herrin, suchte ich für ihn Heilung, und du, die gleich ihm die Schriften kennt, wurdest uns vom Kismet gesandt. Willst du es nicht versuchen, das Geheimnis zu ergründen, das ihn stumm macht, und ihn so dem Leben und der Freude wiedergeben, kleine Herrin?«
Kerimeh strich leise mit der Hand über die kleinen Zettel, die mit den feinen winzigen Schriftzeichen bedeckt waren und die die Unterhaltung zwischen ihr und jenem verzeichneten, den sie Osman nannte. Sie hob den Kopf, sah Akuleh in die dunklen, immer noch strahlenden Augen, strich ihr dann, genau wie es der Jüngling zu tun gewohnt war, über die braune Runzelwange und sagte leise, innig: »Ich will es versuchen, wie du gesagt hast, Djanoum, denn

wie du sagst, brachte mich das Kismet durch deine Hilfe her und ... er ist sehr liebenswert. Ist es nicht so, Akuleh?«
Tief gerührt nickte die Alte wortlos und brachte dann Kerimeh so sorgfältig zur Ruhe, daß die verlassene Kleine vermeinte, von Mutterhänden liebkost zu werden. Doch war es auch Akuleh so, als habe sie ein zweites Kind neben dem geliebten Jüngling erhalten, und sie schwor sich zum Dienst derer, die sie kleine Herrin nannte und die wie das Glück selbst über die Schwelle des schweigenden Hauses geschritten war. Was auch immer dem Jüngling in den nächtlichen Gärten geschah, im Hause, das er wie im Traume wandelnd verlassen hatte, lebte ihm ein neuer Frieden und das Erhoffen kommender Freuden.
Die Tage gingen, die Nächte flohen dahin, und Kerimeh begann es langsam ganz zu erfassen, daß sie die geehrte junge Herrin war, ja, daß ihr gerne gedient wurde. Es war schön, wieder eine Heimat zu haben, schön, nicht mehr verlacht und verspottet zu werden, aber am schönsten war es, den so schmerzlich vermißten Bruder wiedergefunden zu haben. Das junge Fühlen des Mädchens entbehrte nichts in dieser Gemeinschaft mit dem Jüngling, und das Zusammensein, das von Mittag bis zur Dämmerung währte und erfüllt war von solchen Dingen wie dem Entziffern uralter Schriften und der kühlen Leidenschaft, die solches Forschen bedingt, genügte ihr noch ganz. Doch bemerkte sie, daß der Jüngling nach dem ersten Aufatmen, mit dem er das Ende seiner Einsamkeit begrüßte, nicht fröhlicher, nein, immer bedrückter wurde. Selten nur kam es zum gemeinsamen Lachen, und häufiger wurde das stumme Anschauen, das Seufzen und Fortblicken. Bis eines Tages Kerimeh sich ein Herz nahm und fragte: »Was ist dir, mein Bruder? Tat ich etwas, das dir nicht genehm war? Siehst du es nicht gern, daß ich in deiner Abwesenheit in den Schriften lese? Bin ich dir

zur Last, und störe ich dich in deiner Tätigkeit? Sage es mir, ich bitte dich!«
In ihrem Eifer legte sie eine bittende Hand auf seinen Ärmel, nahm sie aber schnell fort, als sie seinen Blick darauf geheftet sah. »Vergib«, stammelte sie voller Verlegenheit, »ich tat Ungebührliches. Aber ich bitte dich, sage mir, was dir ist.« Statt aller Antwort, die sonst im schnellen Beschriften eines Zettels bestanden hatte, zog der Jüngling unter vielen Schriften verborgen ein Blatt hervor, reichte es ihr und wandte dann den Blick ab. Kerimeh sah ihn an, und ihr ward bange, denn konnte dieser Zettel nicht die uralten Worte der Scheidung enthalten? »Allah Kerim, lasse es nicht so sein!« betete sie innerlich, nahm allen Mut zusammen und las. Dort aber stand dieses geschrieben:

»Du kamst zu mir, der ich ein Schatten war,
Und du bist Sonnenlicht.
Du bist bei mir, der ich ein Schatten blieb
Und meide Sonnenlicht.
Oh, bleib bei mir, ob ich auch Schatten bin,
Bleibe, mein Sonnenlicht!
Verläßt du mich, sink ich ins Schattenland,
Verbannt vom Sonnenlicht.«

Kerimeh sah auf und begegnete dem fragenden, dem flehenden Blick tiefdunkler Augen, die sie so noch niemals angeschaut hatten. Ihr ganzes Sein versank für eines Herzschlages Dauer in diesen Augen, dann lachte sie leise auf, um ihr Staunen, ihre Verwirrung zu verbergen, und sagte feierlich: »Ein Dichter! So bist du also ein Dichter? Nun verstehe ich alles! Ein Gelübde, heißt es, machte dich stumm. Ist es nicht so, daß du um eines großen Werkes willen verstummtest? Daß du sprechen wirst, wenn du es vollendet hast, sag, ist es so?« Der Jüngling aber nahm ihr das Blatt mit dem Gedicht fort, zeigte wieder und wieder auf die Zeile, die um ihr Bleiben flehte, sah sie fragend an. Da beugte sich Kerimeh nahe zu ihm, dessen Sitzpolster das ihre berührte, legte drei Finger ihrer Rechten auf seine Stirn und sagte leise, sehr ernst: »Ich bleibe bei dir, der du mein Bruder und mein Gefährte bist, ich bleibe!« Darauf kreuzte sie die Arme und neigte das Gesicht. Er atmete tief auf, schrieb hastig, legte ihr das Blatt auf die Knie. Sie las: »Allah Kerim, wie dein Name. Ich glaube und vertraue.« Und an diesem Tage fanden sie zusammen in den alten Schriften Worte, die Juwelen waren.

Aber als die Nacht kam und er wieder auf den Ruf des lockenden Vogels hörend im Dämmern verschwand, da dachte sie vielerlei, und ein großer Entschluß reifte in ihr. Er hatte auf die Frage nach dem Grund seines Verstummens nicht geantwortet, er war auch über irgend etwas tief bekümmert, würde er sonst von sich selbst als von einem Schatten sprechen? Gewiß, man durfte der Dichter Worte nicht allzu genau nehmen, aber doch fühlte sie seine Traurigkeit, und es war ihr, als sei er wie in einem Netz gefangen, aus dem sich freizumachen ihm die Kraft gebrach. Und sie? Wozu war sie da? Gut, sie vermochte sich mit ihm kraft ihrer Schreibkenntnisse zu verständigen; war das aber genug? Wenn wirklich irgendein unheilvoller Einfluß vorhanden war, etwas, das in jenem seltsamen Lockruf lebte, dann war es ihre Aufgabe, die Aufgabe seiner Ehefrau, gleichviel ob auch in Wahrheit seine Schwester, ihm zu helfen, ihm in allem beizustehen.

Am gleichen Abend noch zu diesem Schluß gelangt, wartete Kerimeh nicht länger, sondern begann zu handeln. Von ihrem Ruhebett richtete sie sich vorsichtig auf, bedacht, kein Geräusch zu verursachen, denn Akuleh hatte ihr Lager im Nebenraum aufgeschlagen, um so den

Schlummer der kleinen Herrin behüten zu können. Doch war dem Ruhebett gegenüber eine große weite Bogentür in dieser warmen Nacht nach dem Garten zu geöffnet, und so ging es nur darum, lautlos bis dorthin zu gelangen, ohne sich durch Seidenrauschen zu verraten. Denn zu dieser Stunde noch mußte und wollte sie ergründen, was es mit der allnächtlichen Abwesenheit ihres jungen Gatten auf sich hatte. Kerimeh griff nach dem blauen Lieblingsschleier, der sie von Kopf zu Fuß einhüllte, und glitt auf bloßen Füßen hinaus in die Mondnacht.

Zum ersten Male war sie in diesen weiten Gärten allein, zum ersten Male zur Nacht draußen, und die Schönheit des nächtlichen Lebens der Natur, der Duft, den die Pflanzen ausströmten, das ferne Rauschen der Wasser, all das nahm sie so gefangen, daß sie fast vergaß, warum sie sich hier so verstohlen herumbewegte. Dann aber erinnerte sie sich, daß ihre Schwiegermutter, die sie häufig aufsuchte, ihr stolz erzählt hatte von dem See, den die Gärten beschlössen, und wie die Seerosen dort so reichlich blühten, daß man das Wasser kaum zu sehen vermöge, und es war Kerimeh, als müsse sie diesen See entdecken, wollte sie den verzauberten Jüngling finden. So folgte sie dem Rauschen der Quelle, wußte sie doch, daß diese in den See flösse. Von Schatten zu Schatten unter den hohen Bäumen huschte sie dahin, selbst wie ein Schatten anzusehen in der dunklen Bläue ihres Schleiers, immer dem Rauschen nachgehend; der Tau auf den weiten Grasflächen streifte ihre nackten Füße, und der Duft der Nachtblumen wollte ihr nahezu die Besinnung nehmen, aber unbeirrbar folgte sie dem Rauschen. Und dann schien ihr das Herz stillzustehen, denn sie hörte eine noch nie vernommene Stimme und wußte doch sogleich, daß es die ihres jungen Gatten war. Sie war tief und ruhig, von schönem edlen Klang, und sie sprach langsam, eindringlich, sagte dieses:

»Du hast mir, es ist wahr, Gedanken von großer Schöne gegeben, doch hast du einen hohen Preis dafür verlangt, den meines Schweigens. Ich habe dir gehorcht bisher, aber ich vermag es weiterhin nicht. Bin ich nicht von allen Menschen abgetrennt durch dein Schweigegebot? Habe ich nicht gelebt wie ein Mönch um deinetwillen, einem Derwisch gleich? Und jetzt habe ich ein junges Weib, du weißt es. Was soll werden, wenn ich um deinetwillen auch sie verliere, die mir täglich mehr ans Herz wächst?« Kerimeh, im tiefen Schatten eines Strauches verborgen, in dessen Laub sie sich einschmiegte, fürchtete, daß der laute Schlag ihres Herzens sie verraten könne; atemlos wartete sie auf die Antwort; wer und was würde nun sprechen?

Da war es, als rausche die nun nahe Quelle hoch auf und als spreche sie, nicht eine Menschenstimme. Und doch war es eine Frau, die sprach, nein, deren Worte sangen, deren Worte sich hoben und senkten, wie es die Wogen tun. Sie sagte: »Mein treuer Diener und Sklave, du weißt es, ich versprach dir den ewigen Ruhm des größten Dichters, wenn du es vermöchtest, sieben Jahre lang kein Wort zu sprechen. Ich versprach, dir aus dem Tropfen der Wasser, aus dem Rauschen meiner Quelle allnächtlich neue Gedanken zu schenken, so du es vermöchtest, kein Weib zu berühren. Versprach ich zuviel? Wurdest du nicht ein Dichter? Gab ich dir nicht Nächte der Berauschung in aller Schönheit des Schaffens? Was denn begehrst du mehr? Willst du Liebe des Weibes? Willst du Freude der Zecher? Willst du Freundschaft der Männer? Alles das ist nichts wert verglichen mit dem unsterblichen Ruhm des Dichters.«

Kerimeh grub sich die Nägel in die Handflächen, beugte sich vor, faßte dann die Zweige, beugte sich weiter noch vor, und jetzt sah sie! Sie sah auf die Seerosen gelagert

ein Wesen, das wohl die Gestalt eines Weibes hatte, aber durchsichtig schien, denn die Wasserblumen schimmerten durch sie hindurch. Zu ihr hin war das Gesicht des Jünglings geneigt, und sie, die zuschaute, spürte, wie sich ihr Herz zusammenzog beim Anblick seiner Traurigkeit. »Es mag sein, daß alle Freuden des Menschen dir gleich nichts erscheinen, o Peri der Nachtblumen, und auch mir war es so, als bedeute mir nur Ruhm etwas. Jetzt aber, jetzt flehe ich dich an ... gib mir meine Sprache wieder, deren ich nur mächtig bin in deinem Anblick! Meine Sprache und mit ihr das Leben der Menschen und das Glück der Liebe!«
Die Peri erhob sich ein wenig, und das Wasser rauschte auf bei ihrer Bewegung. »Du willst die Liebe? Armer Tor, weißt du nicht, daß es sie nicht gibt? Liebe wäre es, verstehe mich, wenn ein junges Weib um deinetwillen sich zum Opfer brächte ... Liebe, wenn sie ihr Leben lang auf die Sprache verzichtete ... Liebe, wenn sie dir so deine Sprache schenkte ... das aber gibt es nicht, du armer Tor, deshalb ...« Hier aber stieß der Jüngling einen Schrei aus, denn wie aus dem Nichts sprang es ihn an, stand neben ihm, sein junges Eheweib, das den Namen der Barmherzigkeit trug. Der blaue Schleier war an dem Gesträuch hängengeblieben, und die schlanke junge Gestalt leuchtete im Mondlicht, das ihr leichtes weißes Seidengewand beschien. Wie ein Klingen war es in der Stimme des jungen Weibes, als sie sich hinneigte zu der Wasserrosen-Peri und nahezu lachend sagte: »Was weißt du, o arme Peri, von der Liebe? Was davon, was die Liebe vermag? Ist das auch ein Opfer, dem Geliebten die Sprache zu schenken, um seinetwillen zu verstummen? Und ihm auch noch dazu zu verhelfen, ein großer Dichter zu werden? O Peri! Nimm meine Stimme für die seine und lerne daran, was Liebe ist, du Arme!«

Die Peri erhob sich von ihrem Blumenlager, sah die zwei Menschen an und wartete, wartete. Denn was sie sah, das nahm ihr alle Kraft, die des Verwünschens wie die des Entzauberns, und in der endlosen Folge ihrer vielen Leben zwischen den Himmeln entschwand es niemals ihrem Gedächtnis, was sich ihr jetzt zeigte. Der Jüngling lag auf den Knien, umfaßte die schmalen Hüften des Mädchens, sah zu ihr auf, hauchte: »Du liebst mich?« Sie legte die Hände um seinen Kopf, hauchte zurück: »Ich liebe dich.« »Du willst mir deine holde liebe Stimme schenken, die so weich und sanft die Sinne liebkost?« »Ich schenke dir meine Stimme, mein Herz und mein Leben... und sage es dir jetzt, da ich es nie mehr werde sagen können, daß du mir Glück, Freude und Heimat bist, o mein Geliebter. Mein Geliebter, an den ich glaube und von dem ich weiß, er wird ein großer Dichter werden! Aber aus jeder seiner Dichtungen wird auch meine Stimme sprechen, denn sie lebt in seinem Herzen, ich weiß es.« Dann wandte sich Kerimeh zu der Peri, die einer silbernen Wolke gleich auf den Wassern lag, und sagte heiter: »So mache mich verstummen, Peri, du Arme, die ihre Gaben mit einem Fluch belädt! Tue, was dir zu tun bestimmt ward, denn ich habe gesagt, was ich zu sprechen hatte. Ich warte...«

Der Jüngling hatte sie umfaßt, plötzlich aber ließ er sie los, trat so nahe an das Wasser heran, daß seine Füße im Uferschlamm versanken, und rief: »Peri, Wasserrosenperi, ehe du ihr die Stimme nimmst, höre mich! Ich will kein Geschenk, das meinem Weibe die Stimme nimmt, sie niemals wird sagen lassen ›ich liebe dich‹ und ihrem Kinde, so das Kismet ihr eines gewährt, nie den Klang der Mutterstimme schenkt. Nimm meinen Ruhm, den du versprachst, ich will ihn nicht! Kein unsterblicher Dichter, nein, ein sterblich glücklicher Mann will ich sein. Nimm dein Geschenk, es ist mir nicht wert genug für diesen Preis!«

Kerimeh stand und hörte das große Bekenntnis und war zu jedem Opfer dafür bereit, aber so von Glück durchströmt, daß sie an allen Gliedern bebte. Die Peri schaute von einem zum anderen, flüsterte im Wellenzittern: »Menschen, wunderbare und schreckliche Menschen, was käme euch gleich! Auch meine Schwestern in den großen Meeren haben nicht mehr Gewalt, als ihr sie durch die Liebe besitzt. Was aber und wer bin ich, daß ich gegen die Liebe kämpfte, durch die alles lebt?« Und sie richtete sich auf, schwebte frei über den Wassern, wie von einem Mondstrahl gehalten, hob die Arme, die wie Wassersprühen glitzerten, zur Höhe und schrie mit einer gewaltigen Stimme, gleich dem Hochbrausen einer Riesenwelle, schrie: »Ifrit, o höre! Ifrit, o höre! Liebe siegte, hörst du? Ifrit, o Ifrit!«

Da war es, als löse sich vom hellen Nachthimmel eine Wolke, die vorher nicht sichtbar war, ballte sich, stürzte nieder, immer tiefer, ward kenntlich als eines Mannes Luftgestalt. Höher noch reckte sich die Peri der Wasser, tiefer noch sank der Luft-Ifrit, und urplötzlich mit einem gewaltigen Stoß kam er herab, riß er sie hoch, immer höher und höher... und sie waren Wolke und ihr Schatten am Nachthimmel, waren fort, waren eins geworden. Aber von ganz fern her klang es, als tönten noch die Worte »Liebe siegte, Liebe siegte«, und dann löste sich vom Gesträuch der Körper eines Vogels los; auf seinem Gefieder leuchtete das Mondlicht in unzähligen Farben, und der Vogel stieß jenen Lockruf aus, der allabendlich den Jüngling herbeirief, aber auch er erhob sich mit mächtigem Flügelschlag und entschwebte der Wolke nach in den Nachthimmel.

Die Seerosen auf den Wassern schwankten leicht, und

ihre Kelche waren geschlossen. Der Jüngling trat zu dem Mädchen, sagte leise: »Komm, mein geliebtes Weib, und lasse uns in dieser Nacht der Zauberkräfte unsere Liebe krönen und uns vereinen. Komm! Der Garten hütete so lange schon mein Geheimnis, er wird auch das unsere hüten. Komm, mein geliebtes Weib!«
Schützend barg die Nacht der Liebe hohe Feier.

Der Rosenbey

Dort wo im südlichen Teil von Kleinasien alles gedeiht und blüht in verschwenderischer Fülle, wo es unter Obstbäumen von Blumen und Sträuchern würzig duftet, dort befinden sich auch die weiten Rosenfelder. Aus den Blättern der üppigen Zentifolie, deren Duft der stärkste und süßeste aller Rosendüfte ist, wird das Rosenöl gewonnen, davon ein einziger Tropfen jahrzehntelang die Frische des Duftes behält und hohe Kostbarkeit besitzt.

In dieser lieblichen Landschaft, fern den Schroffen des Karst, befand sich der Landsitz eines großen Handelsherrn, dessen ausgedehnte Ländereien einem kleinen von Rosenbüschen durchdufteten Walde glichen. Der Handelsherr selbst genoß die Schönheiten seines Besitzes allerdings nur ganz selten, befand er sich doch meist auf weiten und langen Karawanenreisen, die ihn monatelang von daheim fernhielten und denen er seinen stets wachsenden Reichtum verdankte. Im Dämmern der Rosenbüsche im Walde hielt sich nur sein zartes, immer kränkelndes Weib auf, und es mag auch ihrem steten Kranksein zugeschrieben werden, daß der Handelsherr sehr selten heimkehrte. Denn was tut ein gesunder, weltläufiger Mann mit einer kranken Frau? Obwohl er nun als Moslim der Erlaubnis des Propheten gemäß leicht noch ein zweites Eheweib neben dem ersten hätte zu sich nehmen können, war er doch ein zu guter Rechner, um das zu tun. Denn hatte nicht der Prophet, in weiser Voraussicht des Für und Wider solcher Erlaubnis, verfügt, daß jedes Eheweib, das ein Mann zu sich nähme, die gleichen Wohnräume, die gleiche Anzahl von Dienerschaft, die gleiche Menge von Kleidungs- und Schmuckstücken haben müsse und zudem sich in gleicher Weise der liebenden Aufmerksamkeit ihres Ehegemahls zu erfreuen habe? Wer aber vermag all diesen Bestimmungen gerecht zu werden, ohne die Ausgaben für die Lebenshaltung ins Ungemessene zu vermehren und ohne in steten Gewissensschwierigkeiten eingefangen zu sein, ob er auch wirklich nicht der einen oder der anderen seiner Frauen mehr »liebende Aufmerksamkeit« erweise? So läßt es ein kluger Mann besser bei der einen Frau bewenden und unternimmt immer längere und ausgedehntere Reisen, um nicht durch Krankheit im Hause gelangweilt zu werden.

Die kranke Frau des Handelsherrn aber war nicht etwa unglücklich über die häufige Abwesenheit ihres reisenden Eheherrn, hatte sie doch ein Töchterchen, das sie zärtlich liebte und das in der rosendurchwachsenen Wildnis ihres Besitzes ebenso fröhlich um sie herum sang wie die vielen Vögel, ebenso heiter sprang wie die kleinen Quellen, die überall den Boden befeuchteten und so auch bei größter Hitze Kühle und Lieblichkeit schufen. Gülilah, Rosengleiche, hatte die Mutter ihr Kind genannt, und da sich das Mädchen auch meist in der Nähe von blühenden Rosen aufhielt, duftete sie selbst wie eine Rose.

Doch kam der Tag, da die kranke Frau spürte, es werde bald mit ihr zu Ende gehen; sie sprach mit den treuen Sklavinnen, die gelobten, Gülilah wie ihren Augapfel zu hüten, und dann sagte sie zu ihrer jungen Tochter, sanft

und heiter redend: »Komm her zu mir, Gülilah, und höre, was ich dir zu sagen habe. Es wird ein Tag sein, da ich nicht mehr bei dir bin. Ich werde dann für dich nicht mehr zu sehen sein, aber dort, wo ich dann lebe, werde ich wieder jung und kraftvoll sein und nie mehr krank. Du mußt hier bleiben, denn so ist es dir bestimmt, aber ganz allein wirst du niemals sein, denn ich bleibe dir nahe. Hier, bei diesem schönsten und größten Rosenstrauch, wo ich immer so gerne weilte, hier werde ich dir nahebleiben. Wann immer du Trauer oder Verlassenheit fühlst, so komme hierher, lege deine Hand an den Strauch und rufe mich. So werde ich bei dir sein, Kind meines Herzens, und dich niemals verlassen.«
Gülilah hörte zu, ohne zu weinen, schmiegte sich nur fest an die zarte Mutter. Als der Tag kam, der ihr die Mutter nahm, weinte sie auch dann nicht, gedachte vielmehr der Worte, die der zärtliche Mund zu ihr gesprochen hatte, kauerte bei dem Rosenbusch und wartete, bis sie sich getrauen würde, ihre Hand an sein Holz zu legen und die geliebte Mutter zu rufen. Sie war reichen Herzens, diese junge Gülilah, und darum gedachte sie der Mutter, die nun wieder jung und stark sein würde, einige Zeit für den Übergang in das andere Leben zu lassen, ehe sie die Teure zurückrief, den Kummer ihres Kindes zu stillen, hierher, wo es Tränen und Einsamkeit gab. Indessen ward sie von den Sklavinnen umsorgt und verwöhnt, entbehrte so nichts, dessen sie bedurfte, einzig nur der weichen zärtlichen Stimme, die ihr das Herz erfreut hatte.
Einige Zeit verging, und der Bote, der dem Handelsherrn nachgeschickt worden war, um ihm vom Hinscheiden seiner Gemahlin zu berichten, kehrte in das heimatliche Haus zurück. Er brachte die Nachricht, daß der Herr und Gebieter sich sogleich ein neues, junges und

gesundes Weib genommen habe, nachdem er die Botschaft vernahm ... »und hat sie sich ausgesucht, wie man eine gesunde Kamelstute aussucht«, verkündete er lachend den lauschenden Sklavinnen. Diese fanden es angebracht, Gülilah vorerst von der neuen Entwicklung nichts mitzuteilen, denn sie fanden, daß man Ungütiges stets zu früh erfährt, und waren überzeugt, daß, wie immer auch das Vorhandensein einer neuen Herrin sich auswirken könne, es niemals eine Freude für die Tochter der toten, von ihnen allen geliebten Herrin sein würde.

So geschah es denn, daß eines Abends mit viel Lärm und Aufwand die Karawane des Handelsherrn zurückkehrte, mit sich ein weißes Kamel führend, auf dessen Rücken eine kostbar ausgestattete Haudah schwankte, deren golddurchwirkte Seiden in der Abendsonne blitzten, als sich das edle Tier niederließ. Gülilah aber vernahm nur, daß ihr Vater heimgekehrt sei, und da eine Tochter abzuwarten hat, ob sie vor den Vater befohlen wird, und nicht ihm entgegeneilen darf, verhielt sie sich ruhig. Zudem hatte sie von je ihren Vater so selten zu Gesicht bekommen, daß es ihr wenig ausmachte, ob er im Hause war, ob nicht, hatte doch auch er diese Tochter seiner kranken Frau kaum beachtet, da ein Mädchen ja überhaupt ohne Bedeutung ist.

So kam es, daß Gülilah sich der Anwesenheit einer Gemahlin ihres Vaters erst bewußt wurde, als der Schmuck der Mutter, mit dem sie oftmals spielte – schien ihr doch an den blitzenden Dingen noch etwas von der Lieblichkeit der Verstorbenen zu haften –, fortgeholt wurde, damit er der neuen Frau überlassen werde. Behutsam begann da Rukiya, ihre alte Amme, Gülilah mitzuteilen, was geschehen war, und jetzt überwältigte ein Gefühl des Verlassenseins zum ersten Male das Mädchen. Sie eilte fliegenden Fußes davon, und ihre grauen Schleier, in die sie sich zu hüllen liebte, flatterten wie Taubengefieder um sie herum. Zum Rosenstrauch der Mutter, nur dorthin, nur schnell! Bei dem vertrauten Platz angelangt, hockte sich Gülilah am Rosenstrauch nieder, legte die Hände weich und fest um das starke Holz der Rose und sagte leise, bittend, innig: »Anam« (das ist »meine Mutter«), »ich habe Kummer, tröste mich.« Kaum hatte sie das gesagt, als der Rosenstrauch auseinanderzufallen schien, sich öffnete, wie wenn der Vorhang vor einem Gemach zurückgeschlagen wird, und aus ihm hervor klang die weiche, die zärtliche Stimme der Mutter. »Komm herein zu mir, mein Kind«, sagte sie, »und dein Kummer wird vergehen.«

Zuerst erschrak Gülilah ein wenig, aber dann wurde ihr ganz leicht und freudig zu Sinne, sie lachte leise und rief glückselig: »Ich komme, Anam, geliebte Mutter, ich komme!« Sie trat ein in die schmale Öffnung, die ihre schlanke, junge Gestalt weich umschloß, als umfange sie die Mutter, und der Rosenstrauch schloß sich hinter ihr. Alle Blüten wandten sich nach innen Gülilah zu, alle Dornen nach außen, wie Waffen auf einem Festungswall sich gegen den Feind richten.

Verzweifelt suchte Rukiya ihrer aller Liebling, aber es dauerte bis zum Sonnenuntergang, daß sie an den Platz dachte, den die tote Herrin bevorzugte, und nun dort ihre bangen Rufe nach Gülilah erklingen ließ. Wie erstaunte sie, als eine frohe junge Stimme ihr aus dem Rosenstrauch heraus Antwort gab und gleich darauf der dornige Strauch seine blühende, duftende Innenseite zeigte! Heraus schlüpfte Gülilah, selbst einer Rose gleich duftend, und unzählige Rosenblätter hafteten an ihren grauen Schleiern. »Ich war bei der Mutter, Rukiya, meine Seele, und ich bin so glücklich, oh, so glücklich!« jauchzte die junge Stimme. Die alte Frau dachte sich,

daß es mehr Wunder gäbe, als ein Mensch allein verstehen könne, und wenn es nun so sich gestaltete, daß Gülilah von der neuen Herrin Ansprüchen nichts bemerkte, vielmehr im Rosenstrauch geborgen blieb . . . wie gut war das dann, und wie beruhigt konnten sie alle sein!
Und wirklich wurde es auch so, wie die treue Seele gehofft hatte. Da ihm niemand von Gülilah sprach, vergaß der Handelsherr bald, daß er jemals ein Tochter gehabt hatte, und Gülilah lebte von den Sklavinnen umsorgt und verhätschelt in den weiten Räumen des großen Hauses unbehelligt dahin. Wurde ihr das Herz schwer, so schlüpfte sie hin zum Rosenstrauch, legte die Hände daran, rief die Mutter und war geborgen im Innern dieses Duftes, der nach außen nur wehrhafte Dornen zeigte.
Das ging lange so weiter, und aus dem Kinde wurde eine Jungfrau. Sie hatte keine Gefährtinnen, und kaum jemand wußte, daß im Hause des Handelsherrn eine Tochter lebe. Für alle anderen Mädchen aber des Ortes, wo sich der große Besitz befand, kam jetzt eine sehr aufregende Zeit. Und das geschah so: An den Waldbesitz des Handelsherrn grenzten Rosenfelder. Sie gehörten dem reichsten Mann der ganzen Gegend, den man allgemein den Rosenbey nannte, waren doch seine Rosenfelder schier unübersehbar. Er war jung, er war schön, und er war wählerisch in allem. So genügten ihm auch die flüchtigen Freuden der Liebe in ihrem steten Wechsel und steten Gleichmaß nicht, und jedesmal, wenn er von seinen Reisen nach Ispahan, dem Lande der Rosen, heimkehrte, schien er wieder um ein weniges mehr mißgestimmt und unzufrieden. Seine Mutter, der wie allen Müttern daran lag, den Sohn an das Haus zu fesseln, nahm an, dieses Ziel würde erreichbarer sein, wenn ein

junges und geliebtes Eheweib den Reiselustigen daheim erwarte, und sie lag dem Sohne mit diesem Anliegen stets in den Ohren. Um sie nicht durch Rauheit zu verletzen, sagte der Rosenbey eines Tages, mehr zum Spaß als aus wirklicher Überzeugung heraus: »Also gut, Mutter, wie du es wünschst, so sei es. Nein, warte, freue dich noch nicht, denn meine Zustimmung ist an eine Bedingung geknüpft. Es ist diese: ich werde das Mädchen zur Frau nehmen, das am süßesten duftet, einer kostbaren Rose gleich, einer einzigartigen.«

Die Mutter starrte ihn erschreckt an, stammelte: »Aber, mein Sohn, wie soll es geschehen, daß man solches erkennt, ehe denn das Mädchen nicht in deiner Nähe wäre? Und du weißt gut, daß das unziemlich und unmöglich ist vor der Hochzeit.« Der Bey hatte Mühe, sein Lachen vor der Mutter besorgtem Blick zu verbergen, und fand schließlich den Ausweg, auf ihre Frage in dieser Art zu antworten: »Da du von der gebotenen Sitte sprichst, verehrungswürdige Mutter, so sei daran erinnert, daß es deine Aufgabe ist, mir die geeignete Frau auszuwählen, nicht die meine. Ich denke darum, es wäre möglich, daß du im Hofe des Frauenhauses einige der von dir erwählten Mädchen zusammenholtest, sie verschleiert und somit unkenntlich aufstellen ließest und mir gestattetest, an ihren Reihen entlangzugehen und an ihnen zu riechen, als wären sie Rosen, die ich zu unterscheiden hätte ihrer Art und ihrem Wert nach. Du weißt, daß meine Nase die empfindlichste ist, sogar in Ispahan so gewertet, und daß man mich nicht betrügen kann, wo es um Düfte geht. Willst du es so, Mutter, dann bleibe es, wie ich gesagt habe: ich werde riechen und wählen. Willst du es aber nicht, so reden wir nicht mehr davon. Erlaube mir nun zu gehen, ehrwürdige Mutter.«

Ohne ihr noch Zeit zu lassen für eine Erwiderung, ging

der Bey davon und begab sich in seine eigenen Räume im Selamlik, dem Hause der Männer. Er konnte auf dem Wege dorthin, durch die weiten Gänge schreitend, endlich seinem bisher unterdrückten Lachen nachgeben, und so, lachend, kam er zu einigen seiner Freunde, die ihn in seinen Gemächern erwarteten. »Was ist dir, was erheitert dich so?« fragten sie, und so berichtete er ihnen, was er soeben angestellt hatte. »Aman, Freund und Bruder, wie konntest du die ehrwürdige Mutter so verhöhnen! Ist das auch statthaft?« wurde er zurechtgewiesen von einem ernsthaften jungen Mollah. Aber die anderen Jünglinge konnten sich gleich ihm des Lachens nicht enthalten, und als sie später in ihre Behausung zurückkehrten, erzählten sie rechts und links von dem tollen Einfall des Rosenbeys. Die Mütter erfuhren davon, die Schwestern, alles, was Röcke und auch Schleier trug, und wie ein Bienenschwarm summt, wenn er auszieht, Blumenduft zu suchen, so summte und lachte es bald im ganzen Ort und weit darüber hinaus. Wie überall dort, wo es zur Verbreitung einer Nachricht oder eines Geschehens nur das Mittel des Weitersagens von Mund zu Mund gibt, reiste die Neuigkeit schneller, so als rollte sie vom Rücken eines Rennkamels herab, und so kam es, daß, noch ehe die Mutter des Rosenbeys ihre Suche nach einer wohlriechenden Schwiegertochter begonnen hatte, die Preise für Duftwässer ins Ungemessene stiegen und die persischen Händler, die diese Kostbarkeiten überallhin im Lande trugen, Geschäfte machten, die sogar sie selbst überraschten.

Als dann endlich die ihres Amtes waltende Ehevermittlerin wie üblich im Auftrage der Mutter des Beys begann, ihre Runde anzutreten und den Müttern der zu erwählenden Mädchen ernsthaft mitzuteilen, welcher Prüfung sich ihre Töchter zu unterwerfen hätten, da begegnete sie heftigster Entrüstung, und aus dem ganzen schönen Plan wäre sicher nichts geworden, wenn sich nicht eine Art Verschwörung der Mädchen untereinander gebildet hätte. Sie fanden es wundervoll, daß in ihrem Leben, das wenig Abwechslung bot, endlich einmal etwas Besonderes vor sich gehen solle, und versprachen, besonders dichte Schleier zu tragen, um auf diese Art bei der Beriechung durch den Rosenbey in nichts gegen die Sitte zu verstoßen. Und endlich erreichten sie die Zustimmung ihrer Mütter; es sollte wirklich dazu kommen, daß ein großer Rosenzüchter sich seine Ehefrau einer Blume gleich nach dem Dufte aussuchen würde ... Maschallah, welch ein gewaltiger Spaß! Alles lachte, und immer noch stiegen die Preise für Duftwässer.

Der Rosenbey aber hatte die Flucht ergriffen, nachdem er zu seinem Schrecken erfuhr, daß die Mutter allen Ernstes seinen Spaß zur Wirklichkeit machte. Er war plötzlich fort, aber das machte seiner Mutter nichts aus, wußte sie doch, daß er jetzt zur Zeit der Rosenernte bald wiederkommen mußte, ob er mochte oder nicht, und so lange würde sie eben mit der Ausführung ihres Planes warten, zumal alles nun so gut vorbereitet war, daß es nur einiger Botengänge bedurfte, um die Mädchen zusammenzurufen in den Hof des Haremlik.

Von all diesen Dingen erfuhr Gülilah nichts. Sie verträumte die Zeit in ihrem duftenden Gefängnis des Rosenstrauches und war glücklich in der zärtlichen Obhut der Sklavinnen. Wohl aber wußte Rukiya, die alte Amme, um alles, was geschehen sollte, und sie sprach mit den älteren Sklavinnen davon, wie es doch unmöglich sei, daß der toten Herrin Tochter in diesem Hause, wo sich niemand an ihr Dasein erinnerte außer der Dienerschaft, ihr Leben in einem Rosenstrauche verbringe. »Eines Tages«, sagte Rukiya, »wird sich diese neue, harte Herrin darauf besinnen, daß eine Tochter ihres Gemahls vorhanden ist, und dann wird für unsere Gülilah schwere Zeit kommen. Jetzt aber, jetzt wäre etwas zu tun geraten! Von süßem Duft reden sie, und daß der Bey sie gleich Rosen am Duft kosten wolle. Wißt ihr nicht, meine Schwestern, wie süß Gülilah stets duftet, wenn sie aus dem Rosenstrauch kommt und ausschaut zudem gleich einer Rose, da an ihren grauen Schleiern die Rosenblätter haften? Nun also, so muß etwas getan werden. Denkt ihr nicht auch so?«

Sie dachten alle so, und am nächsten Tage begab sich Rukiya zu ihrer Schwester, die, eine befreite Sklavin, als ehrsame Ehefrau eines Schreiners am gleichen Orte lebte. Rukiya hatte erst vor wenigen Tagen den Besuch dieser Schwester gehabt, und die stolze Mutter hatte berichtet, daß ihr Sohn Mehmed nun endlich soweit sei und sich in des Vaters Werkstatt eine Sänfte gebaut habe; als Sänftenträger wolle er nun zusammen mit seinem Freunde Sami sich den Lebensunterhalt erwerben. Um dieser Sänfte willen trat Rukiya den Weg zur Schwester an, und eine lange geheimnisvolle Unterhaltung der beiden Frauen begann. Sie hatten vielmals leise zu lachen, und als vollends der junge Mehmed noch hinzugezogen wurde, nahm die Heiterkeit kein Ende. »Ich gebe rechtzeitig Nachricht«, versicherte der Jüngling und schwur nochmals, sich genau an die gegebenen Vorschriften zu halten. Zufrieden trat Rukiya den Heimweg an und sagte sich, es sei zwar gewiß gut, dem Kismet alles zu überlassen, aber ein weniges durfte man auch helfend dabei eingreifen, ohne die Ehrfurcht vor der gegebenen Bestimmung zu verletzen ... war es nicht so? Und wer außer ihr dachte sonst an Wohl und Wehe der lieblichen Gülilah? Wem, wenn nicht ihr, hatte die sterbende Mutter das Kind anvertraut? Schützender Rosenstrauch war

wohl gut und schön, aber nicht einzige Bestimmung eines jungen Weibes!
Endlich kam der ereignisreiche Tag. Der Rosenbey war am Abend vorher wieder einmal aus Ispahan zurückgekehrt, und als er ehrfurchtsvoll die Mutter begrüßt hatte, sagte diese kluge Frau, sorgfältig das Gefühl des Triumphes verbergend, das sie durchströmte: »Mein Sohn, sei deine Heimkehr dieses Mal ganz besonders glücklich, ist doch morgen der Tag, an welchem du endlich meinen heißen Wunsch erfüllen wirst und dein Eheweib erwählen.« Der Bey starrte seine Mutter völlig aus der Fassung geraten an und stammelte verwirrt: »Was werde ich ... was?« »Dir diejenige erwählen, die dir am lieblichsten duftet, mein Sohn, wie du mir versprochen hast. Es ist alles vorbereitet, und als ich Nachricht erhielt, die Vorhut deiner Karawane nähere sich, habe ich sogleich Botschaften ausgesandt, daß, wie es besprochen wurde, die Mädchen in der Morgenstunde sich hier im Hof des Haremliks versammeln. Es sind sechzehn an der Zahl.« Das wurde alles ruhig und sicher vorgebracht, und es schien, als bemerke die Mutter überhaupt nicht das fassungslose Staunen ihres Sohnes. »Du hast, ehrwürdige Mutter ... du hast das wirklich ernst genommen? Du glaubst, ich werde herumgehen und an sechzehn verschleierten Mädchen riechen, um mir die auszusuchen, die die kostspieligsten Duftstoffe über sich ausgoß? Aman, meine Mutter, wie ist so etwas möglich?«
Der Bey sank auf dem Kissen, auf dem er zu Füßen seiner Mutter hockte, in sich zusammen und bot das Bild völliger Hilflosigkeit. Die Mutter sah mit dem Ausdruck großer Zufriedenheit auf den Sohn herab, der sich selbst die Schlinge geknüpft hatte, und bemerkte trocken: »Was ein Mann verspricht, das hält er, so er sich nicht vor seinem eigenen Spiegelbild schämen will.« Nichts konnte

darauf der beklagenswerte Omer sagen, denn hatte sie nicht recht, diese kluge Mutter? Er ging gesenkten Hauptes in sein Selamlik hinüber, wo er sich mit dieser unmöglichen Lage in Gedanken zu befassen gedachte. Aber dazu wurde ihm keine Zeit gelassen; denn schon hatten auch seine Freunde von seiner Rückkehr gehört, und sie brannten darauf, ihm alles zu erzählen, was sich inzwischen um dieses geplante Mädchenberiechen herum abgespielt hatte. So empfingen sie ihn als Held und wunderbaren Ersinner eines unvergleichlichen Schauspieles, denn sie gedachten alle, am morgigen Tage von den Fenstern seiner Gemächer aus zuzuschauen, während er unten im Hofe des Harems an sechzehn verschleierten Mädchen entlangging und jede beroch. O herrlich, in Wahrheit unübertrefflich! Angesichts solcher Lobpreisungen blieb dem in seiner eigenen Schlinge gefangenen Omer Bey nichts anderes mehr übrig, als gute Miene zum eigenen erdachten bösen Spiel zu machen und so zu tun, als erheitere auch ihn die künftige Beriecherei ganz übermäßig.

Von der Nacht, die nun anbrach, ist dieses zu sagen, daß die sechzehn Mädchen kein Auge zutaten und der eine Mann auch nicht. Ebenso schlaflos blieb auch Rukiya, die Listenreiche, während Gülilah den tiefen Schlummer wohlbehüteter Jugend schlief.

Seinem Versprechen gemäß erschien Mehmed, der Neffe Rukiyas, schon beim Morgengrauen und berichtete, daß alles sich auf das Ereignis vorbereite. Eine Stunde vor dem Mittagsschuß würden die bewußten sechzehn Mädchen sich im Hofe des Harems einfinden. »Gut, gut«, sagte aufgeregt Rukiya, »dann sei rechtzeitig mit deiner Sänfte hier und achte nur darauf, daß du schnell, sehr schnell wieder zurückkommst, wie ich es dir befahl.« Etwas gelangweilt von den wiederholten Ermahnungen,

erklärte Mehmed, weder er selbst noch auch Sami seien des Verstandes beraubt wie kleine Kinder, und was ihm wichtiger erscheine als viele Worte, wäre der in Aussicht gestellte Lohn; wann solle der gezahlt werden? Jetzt oder nach der Rückkehr? Zu langem Gerede hatte Rukiya keine Zeit mehr, war auch viel zu erregt dafür, und so bekam der freche Junge die Hälfte sogleich, worauf er zufrieden seiner Wege ging.
Jetzt mußte Rukiya noch an das schwere Werk gehen, die ahnungslose Gülilah in ihr feines Maschengewebe einzuwickeln. Ihre Aufregung stieg, als sie sich gegen die dritte Vormittagsstunde zum Rosenstrauch begab, in den sich Gülilah wieder verkrochen hatte. »Komm heraus, meine Taube, meine Seele, komm heraus zu mir, denn ich habe dir eine Bitte vorzutragen, komm heraus!« Als schlüpfe sie durch einen Vorhang hindurch, so schob Gülilah die Blätter und Dornen auseinander und fragte leise: »Eine Bitte? Die ich erfüllen kann? Nenne sie, meine Getreue, und schon ist sie erfüllt.« Rukiya begann in ihrer Verlegenheit an den grauen Schleierfalten herumzuzupfen, als müsse sie die kleine Herrin schmücken, und sagte halblaut, weil ihr die Stimme kaum gehorchte: »Es ist dieses, Herz meiner Seele . . . mein Neffe Mehmed, von dem du weißt, hat sich eine Sänfte gebaut, eine schöne, helle, auf die er sehr stolz ist und die er zusammen mit einem Freunde tragen will. Nun wurde sie noch niemals benutzt, und man weiß nicht, ob sie halten wird oder ob der Boden durchbricht. Da wollte ich dich bitten, da du so leicht bist wie ein Vogel, kleine Herrin, ob du mir die Bitte erfülltest, dich von ihm einige Schritte tragen zu lassen? So werden wir wissen, ob ihm sein großes Werk gelang . . . willst du?«
Gülilah lachte und sagte ein wenig erstaunt: »Aber warum so viele Worte machen um ein so kleines Geschehnis,

Rukiya, meine Treue? Gewiß werde ich mich in die schöne helle Sänfte setzen. Dieser Mehmed wird mich nicht weit tragen, denke ich?« Mit sehr schlechtem Gewissen versicherte Rukiya, man werde nur um die Mauer des Besitzes herumgehen, ein einziges Mal nur ... und zog Gülilah mit sich fort, stand doch die Sonne schon bald in der Himmelshöhe und der Schuß, der die Mittagsstunde ankündigte, mußte bald fallen. Kam er rechtzeitig, dieser freche Mehmed, oder betrog er sie alle? Aber nein, da war er schon, und vor der schmalen Pforte, die den Eingang zu den Sklavenräumen bildete, sah man die schöne helle Sänfte stehen, bewacht von Sami. Mehmed trat seiner Tante entgegen und erklärte keck, daß er da wäre, wie verabredet, dann aber bewies er seine Eignung zum künftigen Geschäftsmann, indem er in höflichster Dankbarkeit der jungen Herrin Gülilah versicherte, welch großen Dienst sie ihm leiste. Die grauen Schleier wurden vor das junge Gesicht gezogen, und darunter hervor lachte Gülilah leise, sagte, sie freue sich auf das kleine Abenteuer. Ihr fiel es nicht weiter auf, daß Rukiya ein banges »Güleh ... güleh ...« murmelte, und wenn sie hingehört hätte, würde sie vermeint haben, ihren eigenen Namen zu hören, nicht aber den Wunsch, es möge alles lachend mit Lachen sich vollenden.

Schon fühlte sie das rhythmische Schweben, das vom gleichmäßigen Schreiten der zwei Sänftenträger verursacht wird, und lehnte sich zufrieden in die weichen hellen Seidenpolster zurück. Die Vorhänge an den Fenstern der Sänfte waren geschlossen, und Gülilah sah nicht hinaus, denn sie vermeinte, an der Mauer des heimatlichen Besitzes entlang getragen zu werden, und an der war nichts zu sehen. Die Geräusche vieler Stimmen störten sie weder, noch wollte dieses Kind der Einsamkeit wissen, was sie hervorrief. So zog geheimnisvoll und verhüllt

die kleine schöne helle Sänfte ihres Schicksalsweges dahin.
Unterdessen hatten sich die sechzehn wohlriechenden Mädchen im Hof des Frauenhauses von Omer Beys Besitz eingefunden und standen in der Mittagssonne, von ihren Schleiern dicht verhüllt wie in einem selbstgeschaffenen Badedunst reglos und erwartungsvoll dort. Droben, an den geschlossenen Fenstern des Selamliks, der Wohnung des Hausherrn, standen, durch Vorhangsspalten spähend, die Freunde und Gefährten Omers und wollten sich vor Lachen ausschütten. »Das ist der köstlichste Anblick, den wir je genießen werden«, rief Faik, Omers nächster Freund, »und wir sind dir so sehr dankbar dafür, Freund! Wann aber willst du nun endlich hinuntergehen und an ihnen entlang riechen? Diese Schaustellung zu erleben, ist fast das Geschenk einer jungen Stute wert!« Omer aber hielt sich im Hintergrunde, wollte nicht hinunterschauen, schämte sich der ganzen Veranstaltung und wußte doch, es blieb ihm schließlich nichts anderes übrig, als wirklich duftatmend an der Mädchenaufstellung entlangzugehen.
Als jetzt einer der Diener kam und meldete, die Herrin habe soeben sagen lassen, der Bey Effendi möge sich beeilen, da die Mädchen in der Hitze ohnmächtig zu werden drohten, entschloß sich Omer, der Sache ein Ende zu bereiten, und ging eilends davon. Er betrat den Hof des Harems durch die schmale und niedere Tür, die in einem Winkel des großen Vierecks fast verstohlen angebracht war, und konnte von hier aus genau vor sich zum Eingang des weiten Hofraumes hinüberblicken. Er sah an der Reihe verschleierter Frauen, von denen ein nahezu betäubender Duft aufstieg, vorbei und beobachtete eine kleine helle Sänfte, die soeben am Hofeingang abgestellt wurde. Ein Eunuch, der wohl annahm, eines der er-

warteten Mädchen habe sich verspätet und werde soeben noch herbeigebracht, ging langsam wiegenden Schrittes auf die Sänfte zu, um die Nachzüglerin zu empfangen. Omer sah im gleichen Augenblick, wie eine Hand den Vorhang zur Seite schob und graue Schleier wehten. Er hörte eine leise Stimme fragen: »Warum halten wir?«, und gleich danach öffnete sich die Tür der Sänfte, und ein schmaler Fuß in grauem Seidenschuh schob sich vorwärts.

In diesem Augenblick erhob sich von irgendwoher ein leichter Windstoß und von ihm getragen schwebte zu Omer Bey ein Rosenduft von solcher Süße heran, daß er den Atem scharf einzog. Drei schnelle Schritte brachten ihn zu der Sänfte hin, doch ehe er sie erreichte, erklang ein leiser erschreckter Ruf, die Tür wurde hastig zugezogen, und die Sänfte war schon gehoben und schwebte fort, ehe Omer noch etwas tun konnte um sie anzuhalten. Auch vergaß er es, rechtzeitig den Befehl zu geben, überhörte sogar das fragende Flüstern des Eunuchen neben sich, denn dort, wo die Sänfte gestanden hatte, lag eine Rose, die wohl dem jungen Wesen in den grauen Schleiern entfallen war, als sie sich so hastig ins Innere der Sänfte zurückflüchtete . . . eine Rose, wie dieser Rosenkenner sie noch niemals gesehen hatte. Omer, der Rosenbey, vergaß alles um sich herum, stand und hielt die fremde Rose in der Hand und sog ihren Duft ein; beide Hände hatte er zu einer Höhlung geformt, und darin ruhte die Rose. Er ging wie ein Träumender den Weg zurück, den er gekommen war, hin zu der kleinen Tür im Winkel des Hofes, vorbei an den sechzehn duftenden Mädchen, die er nicht sah, vorbei an dem ängstlich fragenden Eunuchen, den er nicht hörte, hinauf in seine Räume, dort vorbei an den entrüstet fragenden Freunden, hin zu seinem Schlafgemach, in dessen kühler

Dämmerung er sich auf sein Lager streckte, die becherförmig geformten Hände vor dem Gesicht, mit tiefen langsamen Atemzügen den Duft der fremden Rose einatmend. Und so blieb er. Der Tag verging, die Nacht kam, er rührte sich nicht. Sein Diener stellte Becher auf Becher des mit Bergschnee gekühlten Wassers neben ihn, auch eine Schale mit Trauben, und das war alles, was Omer in drei Tagen und drei Nächten zu sich nahm, während deren er sich nicht von der Stelle rührte. Die Rose aber, die fremde Rose in seinen Händen, sie verwelkte nicht!
Tief beängstigt stand oftmals seine Mutter neben ihm, blickte auf diesen Träumer nieder, verließ ihn schweigend wieder. Was sollte sie tun? Sie hatte anfangs zu ihm gesprochen, hatte ihren Ärger an ihm auslassen wollen, der sie in eine so schmähliche Lage gebracht hatte und sechzehn Mütter zu ihren Feindinnen gemacht ... doch bald begann sie zu begreifen, daß hier ein besonderes Kismet gewaltet haben mußte, war doch diese Rose, die niemals welkte, ein deutliches Zeichen, daß hinter all diesem ein Ifrit oder eine mächtige Peri stand. Welcher sterbliche Mensch aber vermochte gegen solche Gewalten etwas?
Und dennoch schien es einen sterblichen Menschen zu geben, der gegen alles dieses etwas vermochte, und der hieß Rukiya. Die Getreue war über das so mächtig starke Gelingen ihres verschlagenen Planes selbst erschrocken. Als Gülilah ganz aufgeregt zurückgekommen war, von den zwei keuchenden jungen Sänftenträgern im Laufschritt herangebracht, sich in die Arme der Dienerin warf und atemlos berichtete von einem jungen Padischah, der auf sie zugekommen sei — einem, der dem Licht der Sonne gleiche und dem sanften Strahl des Mondes zugleich —, da war es der Getreuen doch sehr bange ums Herz geworden. »Aman, aman«, klagte sie

vor sich hin, »wer bin ich, daß ich es mir herausnahm, mit dem Kismet zu spielen? Was soll nun werden und wie wird es alles enden?« Sie war schon drauf und dran, sich dem gestrengen Handelsherrn anzuvertrauen, als dieser ihr den Entschluß zunichte machte, da er am dritten Tage nach dem großen, von ihm nicht geahnten Ereignis zu einer langen Reise aufbrach, auf die er seine neue Frau mitnahm. So waren sie wieder allein im Sklavenhause und hatten nur die junge Gülilah zu bedienen und zu verwöhnen. Die aber war jetzt ganz in Träume versponnen, war kaum noch für die Nacht aus dem Rosenstrauch herauszulocken und verstrickte durch ihr Verhalten die getreue Rukiya immer tiefer in Sorgen und Ängste. Als die Alte nun vollends vernahm, wie es mit dem Rosenbey seit jenem schicksalsreichen Tage so seltsam stünde, daß er nicht lebe, nur noch träume, da faßte sie ihren Entschluß.

Sie machte sich auf zum Hause Omer Beys und ließ dort bitten, sie zu der Mutter des Herrn zu bringen, da sie dem Bey Heilung versprechen könne. Diese Worte wirkten wie ein Zauberschlüssel, und schon stand Rukiya vor Omers Mutter. »Bringe mich zu ihm, Herrin«, sagte sie, »denn ich weiß, woher jene Rose kam, und kann ihn zum Strauche bringen, daran sie wuchs. So wird er geheilt sein, Inschallah.« Die Mutter Omer Beys fragte nichts und zögerte auch nicht; sie packte Rukiya am Arm, sah sie strahlend an und sagte: »Komm mit mir, meine Schwester, dich sandte ein guter Geist« und zog sie mit sich fort durch die weiten Gänge des großen Hauses bis zum Eingang des Selamlik, das sie als Mutter des Hausherrn betreten durfte. Dem Diener am Vorhang der Eingangstür flüsterte sie zu: »Laß uns durch, Sami, wir bringen dem Herrn Heilung«, worauf er schweigend zur Seite trat. Die Mutter ging lautlos und eilig durch die hohen stillen Räume, schlug einen Vorhang zurück und wies stumm auf das Lager, darauf die reglose Gestalt des Sohnes ruhte. »Er hält die Rose in den gehöhlten Händen, siehst du es, Schwester? Die Blume blieb frisch wie am Tage, da er sie fand. Geh hin, sprich zu ihm, rufe ihn an!« Rukiya nickte, tat einige schnelle Schritte und sagte eindringlich leise, sich tief zu dem Liegenden herabbeugend, so daß ihre Schleier ihn streiften: »Herr, willst du den Strauch finden, an dem die Rose in deinen Händen wuchs, so komme mit mir.«

Kaum waren die Worte verhallt, als der Bey auch schon aufrecht vor Rukiya stand; er packte sie am Arm, sagte heiser und leise: »Bringe mich hin, schnell ... und wehe dir, wenn du mich betrogst.« »So komme, Herr. Willst du zu Fuß gehen? Es ist nicht weit.« »Ja, ja, gehen wir, gehen wir. Sieh nur, wie schön sie ist, meine Wunderrose, und ... ach, wie sie duftet!«

Rukiya war eine sehr ruhig und einfach denkende Frau, und sie merkte, daß sie diesen gänzlich verstörten Träumer wie ein Kind behandeln mußte, wollte sie ihr Ziel erreichen. So packte sie ihn am Arm, machte der Mutter und Hausherrin ein Zeichen, das diese auch sogleich verstand, denn sie ging voran, den Weg zum Ausgang weisend. Omer Bey schritt fast taumelnd neben Rukiya her, hatten ihn die drei Tage und Nächte doch beträchtlich geschwächt. Sie zog ihn mit sich durch schmale dämmerige Straßen und erreichte in Kürze die Umfassungsmauern des großen Besitzes, in dem Gülilah daheim war. Der Bey fragte nichts, sah sich auch nicht um, taumelte nur wie im Traum befangen dahin. Ohne sich dem Hause zu nähern, trat Rukiya durch das hohe in der Mauer befindliche Tor ein und führte Omer an den weiten Gärten entlang in den waldgleichen Teil, darin sich der geheimnisvolle Rosenstrauch befand. Sie wußte

in Wahrheit nicht, ob sie es vermochte, die Ereignisse weiter zu beherrschen, ob sie Gülilah etwas berichten sollte von der Anwesenheit des sonnengleichen Mannes, und es war ihr bei allem recht ängstlich zu Sinne. Als sie nun bei dem Rosenstrauche anlangten, sah sie erschreckt, daß er alle Dornen nach außen gestreckt hatte. So war Gülilah darin? Was tun ... ach, was tun?
Aber eben an diesem Punkte bewies das Kismet, daß es dennoch immer das Führende bleibt und sich der menschlichen Hilfe nur ganz nebenbei bedient, denn der Bey hob den gesenkten Kopf, sah sich um, holte tief Atem, sagte leise und voll Beglückung: »Der Duft! In Wahrheit der Duft meiner Rose! Oh, sei bedankt, du glückselige Botin! Aber warum hat er alle Dornen nach außen, dieser geliebte Strauch? Verbirgt er sie, die gleich seinen Rosen duftet?« Leise und sacht strich der Bey mit seinen immer noch gehöhlten Händen an den Dornen des Rosenstrauches entlang. Da — Rukiya erschrak heftig — erklang aus dem Strauch die weiche Stimme Gülilahs; sie sagte: »Bist du es, mein Bey, mein Herr und Gebieter? Bist du es? Sprich!« Omer Bey drückte die Hände fest gegen die Brust und sagte leise, wie ein Hauch: »Ich bin es, o Rosengleiche! Ich kam, um an deinem Dufte zu genesen und zu neuem Leben zu erwachen. Warum aber verbirgst du dich vor mir? Darf ich nicht deine taubengrauen Schleier mit den Fingern streifen, zart und ehrfürchtig, wie man geweihte Talismane berührt, o Rosengleiche?«
Da klang ein helles junges Lachen aus dem Rosenstrauch hervor, und Gülilah sagte heiter: »Du darfst es nicht, Herr! Und ich verberge mich, weil mir so meine Mutter zu tun befahl. Sie schloß mich hier ein und befahl mir so zu sprechen: wenn er jetzt kommt, der vom Duft deiner Rose träumt, dann sage ihm dieses: Der Strauch wird sich

öffnen, wenn du ihn ausgegraben hast, tief und lange gegraben hast, vierzig Tage lang; in der gleichen Zeit sollst du auf deinem eigenen Grund ein Loch graben lassen, das ebenso tief sei wie dieses, das du um meinen Strauch ziehen lässest; dann bringe den Strauch hin zu deinem Grund und Boden, senke ihn dort in dein Erdreich, und der Strauch wird sich öffnen, dir die zu zeigen, die dir bestimmt ist. Vorher aber wirst du sie nicht erblicken. So, o Herr, gab mir meine Mutter auf zu dir zu sprechen.« Gülilah schwieg; Rukiya hatte sich ganz im Hintergrund verborgen, den Schleier noch fester um sich gezogen, und ihr Herz schlug schwer und hart vor Bangen. Was, o was hatte sie da angerührt?

Der Bey aber schien nicht erschreckt; er ließ sich vor dem Strauch nieder, auf den Absätzen hockend, und fragte: »Ist deine Mutter bei dir dort drin, Rosengleiche?« »Nein, Gebieter, sie starb und ließ mir diesen Strauch als Trost zurück, und bin ich in ihm, höre ich ihre Stimme. Bisher konnte ich aus und ein, wann immer ich wollte, nun aber ... vierzig Tage sind eine lange Zeit. Und wirst du graben lassen wollen, o mein Bey?« Omer lachte leise, sagte schnell: »Wenn du mir eine deiner Wunderrosen zuwerfen kannst, so wird sie mich über die vierzig Tage fort trösten, und ich werde sogleich den Befehl geben, daß mit dem Graben begonnen wird. Bekomme ich die Rose?« »Da ist sie, o mein Bey«, sagte die weiche Stimme, und ein winziger Spalt zeigte sich in den Dornen, zwei zarte Finger warfen eine Rose hindurch; ehe aber der Bey die Finger erfassen konnte, schloß sich der Spalt wieder, doch er hielt eine Rose in Händen, genau derjenigen gleich, die ihm solange ihren Duft geschenkt hatte und ihm frisch geblieben war. Kaum aber legte er die frische Rose neben die erste, die er noch hielt, als diese in duftenden Staub zerfiel. Der Bey wischte den

Staub der ersten Träume von seinen Fingern, sprang auf, barg die zweite Rose in seinem Gewand, sagte heiter und eifrig: »Ich gehe, o Rosengleiche, und bringe schon jetzt Arbeiter herbei. Immer werde ich hier sein, mit dir reden, mit dir scherzen, und jeden Tag sollst du mir eine neue Rose geben. Willst du es so, du Liebliche?« »Ich will es, Herr«, sagte die junge weiche Stimme, und als der Bey davoneilte, wollte es ihm scheinen, er habe Flügel an den Füßen, so wie es von den Ifrits berichtet wird.

Und so, wie es geplant war, so geschah es. Jeden Tag und den ganzen Tag saß der Rosenbey vor dem Rosenstrauch, der seine Gefangene nicht freigab, und sie redeten, sie scherzten, sie glaubten sich sehen zu können. In Verborgenheit bei den Bäumen stand Rukiya, die auch immer wieder ihren Liebling fragte, ob nicht Hunger, nicht Durst sie plage? »Für den Durst genügt der Tau, o Rukiya, für den Hunger aber der Duft der Rosen . . . es ist, als sättige er mich gleich einer köstlichen Speise.« Vierzig Tage, vierzig Nächte. Der Mann draußen vor dem dornigen Strauch, das Mädchen drinnen zwischen lauter Rosen, die Arbeiter im weiten Umkreise grabend, immer tiefer grabend, denn keine noch so zarte Wurzel durfte verletzt werden. Und ebenso andere Arbeiter im Grund und Boden des Rosenbey grabend nach gleicher Art. Die Tore blieben geschlossen, aber viel Volks stand draußen vor den Mauern, schweigend das Wunder dort drinnen bewachend. Und die Mutter des Bey richtete die Gemächer her für die, die als des Sohnes Braut einziehen sollte.

Von all diesem wußte nur einer nichts, der Handelsherr, der Vater der Gülilah, und erfuhr auch niemals etwas davon, denn auf diesem Zuge ward er das Opfer räuberischer Scharen, und nur ein Diener konnte entkommen und die schlimme Nachricht bringen, auch, daß des Gebieters neues Weib von den Räubern mitgeschleppt worden sei. So gab es niemanden, der Ja oder Nein zu sagen gehabt hätte, als am vierzigsten Tage die Grube um den Rosenstrauch ausgeschachtet war. Der sorgfältig dafür gebaute große und breite Wagen, gezogen von starken Maultieren, stand bereit, und mühsam, unter vielem Rufen und angstvollen Beschwörungen des Beys, man möge den Strauch nicht erschüttern, wurde er endlich aufgeladen, und die hohen Tore ihres Heimathauses öffneten sich, um Gülilah, die Gefangene des Rosenstrauches, hindurchzulassen. Der Rosenbey ging nebenher, sprach zu ihr, stellte besorgte Fragen, wenn auf der unebenen Straße der Wagen stieß; sie aber lachte nur, denn sie zitterte vor Freude und Erwartung. Wenn sie es auch nicht zugestand — welches Mädchen hätte solches jemals zugestanden? —, sie hatte ihn, den sie sonnengleich nannte, jeden Tag einmal gesehen. Wenn sie ihm die tägliche Rose durch den feinen Spalt reichte, dann spähte ein dunkles Auge an der winzigen Öffnung und erlabte sich am Anblick dessen, der Schicksal, Glück und Liebe bedeutete. Er aber? Er hatte sie noch niemals gesehen. Und wenn es auch die Sitte so erfordert, daß der Bräutigam die ihm Bestimmte erst erblickt, wenn sie ihm schon ehelich angetraut ist, hier hatte es etwas gegeben, das sonst niemals vorkam: sie hatten vierzig Tage lang miteinander gesprochen, sich alles Sehnen und Denken anvertraut und kannten sich, soweit sich Mann und Frau jemals kennen können.

War sie so schön, so lieblich, wie der Rosenduft, der sie umgab, es ihm vorspiegelte? O Ungeduld, o Sehnen! Hätte er doch wieder wie damals Flügel des Ifrits an den Füßen, und schwebte doch der schwere Wagen mit seiner großen Last auf Wolken! So dachte Omer auf dem ihm endlos erscheinenden Wege zu seinem weiten Besitz. Endlich nun ... endlich! Da erblickte er schon eine Menschenmenge, vernahm das Rufen seiner Freunde, schritt ihm feierlich und freudig der Imam entgegen, der, kaum daß sich der Strauch öffnete, ihm die Rosengleiche verbinden sollte. Nahe der großen weiten Grube sah er die tief verschleierte Mutter stehen, denn sie wollte die neue Tochter sogleich in ihre Obhut nehmen; neben der Mutter Omers stand mit klopfendem Herzen die treue Rukiya. Jetzt dann ... jetzt war es soweit! Der Wagen war derart gebaut worden, daß seine eine Seite sich kippen ließ. »Langsam, nur jetzt langsam!« beschwor der Bey seine Arbeiter. »Sei ohne Sorge«, rief die lachende Stimme aus dem Rosenstrauch, »ich halte mich fest, lasse sie nur tun!« »Maschallah!« riefen die, die zum ersten Male diese Stimme aus der Rose hörten und sich des Wunderns nicht genug tun konnten. Und jetzt, jetzt eben berührte die Erde des Rosenstrauches die Erde von des Beys Heimatgrund, jetzt eben sank der Strauch tiefer ein, sank, war am großen Erdblock im Grunde der Grube angelangt. Kaum aber war das geschehen, als, ohne daß eine Hand sich rührte, die beiden Erdflächen sich aneinanderschlossen, und zugleich öffnete sich, wie ein Vorhang sich auftut, der Strauch.

Da stand sie, Gülilah, die Rosengleiche. Hinter ihr Rosen, ihr zu Seiten Rosen und dazwischen die schlanke junge Gestalt, in ihre grauen Schleier gehüllt, die zwei schmale Hände über der Brust zusammenhielten. An diesen Schleiern aber war nicht ein einziges Teilchen, nicht ein Fältchen, das nicht ein Rosenblatt hielt, und so sah sie aus, als sei sie in Rosen gekleidet und von einer Wolke umschwebt. Schweigen grüßte diesen wundersamen Anblick, den niemand vergaß, dem er zuteil geworden war. Der Bey stand wie versteint, denn er glaubte, sein Herz müsse ihm zu den Lippen herausspringen, so wild tobte es in ihm. Dieses Wunder sein eigen? Diese Schönheit sein? In das Schweigen erhob sich langsam wie singend die tiefe Stimme des Imam, sprach, fragte, sprach wieder und sagte dann endlich: »Nimm, mein Sohn Omer, dieses dein Weib Gülilah und sorge, daß kein Auge außer dem deinen ihre Rosenschöne betrachte.« Da rührte sich Gülilah; sie streckte die Hände aus, und sogleich war Omer bei ihr, hob die schmale Gestalt aus dem Rosengehäuse, hüllte seinen weiten Mantel um sie und trug sie mit federnden Schritten in sein Haus.

Schweigen herrschte noch immer, da erhob der Imam nochmals seine Stimme und sagte im singenden Tonfall, wie Bedeutsames vorgesprochen wird: »Wessen Geist auch immer dieses Wunder wirkte, wie gut, wie klug, wie groß war sein Gedanke! Die geheiligten vierzig Tage lang war die Braut verborgen, von Dornen umgeben, doch in Rosen eingehüllt, und erst als die Erde ihrer Heimat sich mit der Heimaterde des Gatten vermählte, wurde sie frei aus ihrer Gefangenschaft. Preisen wir die Weisheit des großen Geistes, die uns solches erleben ließ, ein Gleichnis höchster Klugheit, voll Bedeutung für Mann wie Weib. El hamd üllülah . . .« Die herumstanden wiederholten leise murmelnd das »El hamd üllülah«, und dann zerstreuten sie sich, wie wenn sie auf die Feier einer Hochzeit verzichteten, da sie schon mehr als eine Feier erlebt hatten. Rukiya aber, die Treue, der dieser Tag die Freiheit gebracht hatte und die Gebieterin über die Sklavinnen der jungen Herrin wurde, sprach an diesem Abend zu ihren Untergebenen, den dienenden jungen Frauen und Mädchen . . . sie sagte: »Hört mich, ihr, die ihr auch an Männerliebe denkt, hört, was ich euch sage! Dieses, was hier uns geschah, wird fortleben noch für Ungeborene, wird ein Beispiel sein

für Liebe und ihre Wunder. Und wenn auch viele Zweifler sagen werden, es sei alles nur eine Sage, ein Märchen . . . laßt sie! Wir wissen um die Wahrheit und die Wirklichkeit, und jede Rose, die aus unsrem Tal ihren Duft entsendet, wird bis in fernste Zeiten künden von Omer und Gülilah. El hamd üllülah . . .«
Und so war es, so ward es, so blieb es.

*Worterklärungen
und Inhaltsverzeichnis
auf den folgenden
vier Seiten*

Worterklärungen

Agha: Beamter kleiner Art, doch Vorgesetzter
Aghyzlyk: Mundstück am Schlauch des Nargileh, der Wasserpfeife
akilleh: klug
Aleikum salaam: Begrüßung: *Salaam aleik* = Friede sei mit dir;
Aleikum salaam = und mit dir Friede
Aleman: deutsch; *Alemandja:* Deutscher
Allah: Gott; *Allah Akbar:* Gott ist barmherzig; *Allahu Akbar:* Wie sehr ist Gott barmherzig; *Allah bilir:* Gott weiß es; *Allah ismagladih:* Gott befohlen; *Allah ismagladyk:* seid Gott befohlen; *Allah Kerim:* Gott der Erbarmende
aman: ach, o weh!
Anna: Mutter; *anam:* meine Mutter
Azan: Gebet und der Ruf dazu
Baba: (familiär): Vater; *Babam:* mein Vater; *Babadjim:* mein Väterchen
Backschisch: Trinkgeld
Baschi: Haupt, Kopf, der obere
Bazar: Kaufstätte; *Bazarlik:* Handelsart
Bey: Sohn des Paschas, auch ein Vornehmer oder Reicher
Bozah: Gerste, gerieben
Burnus: weiter arabischer Schulterumhang
Chyrssys: Dieb; *Chyrssyslyk:* Dieberei; *Chyrssys Baschi:* Haupt der Diebe
Derwisch: Angehöriger eines islamischen Mönchsordens
Dew: ein böser Geist; *Djin:* etwas weniger böse
Djan: Seele; *Djanoum:* meine Seele
Djehenna: Hölle; *Djehennet:* Paradies
Djelhabieh: Umhüllung zum Reiten in der Wüste mit Kopfhülle
Effendi: Herr; *Effendim:* mein Herr
Ekmek-Kadaïf: eine süße Speise türkischer Art
El hamd üllülah: möge es unter Gottes Hand gesegnet sein
Eskemleh: Schemel
Feredjeh: verdeckender Mantel der Türkin
Ferenghi: Franke, Europäer

Finzan: kleine Tasse für türkischen Kaffee
Genieh: eine gütige Geistform
Gülilah: Eigenname, deriviert von: *Gül* = Rose; *güleh, güleh* = geh' es dir lachend von der Hand; *Gülmek* = Lachen
Han: großer Unterkunfts- und Vorratsraum
Hanoum: Frau; *Hanoumdjim:* mein Frauchen
Harem: die Frauen, die Familie; *Haremlik:* der Frauenraum
Haschisch: aus Hanf gewonnenes Betäubungsmittel
Haudah: das hohe Gedeck aus Stoff, das über dem Sitz auf dem Kamel errichtet wird, wenn eine Frau reist
Hekim: Arzt
Ibrik: das Gerät zum Herstellen von Kaffee
Ifrit: Luftgeist, ein guter Naturgeist
Imam: Geistlicher, Prediger
Inschallah: Gott gebe es, Gott wolle es
Kadi: Richter
Islam: Hingebung, Bezeichnung der Lehre Mohameds
Karawane: Zug verschiedener Tiere, Kamele, Esel, Maultiere
Karawan-Serail: Raum, in welchem die Karawane nächtlich Unterkunft findet
Kaweh: Kaffee; *Kawehdji:* derjenige, der den Kaweh bereitet
Kef: beschauliche Ruhehaltung, auch zwecks Meditation
Kerimeh: weiblicher Eigenname, Bedeutung: die Barmherzige
Kiösk: ein kleines leichtes Bauwerk in Gärten
Kismet: die persönliche Vorbestimmung
Koran: der Koran, das Buch, das die Botschaft Mohameds enthält. (*Kuran*, wie es arabisch heißt, bedeutet einen Befehl: lies, vernimm, höre! Es ist das Wort, das der Engel Mohamed vor jeder Übermittlung der Worte Gottes sagte.)
Kousu: Lamm; *Kousum:* mein Lamm; gebräuchlicher Kosename
Kufieh: die den Kopf verhüllende Bedeckung der Araber
Maschallah: unter Gottes Schutz und Hilfe
Mastix: das Harz des Mastix-Strauches
Mazarlyk: Märchen; *Mazarlyk-dji:* Märchenerzähler
Minareh: Turm an den Moscheen, von dessen Höhe herab vom *Muezzin* (Gebetsrufer, niederer Priester) der Azan gerufen wird
Mollah: Lehrer und Priester
Moslim: Mohamedaner
Mouscharabieh: Schnitzwerk als Gitter an Fenstern der Haremliks
Mühür: Petschaft
Näh japalim?: Was sollen wir tun?
Nargileh: Wasserpfeife
Padischah: der Herrscher; *Padischahm:* mein Padischah
Pascha: hoher Würdenträger mit fürstlichem Rang
Peder: förmliche Bezeichnung für Vater; *Pederimis:* unser Vater

Peri: weiblicher Blumen- und Wassergeist
Piaster: silberne Geldmünze der Türkei, ehemals etwa 20 Pfg.
Sabtieh: Gendarm, ländlicher Polizist
Salaam: Gruß
Scheich: Fürst
Scheichzadeh: Fürstensohn und Erbe, Mehrzahl *Scheichzadeler*
Scheker: Zucker
Schimum: Wüstenwind
Selamik: wörtlich: Begrüßung; Benennung für die ehemals jeden Freitag, am geheiligten Tage des Islam, stattfindende Ausfahrt des Sultans aus seinem Serail Yildiz (Stern) zur Moschee und dem darin stattfindenden feierlichen Gebet
Sereskerat: Kriegsministerium
Tembell: Dummkopf
Tesbieh: rosenkranzartige Perlenschnur
Tschai: Tee
Tschapp: Alaun
Tschock schükür: vielen Dank
Vezier: Statthalter
Wallaha: Ausruf der Bestätigung: es ist bei Allah wahr!
Yah: Ausruf der Versicherung und des erstaunten Lobes
Yaschmak: Frauenschleier

Inhalt

Goldene Äpfel / Seite 13
Die vierzig Lügen / Seite 14
Der Kawehdji und der Derwisch / Seite 28
Liebeslist / Seite 42
Das Lachen / Seite 62
Ali, der Meisterdieb / Seite 63
Der Cedernbaum / Seite 144
Der schöne Fischer und der fliegende Fisch / Seite 149
Das Kristallserail / Seite 156
Der Gemahl der Nacht / Seite 158
Der Schweigende / Seite 179
Der Rosenbey / Seite 205

Erzählungen großer Autoren unserer Zeit in Sonderausgaben

JAMES BALDWIN · Gesammelte Erzählungen

GOTTFRIED BENN · Sämtliche Erzählungen

ALBERT CAMUS · Gesammelte Erzählungen

ROALD DAHL · Gesammelte Erzählungen

ERNEST HEMINGWAY · Sämtliche Erzählungen

D. H. LAWRENCE · Gesammelte Erzählungen

SINCLAIR LEWIS · Gesammelte Erzählungen

HENRY MILLER · Sämtliche Erzählungen

YUKIO MISHIMA · Gesammelte Erzählungen

ROBERT MUSIL · Sämtliche Erzählungen

VLADIMIR NABOKOV · Gesammelte Erzählungen

JEAN-PAUL SARTRE · Gesammelte Erzählungen

JAMES THURBER · Gesammelte Erzählungen

JOHN UPDIKE · Gesammelte Erzählungen

THOMAS WOLFE · Sämtliche Erzählungen

Rowohlt

Rowohlt-Nachttisch-Büchlein zum Verlieben und Verschenken

Von namhaften Künstlern illustriert

CARL BRINITZER
Amor's Gesammelte Werke
Ins Alphabet gebracht von Carl Brinitzer

Liebeskunst – ganz prosaisch
Variationen über ein Thema von Ovid

TRUMAN CAPOTE
Frühstück bei Tiffany
Silhouette eines Mädchens

HONORÉ DAUMIER
Vereint in Freud und Leid
Ein Ehespiegel. Mit 80 Lithographien

GERALD DURRELL
Die Geburtstagsparty
Eine heitere Familiengeschichte unter griechischer Sonne

JEAN EFFEL
Adam und Eva im Paradies
Für die fröhlichen Nachkommen aufgezeichnet

Heitere Schöpfungsgeschichte
Für fröhliche Erdenbürger in 182 Bildern aufgezeichnet
Der kleine Engel
Heiteres zwischen Himmel und Erde
Unter uns Tieren
Abgelauscht in 153 Zeichnungen

PERICLE LUIGI GIOVANNETTI
Max
oder Die Tücken des Objekts. 40 Bildergeschichten

GRAHAM GREENE
Heirate nie in Monte Carlo
Ein Flitterwochen-Roman

ROLF HOCHHUTH
Zwischenspiel in Baden-Baden

OSCAR JACOBSSON
Adamson
30 Bildgeschichten

KURT KUSENBERG
Lob des Bettes
Bettgeschichten und Bettgedichte im Bett zu lesen
Heiter bis tückisch
13 Geschichten

MANFRED KYBER
Ambrosius Dauerspeck
und Mariechen Knusperkorn

ERIC MALPASS
Fortinbras ist entwischt
Eine Gaylord-Geschichte

RAYMOND PEYNET
Mit den Augen der Liebe
182 Bilder für zärtliche Leute
Zärtliche Welt
Ein Bilderbuch für Liebende und andere Optimisten

GREGOR VON REZZORI
Die schönsten maghrebinischen Geschichten

JOACHIM RINGELNATZ
Es wippt eine Lampe durch die Nacht

ERNST VON SALOMON
Glück in Frankreich
Geschichte eines verliebten Sommers

IDRIES SHAH
*Die verblüffenden Weisheiten und Späße des unübertrefflichen
Mullah Nasreddin*
Gesammelt von Idries Shah

JAMES THURBER
75 Fabeln für Zeitgenossen
Den unverbesserlichen Sündern gewidmet
Der Hund, der die Leute biß
und andere Geschichten für Freunde bellender Vierbeiner

KURT TUCHOLSKY
Rheinsberg
Ein Bilderbuch für Verliebte
Schloß Gripsholm
Eine Sommergeschichte
Wenn die Igel in der Abendstunde
Gedichte, Lieder und Chansons